Die Edda
Die germanischen Göttersagen

Johannes Gehrts: Der letzte Kampf. Illustration um 1880

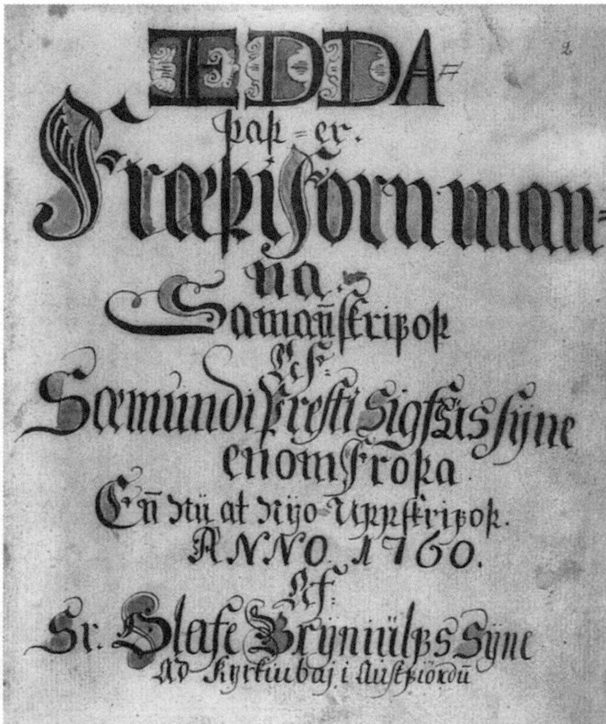

Titelblatt einer Edda-Handschrift »Anno 1760«, geschrieben und illustriert von dem isländischen Geistlichen Ólafur Brynjúlfsson

Walter Hansen (Hrsg.)

Die Edda

Die germanischen Göttersagen

REGIONALIA
VERLAG

25. Auflage 2021

Walter Hansen (Hrsg.): Die Edda. Die germanischen Göttersagen

Regionalia Verlag, ein Imprint der Kraterleuchten GmbH, Gartenstraße 3, 54550 Daun

Einbandgestaltung: Derek Gotzen für agilmedien, Niederkassel
Layout und Satz: paquémedia, www.paque.de

Gedruckt auf feinstem Schleipen-Papier aus deutscher Herstellung
Hergestellt in der Europäischen Union, Finidr, CZ

ISBN 978-3-939722-82-3

www.regionalia-verlag.de

Inhalt

Die Edda

I.

Die Handschriften der Edda gehören zu den ursprünglichsten Werken der Weltliteratur. Sie sind darüber hinaus die wichtigsten Informationsquellen germanischer Göttersagen.

Gäbe es keine Edda, dann wüssten wir so gut wie nichts über die Götterwelt der Germanen, über Odin und Thor zum Beispiel, über Loki und den von ihm ermordeten Sonnengott Baldur, über Fenrirwolf und Midgardschlange, wir wüssten nichts über die Götterburg Asgard oder das düstere Totenreich der Hel, nichts von Abenteuern und Kämpfen zwischen Asen und Riesen, nichts von Ragnarök, der Götterdämmerung.

Wenn wir von Edda sprechen, meinen wir Prosa-Edda und Lieder-Edda.

Doppelamulett mit Tyr und dem Fenrirwolf. Trollhättan

II.

Verfasser der Prosa-Edda war ein Christ: der Isländer Snorri Sturluson, geboren 1179, Poet und Staatsmann, bedeutendster Geschichtsschreiber seines Volkes, einer der wichtigsten Chronisten des Mittelalters überhaupt; er wurde im Jahr 1241 das Opfer eines politischen Mordanschlages.

Der Name Edda für Snorris Prosawerk lässt zweierlei Erklärungen zu, entsprechend des Wortes doppelter Bedeutung: »Urgroßmutter« und »Poetik«.

Einige Forscher glauben, dass der Name Edda gewählt wurde, weil das Werk gewissermaßen die »Urgroßmutter« germanischer Sagen ist.

Andere wieder vertreten die Ansicht, dass mit Edda »Poetik« gemeint sein müsse. Die Prosa-Edda nämlich war ursprünglich ein Lehrbuch, um die verwahrloste Dichtkunst des 13. Jahrhunderts wieder zu beleben und die Skalden neu zu motivieren: jene fahrenden Dichter und Sänger, die seit Jahrhunderten alte Sagen und historische Begebenheiten von Generation zu Generation auf unterhaltsame Weise überlieferten und zur Zeit Snorris an Bedeutung verloren. Neben Anleitungen zur Poetik enthielt die Edda Snorris auch eine zusammenfassende Darstellung der germanischen Göttersagen.

Darin schildert Snorri die sagenhafte Entstehung der Welt, das Wesen der Götter und Dämonen, ihre Abenteuer und ihre Zauberkräfte so klar und ohne Umschweife, so straff und pointiert, so logisch im Aufbau und im Zusammenhang, dass sein Werk – wenn dieser kühne Vergleich erlaubt ist – einer modernen Reportage nicht unähnlich ist.

III.

Quellen seines Wissens waren offenbar alte, mündlich überlieferte Lieder, aus denen er gelegentlich einige Verse zitierte: Verse in einer faszinierenden, an Bildern und Vergleichen reichen Sprache, ohne den heute üblichen Endreim. Poetisch wirkten sie durch die wuchtige Rhythmik des sogenannten Stabreims, der entsteht, wenn bedeutungsschwere Wörter einer Zeile durch gleichen Anlaut ihrer Stammsilbenbetonung hervorgehoben werden. Beispielsweise zitierte Snorri zwei Strophen über den Urriesen Ymir:

> Aus Ymirs Fleisch ward die Erde geschaffen,
> Aus dem Schweiße die See,
> Aus dem Gebein die Berge, aus dem Haar die Bäume,
> Aus der Hirnschale der Himmel.
>
> Aus den Augenbrauen schufen güt'ge Asen
> Midgard den Menschensöhnen;
> Aber aus seinem Hirn sind alle hartgemuten
> Wolken erschaffen worden.

Derlei Strophen, von Snorri gelegentlich in den Prosatext eingestreut, mussten freilich wie die aus dem Wasser ragende Spitze eines schwimmenden Eisberges empfunden werden; sie verführten zu der Vermutung, dass es noch viele andere Verse geben müsse, verschollene Verse aus der Vorzeit germanischer Dichtkunst; sie waren Hinweise auf einen versunkenen Schatz mythischer Lieder.

IV.

Diesen Schatz hob Bischof Brynjulf Swendson, der höchste christliche Würdenträger Islands seiner Zeit. Er entdeckte im Jahr 1643 eine alte Liederhandschrift und stellte fest, dass er zumindest einen Teil von Snorris Quelle gefunden hatte. Denn vereinzelte der vielen hundert Verse stimmten wörtlich mit den zitierten Strophen aus der Prosa-Edda überein, auch ergänzten viele Lieder die von Snorri in reportagehafter Straffung dargestellten Sagen.

Schnitzerei an der Stabkirche in Hylestad

Die Liederhandschrift wurde »Lieder-Edda« oder »ältere Edda« genannt, analog zu Snorris »Prosa-Edda«, die nun auch jüngere Edda« heißt. Als Verfasser der Lieder-Edda galt zunächst der Dichter Saemundr. Da Saemundr auf seinem Landsitz Oddi an der Südküste Islands eine Skaldenschule gegründet hatte, deren Schüler später Snorri Sturluson war, ergab es sich, dass Prosa-Edda und Lieder-Edda gemeinsam den Namen »Buch von Oddi« erhielten. Allerdings stellte sich bald heraus, dass Saemundr als Dichter jener Lieder nicht in Frage kam.

Wer die Lieder verfasste' gehört zu den vielen ungelösten Rätseln der Edda-Forschung. Sicher weiß man heute nur, dass die Handschrift nicht das Werk eines Dichters ist, sondern eine Sammlung, von einem unbekannten Gelehrten wahrscheinlich im 12. Jahrhundert zusammengestellt, um die von fahrenden Sängern mündlich überlieferten Strophen anonymer Autoren der Nachwelt zu erhalten. Einige wenige Lieder brachten Seefahrer aus Norwegen, die meisten aber wurden zwischen dem 9. und dem 12. Jahrhundert auf der Vulkaninsel Island gedichtet.

Auf Island wird die Sprache der Edda-Lieder – das Altnordische – heute noch verstanden. Nur Isländer können die Edda im Originaltext einigermaßen gut lesen.

V.

Wer nicht Isländisch versteht, ist auf Übersetzungen angewiesen. Die erste und bis heute hochgeschätzte Übertragung von literarischer Güte schuf der Germanist und Dichter Karl Simrock (1802–1876). Ihm gelang es, die Edda in das Deutsch unserer Zeit zu übertragen und dabei den Zauber der Dichtung, ihre Bildhaftigkeit und sprachliche Rhythmik zu erhalten. Vor allen Dingen aber wollte Simrock ein populäres Werk für das Volk schaffen und eine farbenprächtige Vorstellung vermitteln von der bis dahin im Elfenbeinturm wissenschaftlichen Interesses als graue Theorie diskutierten Mythologie. Deshalb entnahm er der Prosa-Edda nur die spannenden Storys der Göttersagen, nicht jedoch die metrischen Anweisungen zur Belehrung der Skalden, und aus der Lieder-Edda übertrug er nur die handlungsreichen, für das Verständnis der Vergangenheit wichtigen Gesänge.

Tatsächlich wurde die Edda ein Bestseller im gesamten deutschen Sprachraum und die Vorlage nahezu aller – besonders für die Jugend – später nacherzählter Göttersagen. Die Epigonen übertrugen den nordgermanischen Sagenkreis der Edda auf den sogenannten »gemeingermanischen Mythos«, nicht ganz zu Unrecht, denn die nordischen Götter Odin, Thor und Tyr zum Beispiel entsprechen den westgermanischen Göttern Wotan, Donar und Ziu, von denen nur wenig bekannt war.

VI.

Das vorliegende Buch bietet Prosa-Edda und Lieder-Edda in einem Band. Es stützt sich auf die Originaltexte der Simrockschen Übertragung und verfolgt den Zweck, Göttersagen auch für Leser ohne mythologische Kenntnisse leicht verständlich darzubieten. Einleitungen und Kommentare, Randbemerkungen und Querverweise, behutsame Bearbeitung missverständlicher Textstellen und Korrekturen vereinzelter, im frühen Pionierwerk Simrocks unvermeidlicher Fehlübersetzungen sollen die Lektüre vereinfachen. Erklärt werden mussten auch die vielen Metaphern der altnordischen Sprache, die sogenannten »Kenningar« und »Heiti«. Eine »Kenning« – Mehrzahl: »Kenningar« – ist die mehrgliedrige Umschreibung eines Wortes oder Namens, zum Beispiel »der Böcke Gebieter« oder »der Irdischen Götter« für den Gewittergott Thor. Als »Heiti« wird die eingliedrige Umschreibung bezeichnet: »Windschiff« oder »Regenbringer« für Wolken beispielsweise. Dem Verständnis dienlich erwies sich zudem, gewisse mythische Namen oder Begriffe in den Randbemerkungen wörtlich zu übersetzen oder ihren Symbolgehalt zu deuten.

Auch die im Originaltext gelegentlich verwendeten Pseudonyme für Götter, Riesen, Dämonen und Zwerge bedurften jeweiliger Erklärungen, um den Leser nicht zu verwirren.

Vor allen Dingen aber wird das Verständnis für die Göttersagen im vorliegenden Buch dadurch erreicht, dass der Leser, beginnend mit dem Grundsatzwerk »Gylfaginning«, in die Mythologie gewissermaßen hineinwächst und erst zum Schluss, wenn er kenntnisreiches Einfühlungsvermögen erworben hat, das schwer verständliche, selbst von Wissenschaftlern nicht gänzlich entschlüsselte Lied »Völuspa« – »Der Seherin Weissagung« – angeboten bekommt.

VII.

Die Edda gehört zu den wichtigsten Quellen von Richard Wagners »Ring des Nibelungen«, ein Bühnenfestspiel in drei Tagen und einem Vorabend: »Das Rheingold«, »Die Walküre«, »Siegfried« und »Götterdämmerung«. Der »Ring des Nibelungen« ist das größte Projekt der Operngeschichte.

Bemerkenswert ist, dass Richard Wagner seine Texte in Stabreimen dichtete, die im gesungenen Vortrag, mit Wagners Musik, von erstaunlicher Wirkung sind.

»Gerade die Wagner geglückte dichterische Bearbeitung im Verein mit seiner beeindruckenden musikalischen Interpretation des Stoffes haben zu einer Verbreitung germanischer Götter- und Heldendichtung geführt, welche sämtliche anderen neuzeitlichen Aktualisierungen von Gestalten der germanischen Mythologie zusammen in den Schatten stellen« (Rudolf Simek, Lexikon der germanischen Mythologie).

Ab Beginn des Jubiläumsjahres 2013 – anlässlich Wagners 200. Geburtstag am 22. Mai – wird das ganze Jahr über »Der Ring des Nibelungen« an fast allen großen Opernhäusern im deutschsprachigen Raum aufgeführt. Dadurch entsteht ein aktuelles und nachhaltig gesteigertes Interesse an der germanischen Mythologie und ihren Quellen: der Edda.

Walter Hansen

Die Prosa-Edda

Anmerkungen für den Leser

Alle Originaltexte sind in normaler Schrift, alle Erklärungen und Kommentare kursiv gesetzt. Die Kapitel der Prosa-Edda und die Verse der Lieder-Edda sind für Querverweise numeriert. Die gelegentliche Wiederholung erklärender Randbemerkungen ist beabsichtigt, um dem Leser das Zurückblättern zur Erstinformation zu ersparen. Vereinzelt leicht abweichende Schreibweisen mythischer Begriffe – die kaum auffallen, dem Fachmann aber vielfältige Rückschlüsse geben können – wurden belassen und nicht von Lied zu Lied vereinheitlicht. Wörtliche Übersetzungen aus dem Altnordischen sind bei Randbemerkungen durch Anführungszeichen gekennzeichnet. In diesem Zusammenhang muss erwähnt werden, dass Übersetzungen aus dem Altnordischen in einigen Fällen Varianten zulassen und selbst die Autoren von Edda-Kommentaren oder etymologischen Wörterbüchern nicht immer einig sind, sondern mehrere Möglichkeiten anbieten.

Gylfaginning

(Gylfis Verblendung)

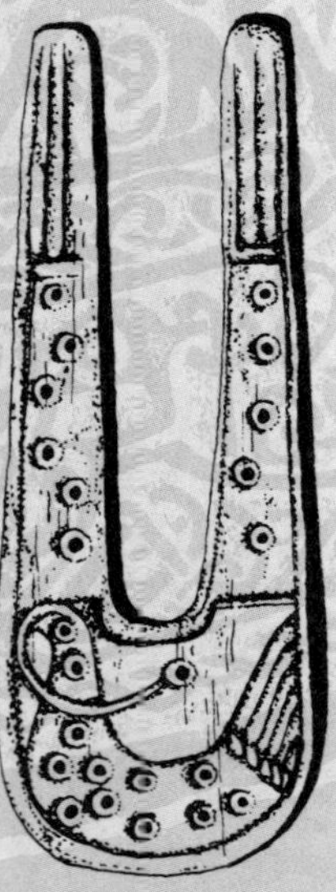

Spule aus Fischbein mit eingraviertem Vogel

Gylfaginning bietet einen ersten, umfassenden Überblick über die Grundzüge germanischer Göttersagen. Der Dichter erzählt, wie Gylfi, ein mythischer Schwedenkönig, die Göttin Gefion aus dem Geschlecht der Asen kennenlernt und – verwundert über ihre Zauberkünste – dem Geheimnis göttlicher Mächte auf den Grund zu gehen beschließt. Zu diesem Zweck reist Gylfi in Gefions Heimat: ins sagenhafte Götterreich Asgard. Um dort als König nicht erkannt zu werden, unternimmt er seine Nachforschungen in Gestalt eines Greises namens Gangleri. Der Göttervater Odin aber durchschaut die Verkleidung des Fremden und täuscht nun seinerseits König Gylfi, indem er dreierlei Gestalt annimmt und unter den Namen Har, Iafnhar und Thridi in Erscheinung tritt. Im Zwiegespräch zwischen Gylfi (Gangleri) und Odin (Har, Iafnhar, Thridi) wird ein farbenprächtiges Bild der Göttersagen entwickelt: von der Entstehung mythischer Welten, vom Wesen der Götter, Riesen, Alfen und Zauberer, von ihren Abenteuern und von ihrem Untergang im apokalyptischen Chaos der Götterdämmerung. Der Name Gylfaginning – »Gylfis Verblendung« – wird von Edda-Forschern widersprüchlich gedeutet. Die einen führen den Titel darauf zurück, dass Gylfi verblendet war, als er Odin in der Dreigestalt – Har, Iafnhar, Thridi – nicht erkannte; die anderen glauben, dass der Dichter Snorri mit diesem Titel die Göttersagen im Gegensatz zur christlichen Lehre als Blendwerk deuten wollte.

Goldblech aus Bolmsö

Swithiod: Schweden

1 König Gylfi beherrschte das Land, das nun Swithiod heißt. Von ihm wird gesagt, daß er einer fahrenden Frau zum Lohn für ihren ergötzlichen Gesang ein Pflugland in seinem Reiche gab, so groß, als vier Ochsen pflügen könnten Tag und Nacht.

Asen: nordisches Göttergeschlecht

Jötunen oder Joten: Riesen

Selund: Seeland

Aber diese Frau war eine Göttin vom Asengeschlecht; ihr Name war Gefion. Sie nahm aus Jötunheim vier Ochsen, die sie mit einem Jötunen erzeugt hatte, und spannte sie vor den Pflug. Da ging der Pflug so mächtig und tief, daß sich das Land löste und die Ochsen es westwärts ins Meer zogen, bis sie in einem Sunde still stehenblieben. Da setzte Gefion das Land dahin, gab ihm Namen und nannte es Selund.

Und da, wo das Land weggenommen worden, entstand ein See, den man nun Löger heißt. Und im Löger liegen die Buchten so wie die Vorgebirge in Seeland. So sagt Bragi, der Alte:

Bragi: der erste mit Namen bekannte Skalde (Anfang des 9. Jahrhunderts). Bragi heißt auch der Gott der germanischen Dichtkunst.

Gefion gewann vom goldreichen Gylfi
Geschenktes Gebiet mit riesigem Rindergespann.
Vier Häupter, acht Augen hatten die Ochsen,
Die das Seeland trennten von Swithiod.

2 König Gylfi war ein weiser Mann und zauberkundig. Er wunderte sich sehr, daß der Asen Volk so vielkundig sei, daß alles nach ihrem Willen erginge.

Er dachte nach, ob dies von ihrer eigenen Kraft geschehen möge oder ob da die Macht der Götter walte, welchen sie opferten. Er unternahm eine Reise nach Asgard, fuhr aber heimlich, indem er die Gestalt eines alten Mannes annahm und so sich hehlte.

Asgard: die Götterburg

Aber die Weisheit der Asen, die in die Zukunft blicken, durchschaute seine List, und da sie um seine Fahrt wußten, bevor er kam, empfingen sie ihn mit einem Blendwerk.

Als er in die Burg kam, sah er eine hohe Halle, daß er kaum darüber wegsehen mochte. Das Dach war mit goldenen Schilden belegt wie mit Schindeln.

So sagt Thiodolf von Hwin, daß Walhall mit Schilden gedeckt sei:

Thiodolf: einer der ersten Skalden. Er lebte gegen Ende des 9. Jahrhunderts.

Das Dach deckten denkende Künstler,
Steinschilde schimmerten über dem Saale Odins.

Am Tor der Halle sah Gylfi einen Mann, der mit Messern spielte, daß sieben zugleich in der Luft waren. Dieser fragte ihn nach seinem Namen. Gylfi nannte sich Gangleri und sagte, er komme von fern und bitte um Nachtherberge; auch fragte er, wem die Halle gehöre. Jener antwortete, sie gehöre ihrem König: »Ich will dich zu ihm begleiten: da magst du ihn selbst um seinen Namen fragen.«

Gangleri: »Der Wegemüde«

Alsbald ging der Mann ihm voraus in die Halle. Er folgte ihm nach, und dicht hinter seinen Fersen schlug die Tür zu. Da sah er viele Gemächer und eine Menge Volks: einige spielten, einige zechten, andere übten sich in den Waffen. Vieles von dem, was er sah, empfand er als unglaublich. Er blickte sich um und sprach zu sich:

»Der Fluchtwege versich're dich,
Ehe du einkehrst.
Denn ungewiß ist, ob Widersacher
In fremdem Hause verborgen sich halten.«

Er sah drei Hochsitze, einen über dem anderen, und auf jedem saß ein Mann. Er fragte, wie die Namen dieser Häuptlinge wären.

Har: »Der Hohe«

Sein Begleiter antwortete, der in dem untersten Hochsitz sitze, sei ein König und heiße Har, der im nächsten heiße Iafnhar und der im obersten heiße Thridi.

Iafnhar: »Der Ebenhohe«

Thridi: »Der Dritte«

Da fragte Har den Ankömmling, warum er komme, und fügte hinzu, Essen und Trinken stehe für ihn bereit wie für alle in Hars Halle.

Gylfi sagte aber, zuvor wolle er fragen, ob es da wohl einen weisen Mann gebe. Har sagte, er, Gylfi, komme nicht heil heraus, wenn er nicht weiser sei.

»Stehe du, indem du fragst;
Der Antwort sagt, soll sitzen.«

3 Da hub Gangleri an zu sprechen: »Wer ist der höchste und älteste aller Götter?«

Har sagte: »Allvater heißt er in unserer Sprache, und im alten Asgard hatte er zwölf Namen. Der erste ist Allvater, der andere Herran oder Herioan, der dritte Nikar oder Hnikar, der vierte ist Nikuz oder Hnikudr, der fünfte Fiolnir, der sechste Oski, der siebente Omi, der achte Biflidi oder Biflindi, der neunte Swidar, der zehnte Swidrir, der elfte Widrir, der zwölfte Jalg oder Jalkr.«

Da fragte Gangleri: »Wo ist dieser Gott oder was vermag er? Oder was hat er Großes getan?«

Har sagte: »Er lebt durch alle Zeitalter und beherrscht sein ganzes Reich und waltet aller Dinge, großer und kleiner.«

Da sprach Iafnhar: »Er schuf Himmel und Erde und die Luft und alles, was darin ist.«

Da sprach Thridi: »Das ist das Wichtigste, daß er den Menschen schuf und gab ihm den Geist, der leben soll und nie vergehen, wenn auch der Leib in der Erde fault oder zu Asche verbrannt wird. Auch sollen alle Menschen leben, die wohlgesittet sind, und mit ihm sein an dem Orte, der Gimil heißt oder Wingolf, Aber böse Menschen fahren zu Hel und danach gen Niflhel; das ist unten in der neunten Welt.«

Hel: Totengöttin Niflhel: das Totenreich, in dem sich Helheim befindet, der Wohnsitz Hels

Da fragte Gangleri: »Was tat er, bevor Himmel und Erde geschaffen waren?«

Hrimthursen: »Frostriesen«

Har antwortete: »Da war er bei den Hrimthursen.«

4 Gangleri fragte: »Wie ward die Welt, wie entstand sie, und was war zuvor?«

Völuspa: Gesang aus der Lieder-Edda

Har antwortete: »So heißt es in der Völuspa:

Einst war das Alter, da alles nicht war,
Nicht Sand noch See, noch salz'ge Wellen,
Nicht Erde fand sich noch Überhimmel,
Gähnender Abgrund und Gras nirgend.«

Niflheim: »Nebelheim«

Hwergelmir: »Brodelnder Kessel«

Giöllfluss: Grenze zum Totenreich

Da sprach Iafnhar: »Manches Zeitalter vor der Erde Schöpfung war Niflheim entstanden; in dessen Mitte liegt der Brunnen, Hwergelmir genannt. Daraus entspringen die Flüsse mit Namen Swöl, Gunnthra, Fiorm, Fimbul, Thul, Slidr und Hridr, Sylgr und Ylgr, Wid, Leiptr und Giöll, welcher der nächste beim Höllentor ist.«

Schnitzerei an der Stabkirche in Hylestad (Portal)

Da sprach Thridi: »Vorher aber war im Süden eine Welt, Muspel geheißen: die ist hell und heiß, so daß sie flammt und brennt und allen unzugänglich ist, die da nicht heimisch sind und keine Wohnung haben. Surtur ist er geheißen, der an der Grenze dieses Landes sitzt und es beschützt: er hat ein flammendes Schwert, und am Ende der Welt wird er kommen und alle Götter besiegen und die ganze Welt in Flammen verbrennen. So heißt es in der Völuspa:

Muspel: »Vernichtung«

Surtur: der Feuerriese

> Surtur fährt von Süden mit flammendem Schwert,
> Von seiner Klinge scheint die Sonne der Götter.
> Steinberge stürzen, Riesinnen straucheln,
> Zu Hel fahren Helden, der Himmel klafft.«

5 Gangleri fragte: »Was begab sich, bevor die Geschlechter wurden und Menschenvolk sich ausbreitete?«

Eliwagar: »Sturzfluten«. Sammelname für die aus dem Brunnen Hwergelmir hervorquellenden Flüsse

Sinter: Beim Sintern werden pulverfömige Stoffe so erhitzt, dass sie schmelzen und zusammenbacken. Sinter ist auch der Mineralabsatz aus Quellen.

Ginnungagap: »Der gähnende Schlund«

Har antwortete: »Als die Fluten, welche Eliwagar heißen, so weit von ihrem Ursprung kamen, daß der Giftstrom in ihnen erstarrte, wie der Sinter, der aus dem Feuer fällt, ward er in Eis verwandelt. Und da dies Eis stille stand und stockte, da fiel der Dunst darüber, der von dem Gifte kam und gefror zu Eis, und so legte eine Eislage sich über die andere bis in Ginnungagap.«

Da sprach Iafnhar: »Die Seite von Ginnungagap, welche nach Norden gerichtet ist, füllte sich an mit einem schweren Haufen Eis und Schnee, und darin herrschte Sturm und Ungewitter; aber der südliche Teil von Ginnungagap war milde von den Feuerfunken, die aus Muspelheim herüberflogen.«

Da sprach Thridi: »So wie die Kälte von Niflheim kam und alles Ungestüm, so war die Seite, die nach Muspelheim sah, warm und licht und Ginnungagap dort so lau wie windlose Luft, und als die Glut auch dem Reif begegnete, also daß er schmolz und sich in Tropfen auflöste, da erhielten die Tropfen Leben durch die Kraft dessen, der die Hitze sandte. Da entstand ein Menschengebild, das Ymir genannt ward; aber die Hrimthursen nennen ihn Örgelmir, und von ihm kommt das Geschlecht der Hrimthursen. Und der Riese Wafthrudnir sagt:

Ymir: »Das Gedröhn«

Wafthrudnir oder Vafthrudhnis ein allwissender Riese, der in der Lieder-Edda eine Rolle spielt. Siehe »Vafthrudhnismal«

Eitertropfen: Das altnordische Wort eitrdropar im Urtext bedeutet »Gifttropfen«. Gemeint ist, dass Unheil von den Eliwagar kommt.

Eitr in Komposita auch: »brennende Kälte«

»Aus den Eliwagar fuhren Eitertropfen
Und wuchsen, bis ein Riese ward.
Unsre Geschlechter kamen alle daher,
Drum sind sie unhold immer.«

Da fragte Gangleri: »Wie wurden die Geschlechter von ihm vererbt, oder wie geschah's, daß mehrere geschaffen wurden? Oder hältst du ihn für einen Gott, von dem du gesprochen hast?«

Da antwortete Har: »Wir halten ihn mitnichten für einen Gott: er war böse wie alle von seinem Geschlecht, die wir Hrimthursen nennen. Es wird erzählt: Als er schlief, fing er an zu schwitzen. Da wuchs ihm unter seinem linken Arm Mann und Weib, und sein einer Fuß zeugte einen Sohn mit dem andern. Und von diesen kommt das Geschlecht der Hrimthursen; den alten Hrimthurs aber nennen wir Ymir.«

6 Da fragte Gangleri: »Wo wohnte Ymir? Oder wovon lebte er?«

Har antwortete: »Als das Eis auftaute und schmolz, entstand die Kuh, die Audhumla hieß, und vier Milchströme rannen aus ihrem Euter; davon ernährte sich Ymir.«

Da fragte Gangleri: »Wovon nährte die Kuh sich?«

Har antwortete: »Sie beleckte die Eisblöcke, die salzig waren, und an dem ersten Tag, da sie die Steine beleckte, kam aus den Steinen am Abend Menschenhaar hervor, den andern Tag eines Mannes Haupt, den dritten Tag ward es ein ganzer Mann, der hieß Buri. Er war schön von Angesicht, groß und stark und gewann einen Sohn, der Bör hieß. Der vermählte sich mit Bestla, der

Tochter des Riesen Bölthorn; da gewannen sie drei Söhne: der eine hieß Odin, der andere Wili, der dritte We.

Und das ist mein Glaube, daß dieser Odin und seine Brüder Himmel und Erde beherrschen.«

Odin: der Göttervater

Wili: auch Hönir genannt

We: auch Lodur genannt. Möglicherweise ist er mit dem Feuergott Loki identisch.

7 Da fragte Gangleri: »Wie vertrugen sich diese mit Ymir, und welcher war der stärkere?«

Har antwortete: »Börs Söhne töteten den Riesen Ymir, und als er fiel, da lief so viel Blut aus seinen Wunden, daß sie darin das ganze Geschlecht der Hrimthursen ertränkten bis auf einen, der mit den Seinen davonkam: den nennen die Riesen Bergelmir. Er bestieg mit seinem Weib ein Boot und rettete sich so, und von ihm kommt das (neue) Hrimthursengeschlecht, wie hier gesagt ist:

> Im Anfang der Zeiten von der Erde Schöpfung
> Ward Bergelmir geboren.
> Des gedenk ich zuerst, daß der altkluge Riese
> im Boot geborgen ward.«

8 Da fragte Gangleri: »Was richteten die Söhne Bors aus, daß du sie für Götter hältst?«

Har antwortete: »Davon ist nicht wenig zu sagen. Sie nahmen Ymir und warfen ihn mitten in Ginnungagap und bildeten aus ihm die Welt: aus seinem Blute Meer und Wasser; aus seinem Fleische die Erde; aus seinen Knochen die Berge; und die Steine aus seinen Zähnen, Kinnbacken und zerbrochenem Gebein.«

Da sprach Iafnhar: »Aus dem Blute, das aus seinen Wunden geflossen war, machten sie das Weltmeer, festigten die Erde darin und legten es im Kreis um sie her, also daß es die meisten unmöglich dünken mag hinüberzukommen.«

Da sprach Thridi: »Sie nahmen auch seinen Hirnschädel und bildeten den Himmel daraus und erhoben ihn über die Erde mit vier Ecken oder Hörnern, und unter jedes Horn setzten sie einen Zwerg; die heißen Austri, Westri, Nordri, Sudri. Dann nahmen sie die Feuerfunken, die, von Muspelheim ausgeworfen, umherflogen, und setzten sie an den Himmel, oben sowohl als unten, um Himmel und Erde zu erhellen. Sie gaben auch allen Lichtern ihre Stelle, einigen am Himmel, andern lose unter dem Himmel, und setzten einem jeden seinen bestimmten Gang fest, wonach Tage und Jahre berechnet werden. So wird in alten Sagen erzählt, und so heißt es in der Völuspa:

Austri, Westri, Nordri, Sudri: »Osten«, »Westen«, »Norden«, »Süden«

> Die Sonne wußte nicht, wo sie Sitz hätte,
> Der Mond wußte nicht, was er Macht hätte,
> Die Sterne wußten nicht, wo sie Stätte hätten.«

Da sagte Gangleri: »Das sind merkwürdige Dinge, die ich da höre; ein großes Gebäude ist das und sehr künstlich gebildet. Wie war die Erde beschaffen?«

Har antwortete: »Sie ist außen kreisrund, und ringsumher liegt das tiefe Weltmeer. Und längs den Seeküsten jenseits gaben sie den Riesengeschlechtern Wohnplätze, und nach innen rund um die Erde machten sie eine Burg wider die Anfälle der Riesen, und zu dieser Burg verwendeten sie die Augenbrauen Ymirs des Riesen und nannten die Burg Midgard. Sie nahmen auch sein Gehirn und warfen es in die Luft und machten die Wolken daraus, wie hier gesagt ist:

Midgard: Wohnsitz der Menschen

Aus Ymirs Fleisch ward die Erde geschaffen,
Aus dem Schweiße die See,
Aus dem Gebein die Berge, aus dem Haar die Bäume,
Aus der Hirnschale der Himmel.

Aus den Augenbrauen schufen güt'ge Asen
Midgard den Menschensöhnen;
Aber aus seinem Hirn sind alle hartgemuten
Wolken erschaffen worden.«

9 Da sprach Gangleri: »Großes dünken sie mich vollbracht zu haben, da sie Himmel und Erde geschaffen, die Sonne und das Gestirn geordnet und Tag und Nacht geschieden hatten; aber woher kamen die Menschen, welche die Erde bewohnen?«

Har antwortete: »Als Börs Söhne am Seestrand gingen, fanden sie zwei Bäume. Sie nahmen die Bäume und schufen Menschen daraus. Der erste gab Geist und Leben, der andere Verstand und Bewegung, der dritte Antlitz, Sprache, Gehör und Gesicht.

Ask: »Esche« Embla: »Erle«

Sie gaben ihnen auch Kleider und Namen: den Mann nannten sie Ask und die Frau Embla, und von ihnen kommt das Menschengeschlecht, welchem Midgard zur Wohnung verliehen ward. Danach bauten sie sich eine Burg mitten in der Welt und nannten sie Asgard. Da wohnten die Götter und ihr Geschlecht, und manches Abenteuer trug sich da zu, davon erzählt wird auf Erden und in den Lüften. In der Burg ist ein Ort, der Hlidskialf heißt, und wenn Odin sich da auf den Hochsitz setzt, so übersieht er alle Welten und aller Menschen Tun und weiß alle Dinge, die da geschehen. Seine Hausfrau heißt Frigg, Fiörgwins Tochter, und von ihrem Geschlecht ist der Stamm entsprungen, den wir das Asengeschlecht nennen, welches das alte Asgard bewohnte und die Reiche, die dazugehören, und das ist das Geschlecht der Götter. Und darum mag er Allvater heißen, weil er der Vater ist aller Götter und Menschen und alles dessen, was er durch seine Kraft hervorgebracht hat. Jörd war seine Tochter und seine Frau, und von ihr gewann er einen erstgeborenen Sohn: das ist Asathor; ihm folgen Kraft und Stärke, daß er siegt über alles Lebendige.

Hlidskialf: Thron Odins

Jörd: »Erde«

Asathor oder Thor: Gott des Donners und des Blitzes, des Wetters und der Ernte; Beschützer der Menschen

10 Nörwi oder Narfi hieß ein Riese, der in Jötunheim wohnte; er hatte eine Tochter, die hieß Nacht und war schwarz und dunkel wie ihr Geschlecht. Sie ward einem Manne vermählt, der Naglfari hieß: der beiden Sohn war Andr. Danach

ward sie Onar (Annar) vermählt; beider Tochter hieß Jörd. Ihr letzter Gemahl war Dellingr, der vom Asengeschlecht war.

Dellingr: »Dämmerung«, auch »Morgenrot«

Ihr Sohn Tag war schön und licht nach seiner väterlichen Herkunft.

Riemenbeschlag aus Vendel

Da nahm Allvater die Nacht und ihren Sohn Tag und gab ihnen zwei Rosse und zwei Wagen und setzte sie an den Himmel, daß sie damit alle zweimal zwölf Stunden um die Erde fahren sollten. Die Nacht fährt voran mit dem Rosse, das Hrimfaxi heißt, und jeden Morgen betaut es die Erde mit dem Schaum seines Gebisses. Das Roß, womit der Tag fährt, heißt Skinfaxi, und Luft und Erde erleuchten seine Mähne.«

Hrimfaxi: »Reifmähne«

Skinfaxi: »Lichtmähne«

11 Da fragte Gangleri: »Wie leitet er den Lauf der Sonne und des Mondes?«

Har antwortete: »Ein Mann hieß Mundilföri, der hatte zwei Kinder. Sie waren hold und schön: da nannte er den Sohn Mond (Mani) und die Tochter Sonne (Sol) und vermählte sie einem Manne, Glenur genannt.

Glenur: »Glanz«

Aber die Götter, die ihr Stolz erzürnte, nahmen die Geschwister und setzten sie an den Himmel, und sie befahlen zwei Hengsten, den Sonnenwagen zu ziehen, den sie, um die Welt zu erleuchten, aus den Feuerfunken Muspelheims geschaffen hatten. Die Hengste hießen Arwakr und Alswidr, und unter dem Bug setzten die Götter zwei Blasbälge, um sie abzukühlen, und in einigen Liedern heißen sie ›Eisenkühle‹. Mani leitet den Gang des Mondes und herrscht über Neumond und Vollmond. Er nahm zwei Kinder von der Erde, Bil und Hinki genannt, da sie von dem Brunnen Byrgir kamen und den Eimer

Arwakr: »Frühwach«

Alswidr: »Allgeschwind«

auf den Achseln trugen; der heißt Sägr und die Eimerstange Simul. Widfinur heißt ihr Vater. Diese Kinder gehen hinter dem Monde her, wie man noch von der Erde aus sehen kann.«

12 Da fragte Gangleri: »Die Sonne fährt schnell, fast als wenn ihr bange wäre. Sie könnte ihren Gang nicht mehr beschleunigen, wenn sie für ihr Leben fürchtete.«

Da antwortete Har: »Das ist nicht zu verwundern, daß sie so schnell fährt, denn ihr Verfolger ist nah, und sie kann nicht anders, als ihre Fahrt zu beschleunigen.«

Da fragte Gangleri: »Wer ist es, der sie so in Angst versetzt?«

Sköll: »Schatten«
Hati: »Hasser«

Har antwortete: »Das sind zwei Wölfe. Der eine, der sie verfolgt, heißt Sköll. Sie fürchtet, daß er sie greifen möchte. Der andere heißt Hati, Hrodwitnirs Sohn, der läuft vor ihr her und will den Mond packen, was auch geschehen wird.«

Da fragte Gangleri: »Von welcher Herkunft sind diese Wölfe?«

Jarnwidr: »Eisenholz«

Manargarm: »Mondhund«

Har antwortete: »Ein Riesenweib wohnt östlich von Midgard in dem Walde, der Jarnwidr heißt. In diesem Walde wohnen die Zauberweiber, die man Jarnwidiur nennt. Jenes alte Riesenweib gebiert viele Riesenkinder, alle in Wolfsgestalt, und von ihr stammen die Wölfe. Es wird gesagt, der Mächtigste dieses Geschlechts werde der werden, welcher Manargarm heißt. Dieser wird mit dem Fleisch aller Menschen, da sie sterben, gesättigt; er verschlingt den Mond und überspritzt den Himmel und die Luft mit seinem Blute; davon verfinstert sich der Sonne Schein, und die Winde brausen und sausen hin und her. So heißt es in der Völuspa:

Fenrir oder Fenrirwolf: dämonisches Ungeheuer in Wolfsgestalt

Östlich sitzt die Alte im Eisengebüsch
Und füttert dort Fenrirs Geschlecht.
Von ihnen allen wird eins das schlimmste:
Des Mondes Mörder übermenschlicher Gestalt.

Ihn mästet das Mark gefällter Männer,
Der Seligen Saal besudelt das Blut.
Der Sonne Schein dunkelt in kommenden Sommern,
Alle Wetter wüten: Wißt ihr, was das bedeutet?«

13 Da fragte Gangleri: »Wo geht der Weg vom Himmel zur Erde?«

Bifröst: Regenbogen

Har antwortete und lachte: »Nun hast du unklug gefragt. Hast du nicht gehört, daß die Götter eine Brücke machten vom Himmel zur Erde, die Bifröst heißt? Die wirst du gewiß gesehen haben, aber vielleicht nennst du sie Regenbogen. Sie hat drei Farben und ist sehr stark und mit mehr Kunst und Verstand gemacht als andere Werke. Aber so stark sie auch ist, so wird sie doch zerbrechen, wenn Muspels Söhne kommen, darüber zu reiten; und ihre Pferde müssen dann über große Ströme schwimmen.«

Da sprach Gangleri: »Mich wundert, daß die Brücke zerbrechen mag; die Götter konnten sie doch so fest machen, wie sie wollten.«

Da antwortete Har: »Die Götter haben keinen Tadel verdient wegen dieses Werkes. Bifröst ist eine gute Brücke; aber kein Ding in der Welt mag bestehen bleiben, wenn Muspels Söhne geritten kommen.«

14 Da fragte Gangleri: »Was tat Allvater, als Asgard gebaut war?«

Har antwortete: »Zuvörderst setzte er Richter ein, die über das Schicksal der Leute entscheiden und die Einrichtungen in der Burg bewahren sollten. Das war an dem Orte, der Idafeld heißt, mitten in der Burg. Ihr erstes Geschäft war, einen Hof zu bauen, worin ihre Stühle standen, zwölf an der Zahl, und überdies ein Hochsitz für Allvater. Es ist das beste und größte Gebäude der Welt, außen sowohl als innen von lauterem Gold. Diese Stätte nennt man Gladsheim. Sie bauten noch einen andern Saal, da war die Wohnung der Göttinen. Dies Haus war auch sehr schön, und die Menschen nennen es Wingolf. Danach legten sie Schmiedeöfen an und machten sich dazu Hammer, Zange und Amboß und hernach damit alles andere Werkgerät. Dann verarbeiteten sie Erz, Gestein und Holz und eine so große Menge des Erzes, das Gold genannt wird, daß sie alles Hausgerät von Gold hatten. Und diese Zeit heißt das Goldalter: Es verschwand aber bei der Ankunft gewisser Frauen, die aus Jötunheim kamen.

Gladsheim: »Freudenwelt«

Danach setzten sich die Götter auf ihre Hochsitze und hielten Rat und Gericht und gedachten, wie die Zwerge zum Leben erweckt worden im Staub und in der Erde gleich Maden im Fleisch.

Die Zwerge waren zuerst erschaffen worden und hatten Leben erhalten in Ymirs Fleisch und waren da Maden. Aber nun, nach dem Ausbruch der Götter, erhielten sie Menschenwitz und Menschengestalt und wohnten in der Erde und im Gestein. Modsognir hieß einer dieser Zwerge und ein anderer Durin, wie es in der Völuspa heißt:

Da gingen die Berater zu den Richterstühlen,
Hochheil'ge Götter hielten Rat,
Wer schaffen sollte der Zwerge Geschlecht,
Aus des Meerriesen Blut und blauen Gliedern.

Da ward Modsognir der mächtigste
Dieser Zwerge und Durin nach ihm.
Manche noch machten sie menschengleich
Der Zwerge von Erde, wie Durin angab.

Runenstein aus Altuna. Thor im Boot mit dem Hammer. Der Gott fängt die Midgardschlange.

Und dieses, heißt es, sind die Namen dieser Zwerge:

Nyi und Nidi, Nordri und Sudri,
Austri und Westri, Althiof, Dwalin,
Nar und Nain, Nipingr, Dain,
Biwör, Bawör, Bömbör, Nori,

Ori, Quar, Oin, Modwitnir,
Wigr und Gandalfr, Windalfr, Thorin,
Fili, Kili, Fundin, Wali,
Thror, Throin, Theckr, Litr, Witr,
Nyr, Nyradr, Reckr, Radswidr.

Und diese sind auch Zwerge und wohnen im Gestein wie jene in der Erde:

Draupnir, Dolgthwari, Hör, Hugstari,
Hlediofr, Gloin, Dori, Ori,
Dufr, Andwari, Hepti, Fili,
Har, Siar.

Aber folgende kamen von Swarins Hügel gen Oerwang auf Jöruwall, und von ihnen stammt Lofars Geschlecht. Dies sind ihre Namen:

Skirsir, Wirfir, Skafidr, Ai,
Alfr, Ingi, Eikinskialdi,
Falr, Frosti, Fidr, Ginnar.«

15 Da fragte Gangleri: »Wo ist der Götter vornehmster und heiligster Aufenthalt?«

Yggdrasil: die Weltesche, das Symbol der Welt für die Zeit ihres Bestehens

Har antwortete: »Das ist bei der Esche Yggdrasil: Da sollen die Götter täglich Gericht halten.«

Da fragte Gangleri: »Was ist von diesem Ort zu berichten?«

Niflheim: »Nebelheim«

Nidhöggr: ein Drache

Mimir: Riese der Weisheit und des Wassers

Allvater: Odin. Er ist einäugig, weil er ein Auge opferte, um aus Mimirs Brunnen der Weisheit trinken zu dürfen.

Da antwortete Iafnhar: »Diese Esche ist der größte und beste von allen Bäumen: ihre Zweige breiten sich über die ganze Welt und reichen hinauf über den Himmel. Drei Wurzeln halten den Baum aufrecht, die sich weit ausdehnen: die eine zu den Asen, die andere zu den Hrimthursen, wo vormals Ginnungagap war; die dritte steht über Niflheim, und unter dieser Wurzel ist Hwergelmir, und Nidhöggr nagt von unten auf an ihr. Bei der andern Wurzel hingegen, welche sich zu den Hrimthursen erstreckt, ist Mimirs Brunnen, worin Weisheit und Verstand verborgen sind. Der Eigner des Brunnens heißt Mimir und ist voller Weisheit, weil er täglich von dem Brunnen aus dem Giallarhorn trinkt. Einst kam Allvater dahin und verlangte einen Trunk aus dem Brunnen, erhielt ihn aber nicht eher, bis er sein Auge zum Pfand setzte.

So heißt es in der Völuspa:

Alles weiß ich, Odin, wo dein Auge blieb:
In der vielbekannten Quelle Mimirs.
Met trinkt Mimir jeden Morgen
Aus Walvaters Pfand: wißt ihr, was das bedeutet?

Urd: Norne (Schicksalsgöttin) der Vergangenheit

Unter der dritten Wurzel der Esche, die zum Himmel geht, ist ein Brunnen, der sehr heilig ist, Urds Brunnen genannt: da haben die Götter ihre Gerichtsstätte; jeden Tag reiten die Asen dahin über Bifröst, welche auch Asenbrücke heißt. Die Pferde der Asen haben diese Namen: Sleipnir, das beste, hat Odin, es hat acht Füße; das andere ist Gladr; das dritte Gyllir; das vierte Gier; das fünfte Skeidbrimir; das sechste Silfrintopp; das siebente Sinir; das achte Gils; das neunte Falhofnir; das zehnte Gulltopp; das elfte Lettfeti. Baldurs Pferd ward mit ihm verbrannt. Thor geht zu Fuß zum Gericht und watet über folgende Flüsse:

Baldur: Gott der Sonne und des Lichts

Körmt und Oermt und beide Kerlög
Watet Thor täglich,
Wenn er reitet Gericht zu halten
Bei der Esche Yggdrasil.
Denn die Asenbrücke stünd all in Lohe
Heilige Fluten flammten.«

Da fragte Gangleri: »Brennt denn Feuer auf Bifröst?«

Har antwortete: »Das Rote, das du im Regenbogen siehst, ist brennendes Feuer. Die Hrimthursen und Bergriesen würden Himmel ersteigen, wenn ein jeder über Bifröst gehen könnte, der da wollte.

Viele schöne Plätze gibt es im Himmel, die alle unter dem Schutz der Götter stehen. So steht ein schönes Gebäude unter der Esche bei dem Brunnen, aus dem kommen die drei Mädchen, die Urd, Skuld und Werdandi heißen. Diese Mädchen, welche aller Menschen Lebenszeit bestimmen, nennen wir Nornen. Es gibt noch andere Nornen, nämlich solche, die sich bei jedes Kindes Geburt einfinden, ihm seine Lebensdauer anzusagen. Einige sind von Göttergeschlecht, andere von Alfengeschlecht, noch andere vom Geschlecht der Zwerge, wie hier gesagt wird:

Skuld: Norne der Zukunft

Werdandi: Norne der Gegenwart

Alfen: Elben

Gar verschied'nen Geschlechts scheinen mir die Nornen
Und nicht eines Ursprungs.
Einige sind Asen, andere Alfen,
Die dritten Töchter Dwalins.«

Dwalin: ein Zwerg, der zauberkräftige Schwerter schmieden kann

Da sprach Gangleri: »Wenn die Nornen über das Geschick der Menschen walten, so teilen sie ihnen schrecklich ungleich aus. Die einen leben in Macht und Überfluß, die anderen haben wenig Glück noch Ruhm; die einen leben lange, die andern kurze Zeit.«

Har antwortete: »Die guten Nornen und die von guter Herkunft sind, schaffen Glück. Geraten einige Menschen in Unglück, so sind daran die bösen Nornen schuld.«

16 Da fragte Gangleri: »Was ist weiter Merkwürdiges von der Esche zu sagen?«

Har antwortete: »Gar viel ist davon zu sagen. Ein Adler sitzt in den Zweigen der Esche, der viele Dinge weiß, und zwischen seinen Augen sitzt ein Habicht, Wedrfölnir genannt.

Ein Eichhörnchen, das Ratatöskr heißt, springt auf und nieder an der Esche und trägt Zankworte hin und her zwischen dem Adler und Nidhöggr. Und vier Hirsche laufen umher an den Zweigen der Esche und beißen die Knospen ab.

Sie heißen: Dain, Dwalin, Dunneir, Durathror. Und so viele Schlangen sind in Hwergelmir bei Nidhöggr, daß es keine Zunge zählen mag. So heißt es hier:

Die Esche Yggdrasil duldet Unbill
Mehr, als Menschen wissen:
Der Hirsch weidet oben, hohl wird die Seite,
Unten nagt Nidhöggr.

Schwertknauf von Skurup

Ferner heißt es:

Mehr Würme liegen unter der Esche Wurzel,
Als ein unkluger Affe meint:
Goin und Moin, Grafwitnirs Söhne,
Grabakr und Grafwölludr,
Ofnir und Swafnir sollen ewig
Von der Wurzel Zweigen zehren.

Auch wird erzählt, daß die Nornen, welche an Urds Brunnen wohnen, täglich Wasser aus dem Brunnen nehmen und es zugleich mit dem Dünger, der um den Brunnen liegt, auf die Esche sprengen, damit ihre Zweige nicht dorren oder faulen. Dies Wasser ist so heilig, daß alles, was in den Brunnen kommt, so weiß wird wie die Haut, die inwendig in der Eierschale liegt. So heißt es:

Begossen wird die Esche, die Yggdrasil heißt,
Der geweihte Stamm, mit weißem Schaum.
Davon kommt der Tau, der in die Täler fällt.
Immergrün steht er über Urds Brunnen.

Den Tau, der von ihr auf die Erde fällt, nennt man Honigtau: davon ernähren sich die Bienen. Auch nähren sich zwei Vögel in Urds Brunnen, die heißen Schwäne, und von ihnen kommt das Vogelgesicht dieses Namens.«

17 Da sprach Gangleri: »Große Dinge weißt du vom Himmel zu berichten; aber was für andere Hauptgebäude gibt es noch außerdem an Urds Brunnen?«

Alfheim: »Elbenheim« oder »Elbenwelt«

Breidablick: das Schloss des Sonnengottes Baldur
Himinbiörg: Wohnsitz des Gottes Heimdall. Er ist der Wächter Asgards.

Har antwortete: »Da sind noch manche merkwürdige Stätten. So ist eine Wohnung, die Alfheim heißt. Da haust das Volk, das man Lichtalfen nennt; aber die Schwarzalfen wohnen unten in der Erde und sind jenen ungleich von Angesicht und noch viel ungleicher in ihren Verrichtungen. Die Lichtalfen sind schöner als die Sonne von Angesicht, aber die Schwarzalfen schwärzer als Pech. Da ist auch eine Wohnung, die Breidablick heißt, und das ist die schönste von allen. Ein anderes Gebäude heißt Glitnir: dessen Wände, Säulen und Balken sind von rotem Golde und das Dach von Silber. Da ist auch ein Bau, der Himinbiörg heißt, der steht an des Himmels Ende, da wo die Brücke Bifröst an den Himmel reicht; da ist ferner ein großer Saal, der Walaskialf heißt: das ist Odins Saal. Ihn schufen die Götter und deckten ihn mit schierem Silber. In diesem Saal ist der Hochsitz, der Hlidskialf heißt, und wenn Allvater auf diesem Hochsitz sitzt, so übersieht er die ganze Welt. Im südlichen Ende des Himmels ist der Palast, der Gimil heißt und der schönste von allen ist und glänzender als die Sonne. Er wird stehen bleiben, wenn sowohl Asgard als Erde vergehen, und alle guten und rechtschaffenen Menschen aller Zeitalter werden ihn bewohnen.

Gimil: Himmel

So heißt es in der Völuspa:

Einen Saal sah ich lichter als die Sonne,
Mit Gold gedeckt, auf Gimils Höhen.
Da werden bewährte Leute wohnen
Und ohne Ende der Ehren genießen.«

Da fragte Gangleri: »Wer bewahrt diesen Palast, wenn Surturs Lohe Himmel und Erde verbrennt?«

Surtur: Feuerriese

Har antwortete: »Es wird gesagt, daß es einen Himmel südlich und oberhalb von diesem gebe, welcher Andlang heiße. Und noch ein dritter Himmel sei über ihnen, welcher Widblain heiße, und in diesen Himmeln glauben wir sei der Palast gelegen, und nur von den Lichtalfen glauben wir diesen Palast jetzt bewohnt.«

18 Da fragte Gangleri: »Woher kommt der Wind, der so stark ist, daß er das Weltmeer aufrührt und Feuer anfacht? Aber so stark er ist, kann ihn doch niemand sehen: wie ist das wunderlich beschaffen!«

Da antwortete Har: »Das kann ich dir wohl sagen. Am nördlichen Ende des Himmels sitzt ein Riese, der Hräswelgr heißt. Er hat Adlersgestalt, und wenn er zu fliegen versucht, so entsteht der Wind unter seinen Fittichen. Davon heißt es so:

Hräswelgr:
»Leichenschwelger« oder
»Leichenschlinger«

Hräswelgr heißt, der an Himmels Ende sitzt,
In Adlerskleid ein Jote.
Mit seinen Fittichen facht er den Wind
Über alle Völker.«

19 Da fragte Gangleri: »Wie kommt es, daß der Sommer heiß ist und der Winter kalt?«

Har antwortete: »Nicht soll ein kluger Mann also fragen, denn hiervon weiß ein jeder Kunde zu geben. Wenn du aber allein so unwissend bist, daß du dies nie gehört hast, so will ich dir lieber zulassen, daß du einmal unweise fragst, als daß du länger dessen unkundig bleibst, was ein jeder wissen sollte. Swasudr heißt der Vater des Sommers; der ist so wonnig, daß nach meinem Namen alles heißt, was milde oder sanft ist. Aber der Vater des Winters heißt Windloni, bald Windswalr, und dies Geschlecht ist grimmig und kaltherzig, und der Winter artet ihm nach.«

Windloni: » Windbringer«

Windswalr: »Windkühl«

20 Da fragte Gangleri: »Welches sind die Asen, an welche die Menschen glauben sollen?«

Har antwortete: »Es gibt zwölf göttliche Asen.«

Da sprach Iafnhar: »Die Asinnen sind nicht minder heilig und ihre Macht nicht geringer.«

Das sprach Thridi: »Odin ist der vornehmste und älteste der Asen. Er waltet aller Dinge, und obwohl auch andere Götter Macht haben, so dienen ihm doch alle wie Kinder ihrem Vater. Seine Frau ist Frigg; sie weiß aller Menschen Geschick, obgleich sie es keinem vorhersagt. So wird berichtet, daß Odin selbst zu dem Asen sagte, der Loki heißt:

Loki: Gott des Feuers. Wie das Feuer wirkt er einerseits wohltätig, anderseits zerstörend.

Irr bist du, Loki, daß du selber anführst
Die schnöden Schandtaten.
Wohl weiß Frigg alles, was sich begibt,
Ob sie schon es nicht sagt.

Odin heißt Allvater, weil er aller Götter Vater ist, und Walvater, weil alle seine Wunschsöhne sind, die auf dem Walplatz fallen. Sie werden in Walhall und Wingolf aufgenommen und heißen da Einherier. Er heißt auch Hangagott oder Haptagott, Farmagott und nannte sich noch mit vielen Namen, als er zu König Geirröd kam:

Walhall: Schloss in Asgard, das die gefallenen Krieger aufnimmt

Geirröd spielt im »Grimnismal« (Lieder-Edda) eine Rolle. Die folgenden Strophen beweisen, dass Har, Iafnhar und Thridi eine Person sind: Odin.

Geschnitzter Knochen. Mammenstil, drei verflochtene Tiere darstellend, Årnes, Norwegen

Ich heißt Grimur und Gangleri,
Herian, Hialmberi,
Theckr, Thridi, Thudr, Udr,
Helblindi und Har.

Sadr, Swipal und Sanngetal,
Herteitr und Hnikar,
Bileigr und Baleigr, Bölwerkr, Fiölnir,
Grimnir, Glapswidr, Fiölswidr.

Sidhöttr, Sidfkeggr, Siegvater, Knikudr,
Allvater, Atridr, Farmatyr,

Oski, Omi, Iafnhar, Biflindi,
Göndlir, Harbardr.

Swidur, Swidrir, Jalkr, Kialar, Widur,
Thror, Yggr, Thundr, Wakr, Skilfingr,
Wafudr, Hroptatyr, Gautr, Weratyr.«

Da sprach Gangleri: »Erschrecklich viele Namen habt ihr ihm gegeben, und wohl glaube ich, daß der sehr klug sein müsse, der weiß und angeben kann, welche Begebenheiten einen jeden dieser Namen veranlaßt haben.«

Thorshammer als Anhänger. Erikstorp

Da antwortete Har: »Wohl gehört Klugheit dazu, das genau zu erörtern, daß so vielerlei Sprachen in der Welt sind und daß alle Völker glaubten, seinen Namen nach ihrer Zunge einrichten zu müssen, um ihn damit anzurufen und anzubeten. Andere Veranlassungen zu diesen Namen müssen in seinen Fahrten gesucht werden, die in alten Sagen berichtet werden, und du magst mitnichten ein kluger Mann heißen, wenn du nicht von diesen merkwürdigen Begebenheiten zu erzählen weißt.«

21 Da fragte Gangleri: »Wie heißen die Namen der anderen Asen? Und was haben sie Großes ausgerichtet?«

Har antwortete: »Thor ist der vornehmste von ihnen. Er heißt Asathor oder Ökuthor und ist der stärkste aller Götter und Menschen. Ihm gehört das Reich, das Thrudwangr genannt wird, aber sein Palast heißt Bilskirnir. Dieser Palast hat fünfhundertundvierzig Gemächer und ist das größte Gebäude, das je gemacht worden ist. So heißt es in Grimnismal:

Thrudwangr: »Welt der Kraft«

Bilskirnir: »Der glänzende oder strahlende Aufenthaltsort«

Fünfhundert Gemächer und viermal zehn
Weiß ich in Bilskirnirs Bau.
Von allen Häusern, die Dächer haben,
Glaub' ich meines Sohns das größte.

Thor hat zwei Böcke, sie heißen Tanngniostr und Tanngrisnir, und einen Wagen, worin er fährt. Die Böcke ziehen den Wagen: darum heißt Thor auch Ökuthor. Er hat auch drei Kleinode: den Hammer Miölnir, den die Hrimthursen und die Bergriesen kennen, wenn er geschwungen wird; was nicht zu verwundern ist, denn er hat ihren Vätern und Freunden manchen Kopf damit zerschlagen. Sein anderes Kleinod ist der Kraftgürtel, Megingiardr genannt: wenn er den um sich spannt, so wächst ihm die Asenkraft um die Hälfte. Noch ein drittes Ding hat er, in dem großer Wert liegt, das sind seine Eisenhandschuhe: die kann er nicht missen, um den Schaft des Hammers zu fassen. Und niemand ist so klug, daß er alle seine Großtaten erzählen könnte. Ich könnte so manche Zeitung von ihm berichten, daß der Tag vergehen würde, ehe alles gesagt wäre, was ich weiß.«

Tanngniostr: »Zahn-Knisterer«

Tanngrisnir: »Zahn-Knirscher«

Öku: »Der Wagen«

Miölnir: »Zermalmer«

22 Da sprach Ganglieri: »Ich möchte auch von den anderen Asen Kunde hören.«

Har sprach: »Odins anderer Sohn ist Baldur. Von ihm ist nur Gutes zu sagen: er ist der beste und wird von allen gelobt. Er ist so schön von Antlitz und so

Baldur: »Herr«, auch »Der Tapfere«

Baldurs Augenbrauen: Damit ist eine im isländischen als »Baldrsbra« bezeichnete Blume gemeint.

glänzend, daß ein Schein von ihm ausgeht. Eine Blume ist so licht, daß sie mit Baldurs Augenbrauen verglichen wird, sie ist die lichteste aller Blumen: davon magst du auf die Schönheit seines Haars sowohl als seines Leibes schließen. Er ist der weiseste, beredteste und mildeste von allen Asen. Er hat die Eigenschaft, daß niemand seine Urteile schelten kann. Er bewohnt im Himmel die Stätte, welche Breidablick heißt. Da wird nichts Unreines geduldet, wie hier gesagt wird:

> Die siebente ist Breidablick, da hat Baldur sich
> Die Halle erhöht,
> In jener Gegend, wo ich der Greuel
> Die wenigsten lauschen weiß.

Niördr: Gott der Wasserwelt und der Schiffahrt

23 Der dritte Ase ist Niördr genannt, er bewohnt im Himmel die Stätte, welche Noatun heißt. Er beherrscht den Gang des Windes und stillt Meer und Feuer; ihn ruft man zur See und bei der Fischerei an. Er ist so reich und vermögend, daß er allen, welche ihn darum anrufen, Gut – liegendes sowohl als fahrendes – gewähren mag.

Wanen: Göttergeschlecht, lebt im Wasser und im Erdinnern, war früher mit den Asen verfeindet. Nach Friedensschluss kam es zu dem erwähnten Geiseltausch.

Hönir: Bruder Odins

Er ward in Wanaheim erzogen, und die Wanen gaben ihn den Göttern als Geisel und nahmen dafür von den Asen als Geisel den Hönir: so verglichen sich durch ihn die Götter mit den Wanen. Niördrs Frau heißt Skadi und ist die Tochter des Riesen Thiassi. Skadi wollte wohnen, wo ihr Vater gewohnt hatte, nämlich auf den Felsen in Thrymheim; aber Niördr wollte sich bei der See aufhalten. Da verglichen sie sich dahin, daß sie neun Nächte in Thrymheim und dann andere neun in Noatun sein wollten. Aber da Niördr von den Bergen nach Noatun zurückkam, sang er:

> Leid sind mir die Berge; nicht lange war ich dort,
> Nur neun Nächte.
> Der Wölfe heulen dauchte mich widrig
> Gegen der Schwäne Singen.

Aber Skadi sang:

> Nicht schlafen konnt' ich am Ufer der See
> Vor der Vogel Lärm;
> Da weckte mich, vom Wasser, kommend
> Jeden Morgen die Möwe.

Thrymheim: »Welt des Lärms«

Öndurdis: »Schneeschuhläuferin«

Thiassi: siehe Prosa-Edda Nr. 55

Da zog Skadi nach den Bergen und wohnte in Thyrmheim. Da jagt sie oft auf Schneeschuhen mit ihrem Bogen nach Tieren. Sie heißt auch Öndurdis.

Von ihr heißt es:

> Thrymheim heißt die sechste, wo Thiassi
> hauste,
> Jener mächtige Jote;
> Nun bewohnt Skadi, die scheue Götterbraut,
> Des Vaters alte Veste.

24 Niördr in Noatun zeugte seitdem zwei Kinder. Der Sohn hieß Freyr und die Tochter Freyja. Sie waren schön von Antlitz und mächtig. Freyr ist der trefflichste unter den Asen. Er herrscht über Regen und Sonnenschein und das Wachstum der Erde, und ihn soll man anrufen um Fruchtbarkeit und Frieden.

Freyr: Gott des Tages, der Fruchtbarkeit und des Wohlstands

Freyja: Göttin der Liebe

Freyja ist die herrlichste der Asinnen. Sie hat die Wohnung im Himmel, die Folkwang heißt, und wenn sie zum Kampfe zieht, gehört die eine Hälfte der Gefallenen ihr und die andere Hälfte Odin, wie hier gesagt ist:

Folkwang: »Welt des Volkes«

> Folkwang ist die neunte: da hat Freyja Gewalt,
> Die Sitze zu ordnen im Saal.
> Der Walstatt Hälfte hat täglich zu wählen;
> Odin hat die andere Hälfte.

Ihr Saal Sessrumnir ist groß und schön. Wenn sie ausfährt, sind zwei Katzen vor ihren Wagen gespannt. Sie ist denen gewogen, welche sie anrufen, und von ihr hat der Ehrenname den Ursprung, daß man vornehme Weiber Frauen nennt. Sie liebt den Minnegesang, und es ist gut, sie in Liebessachen anzurufen.«

25 Da sprach Gangleri: »Groß scheint mir die Macht dieser Asen, und nicht zu verwundern ist es, daß so viel Gewalt euch beiwohnt, da ihr so gute Kunde habt von den Göttern und wißt, wen von ihnen man in jedem Falle anzurufen hat. Sind aber nicht noch mehr Götter?«

Har versetzte: »Da ist noch ein Ase, der Tyr heißt. Er ist sehr kühn und mutig und herrscht über den Sieg im Kriege; darum ist es gut, daß Kriegsmänner ihn anrufen. Wer kühner ist als andere und vor nichts sich scheut, von dem sagt man sprichwörtlich, er sei tapfer wie Tyr. Er ist auch so weise, daß man von Klugen sagt, sie seien weise wie Tyr. Ein Beweis seiner Kühnheit ist dies: Als die Asen den Fenrirwolf überredeten, sich mit dem Bande Gleipnir binden zu lassen, traute er ihnen nicht, daß sie ihn wieder lösen würden, bis sie zum Unterpfande Tyrs Hand in seinen Mund legten. Und als die Asen ihn nicht wieder lösen wollten, biß er ihm die Hand an der Stelle ab, die nun Wolfsglied heißt. Seitdem ist Tyr einhändig, gilt aber den Menschen nicht für einen Friedensstifter.

Tyr: Kriegsgott

Gleipnir: Fessel, die erst bei der Götterdämmerung zerreißt. Die hier angedeutete Geschichte wird später, in Prosa-Edda Nr. 34, ausführlich erzählt.

26 Ein anderer Ase heißt Bragi. Er ist berühmt durch Beredsamkeit und Wortfertigkeit und sehr geschickt in der Skaldenkunst, die nach ihm Bragur genannt wird, so, wie auch diejenigen nach seinem Namen Bragurleute heißen, die redefertiger sind als andere Männer und Frauen. Seine Frau heißt Idun: sie verwahrt in einem Gefäß Äpfel, welche die Götter genießen sollen, wenn sie altern, denn sie werden alle jung davon, und das mag währen bis zur Götterdämmerung.«

Bragi: Gott der Dichtkunst

Da sprach Gangleri: »Mich dünkt, die Götter haben der Treue und Sorgsamkeit Iduns große Dinge anvertraut.«

Da sprach Har und lächelte: »Beinahe wäre es einstmals schlimm damit ergangen; ich könnte dir davon wohl erzählen; aber du sollst erst die Namen der anderen Asen hören:

Gulltopp: »Goldzopf«

27 Heimdall heißt einer, er ist groß und hehr und von neun Mädchen, die Schwestern waren, geboren. Er heißt auch Hallinskidi und Gullintanni, weil seine Zähne von Gold sind. Sein Pferd heißt Gulltopp. Er wohnt auf Himinbiörg bei Bifröst. Er ist der Wächter der Götter und wohnt dort an des Himmels Ende, um die Brücke vor den Bergriesen zu bewahren. Er bedarf weniger Schlaf als ein Vogel und sieht sowohl bei Nacht als bei Tag hundert Rasten weit; er hört auch das Gras in der Erde und die Wolle auf den Schafen wachsen, mithin auch alles, was einen stärkeren Laut gibt. Er hat eine Trompete, die Giallarhorn heißt, und bläst er hinein, so wird es in allen Welten gehört. Heimdalls Schwert heißt Haupt. Von ihm heißt es:

> Himinbiörg ist die achte, wo Heimdall soll
> Der Weihestatt walten.
> Der Götterwächter schlürft in schöner Wohnung
> Selig den süßen Met.

Auch sagt er selbst in Heimdalls Gesang:

> Ich bin neun Mütter Sohn
> und von neun Schwestern geboren.

Hödur: Der folgende Satz bezieht sich auf die Ermordung Baldurs (Prosa-Edda Nr. 49).

28 Hödur heißt einer der Asen. Er ist blind, aber sehr stark, und möchten die Götter wohl wünschen, daß sie seinen Namen nicht nennen dürften, denn nur allzulange wird seiner Hände Werk Göttern und Menschen im Gedächtnis bleiben.

29 Widar heißt einer, der auch der schweigende Ase genannt wird. Er hat einen dicken Schuh und ist der stärkste nach Thor. Auf ihn vertrauen die Götter in allen Gefahren.

30 Ali oder Wali heißt einer der Asen, Odins Sohn und der Rinda. Er ist kühn in der Schlacht und ein guter Schütze.

Uller: Gott des Winters

31 Ulier heißt ein Ase, Sohn der Sif und Thors Stiefsohn. Er ist ein so guter Bogenschütze und Schlittschuhläufer, daß niemand sich mit ihm messen kann. Er ist schön von Angesicht und kriegerisch von Gestalt. Bei Zweikämpfen soll man ihn anrufen.

Forseti: »Vorsitzender«

32 Forseti heißt der Sohn Baldurs und der Nanna, der Tochter Neps. Er hat im Himmel den Saal, der Glitnir heißt, und alle, die sich in Rechtsstreitigkeiten an ihn wenden, gehen verglichen nach Hause. Das ist der beste Richterstuhl für Götter und Menschen. Es heißt von ihm:

> Glitnir ist die zehnte; auf goldnen Säulen ruht
> Des Saales Silberdach.
> Da thront Forseti den langen Tag
> Und schlichtet allen Streit.

33 Noch zählt man einen zu den Asen, den einige den Verlästerer der Götter, den Anstifter allen Betrugs und die Schande der Götter und Menschen nennen. Sein Name ist Loki oder Loptr und sein Vater der Riese Farbauti, seine Mutter heißt Laufey oder Nal; seine Brüder sind Bileistr und Helblindi. Loki ist schmuck und schön von Gestalt, aber bös von Gemüt und sehr unbeständig. Er übertrifft alle andern in Schlauheit und jeder Art von Betrug. Er brachte die Asen in manche Verlegenheit; doch half er ihnen oft auch durch seine Klugheit wieder heraus. Seine Frau heißt Sigyn und deren Sohn Nari oder Narwi.

Loki: Gott des Feuers

34 Loki hatte noch andere Kinder. Angurboda hieß ein Riesenweib in Jötunheim: mit der zeugte Loki drei Kinder; das erste war der Fenrirwolf; das andere Jörmungandr, das ist die Midgardschlange; das dritte war Hel. Als aber die Götter erfuhren, daß diese drei Geschwister in Jötunheim erzogen würden, und durch Weissagung erkannten, daß ihnen von diesen Geschwistern Verrat und großes Unheil bevorstehe, indem sie Böses von Mutter, aber noch Schlimmeres von Vaters wegen von ihnen erwarten zu müssen glaubten, schickte Allvater die Götter, daß sie diese Kinder nähmen und zu ihm brächten. Als sie aber zu ihm kamen, warf er die Schlange in die tiefe See, welche alle Länder umgibt, wo die Schlange zu solcher Größe erwuchs, daß sie mitten im Meer um alle Länder liegt und sich in den Schwanz beißt. Die Hel aber warf er hinab nach Niflheim und gab ihr Gewalt über neun Welten, daß sie denen Wohnungen anwiese, die zu ihr gesendet würden, solchen nämlich, die vor Alter oder an Krankheiten starben. Sie hat da eine große Wohnstätte; das Gehege umher ist außerordentlich hoch und mit mächtigen Gittern verwahrt. Ihr Saal heißt Elend, Hunger ihre Schlüssel, Gier ihr Messer, Träg ihr Knecht, Langsam ihre Magd, Einsturz ihre Schwelle, ihr Bette Kümmernis und ihr Vorhang dräuendes Unheil. Sie ist halb schwarz, halb menschenfarbig, also kenntlich genug durch grimmiges, furchtbares Aussehen.

Angurboda: »Angstbotin«

Hel: Totengöttin

Den Wolf erzogen die Götter bei sich, und Tyr allein hatte den Mut, zu ihm zu gehen und ihm zu essen zu geben. Und als die Götter sahen, wie sehr der Wolf jeden Tag wuchs, und alle Vorhersagungen meldeten, daß er zu ihrem Verderben bestimmt sei, da faßten die Asen den Beschluß, eine sehr starke Fessel zu machen, welche sie Läding hießen. Die brachten sie dem Wolf und baten ihn, seine Kraft an der Kette zu versuchen. Der Wolf hielt das Band nicht für überstark und ließ sie damit machen, was sie wollten. Aber das erste Mal, daß der Wolf sich streckte, brach das Band, und er war frei von Läding.

Bronzefigur, Thor darstellend, aus Island. 10. Jh.

Darauf machten die Asen eine andere noch halbmal stärkere Fessel, die sie Droma nannten. Sie baten den Wolf, auch diese Kette zu versuchen, und sagten, er würde seiner Kraft wegen sehr berühmt werden, wenn ein so starkes Geschmeide ihn nicht halten könnte. Der Wolf bedachte, daß dieses Band viel stärker sei, daß aber auch seine Kraft gewachsen, seit er das Band Läding gebrochen hatte; zugleich erwog er, daß er sich entschließen müsse, einige Gefahr zu bestehen, wenn er berühmt werden wolle. Er ließ sich also das Band anlegen. Als die Asen damit fertig waren, schüttelte sich der Wolf und reckte sich und schlug das Band auf den Boden, daß die Stücke weit davonflogen. So

Schmalseite eines Steinsarges im Urnesstil. Ardre, Gotland

brach er sich los von Droma. Das ward hernach sprichwörtlich, sich aus Läding zu lösen oder aus Droma zu befreien, wenn von einer schwierigen Sache die Rede ist.

Danach fürchteten die Asen, daß sie den Wolf nicht würden binden können. Da schickte Allvater den Jüngling, Skirnir genannt, der Freyrs Diener war, zu einigen Zwergen in Schwarzalfenheim und ließ das Band Gleipnir verfertigen. Dies war aus sechserlei Dingen gemacht: aus dem Schall des Katzentritts, dem Bart der Weiber, den Wurzeln der Berge, den Sehnen der Bären, der Stimme der Fische und dem Speichel der Vögel. Hast du auch diese Geschichte nie gehört, so magst du doch bald befinden, daß sie wahr ist und wir dir nicht lügen, denn da du wohl bemerkt hast, daß die Frauen keinen Bart, die Berge keine Wurzeln haben und der Katzentritt keinen Schall gibt, so magst du mir wohl glauben, daß das übrige ebenso wahr ist, was ich dir gesagt habe, wenn du auch von einigen dieser Dinge keine Erfahrung hast.«

Da sprach Gangleri: »An den Dingen, die du zum Beispiel anführst, kann ich allerdings die Wahrheit erkennen; aber wie war das Band beschaffen?«

Har antwortete: »Das kann ich dir wohl sagen: Das Band war schlicht und weich wie ein Seidenband und so stark und fest, wie du sogleich hören sollst. Als das Band den Asen gebracht wurde, dankten sie dem Boten für das wohlverrichtete Geschäft und fuhren dann auf die Insel Lyngwi im See Amswartnir, riefen den Wolf herbei, zeigten ihm das Seidenband und baten ihn, es zu zerreißen. Sie sagten, es wäre wohl etwas stärker, als es nach seiner Dicke das Aussehen habe. Sie gaben es einer dem andern und versuchten ihre Stärke daran, aber es riß nicht. Doch sagten sie, der Wolf werde es wohl zerreißen mögen. Der Wolf antwortete: ›Um dieses Band dünkt es mich so, als wenn ich wenig Ehre damit einlegen möchte, wenn ich auch eine so schwache Fessel entzweirisse; falls es aber mit List und Betrug gemacht ist, obgleich es so schwach scheint, so kommt es nicht an meine Füße.‹

Da sagten die Asen, er möge leicht ein dünnes Seidenband zerreißen, da er zuvor die schweren Eisenfesseln zerbrochen habe.

›Wenn du aber dieses Band nicht zerreißen kannst, so haben die Götter sich nicht vor dir zu fürchten, und wir werden dich dann lösen.‹

Der Wolf antwortete: ›Wenn ihr mich so fest bindet, daß ich mich selbst nicht lösen kann, so spottet ihr mein, und es wird mir spät werden, Hilfe von euch zu erlangen: darum bin ich nicht gesonnen, mir dieses Band anlegen zu lassen. Ehe ihr mich aber der Feigheit zeiht, so lege einer von euch seine Hand in meinen Mund zum Unterpfand, daß es ohne Falsch hergeht.‹

Da sah ein Ase den andern an, die Gefahr deuchte sie doppelt groß, und keiner wollte seine Hand herleihen, bis Tyr zuletzt seine Rechte darbot und sie dem Wolfe in den Mund legte. Und da der Wolf sich reckte, da erhärtete das Band, und je mehr er sich anstrengte, desto stärker ward es. Da lachten alle außer Tyr, denn er verlor seine Hand.

Als die Asen sahen, daß der Wolf völlig gebunden sei, nahmen sie den Strick am Ende der Kette, der Gelgia hieß, und zogen ihn durch einen großen Felsen, Giöll genannt, und festigten den Felsen tief im Grunde der Erde. Auch nahmen sie noch ein anderes Felsenstück, Thwiti genannt, das sie noch tiefer in die Erde versenkten und das ihnen als Widerhalt diente. Der Wolf riß den Rachen furchtbar auf, schnappte nach ihnen und wollte sie beißen; aber sie steckten ihm ein Schwert in den Gaumen, daß das Heft wider den Unterkiefer und die Spitze gegen den Oberkiefer stand: damit ist ihm das Maul gesperrt. Er heult entsetzlich, und Geifer rinnt aus seinem Munde und wird zu dem Fluß, den man Wan nennt. Also liegt er bis zur Götterdämmerung.«

Giöll: Schlucht, durch die der Giöllfluss fließt, die Grenze zum Totenreich

Götterdämmerung: Weltuntergang in der nordischen Mythologie

Da sprach Gangleri: »Wahrlich üble Kinder zeugte Loki, und die ganze Gesellschaft ist furchtbar. Aber warum töteten die Asen den Wolf nicht, da sie doch Übles von ihm erwarten?«

Har antwortete: »Die Asen halten ihre Heiligtümer und Freistätten so sehr in Ehren, daß sie mit dem Blute des Wolfs sie nicht beflecken wollten, obgleich Weissagungen verkündeten, daß er Odins Mörder werden solle.«

35 Da fragte Gangleri: »Welches sind die Asinnen?«

Har antwortete: »Frigg ist die vornehmste. Ihr gehört der Palast, der Fensal heißt und überaus schön ist.

Eine andere heißt Saga, die Söckwabeck bewohnt, das auch eine große Halle ist.

Saga: Göttin der Geschichte und der Quellen

Söckwabeck: »Sinkbach«, daher Wasserfall

Die dritte ist Eir, die beste der Ärztinnen. Die vierte Gefion: sie ist unvermählt, und ihr gehören alle, die unvermählt sterben.

Fulla, die fünfte, ist auch Jungfrau und trägt loses Haar und ein Goldband ums Haupt. Sie trägt Friggs Schmuckkästchen, wartet ihrer Fußbekleidung und nimmt Teil an ihrem heimlichen Rat. Freyja ist die vornehmste nach Frigg; sie ist einem Manne vermählt, der Odhur heißt. Deren Tochter heißt Hnoß; die ist so schön, daß nach ihrem Namen alles genannt wird, was schön und kostbar ist. Odhur zog fort auf ferne Wege, und Freyja weint ihm nach, und ihre Zähren sind rotes Gold. Freyja hat viele Namen: die Ursache ist, daß sie sich oft andere Namen gab, als sie Odhur zu suchen zu unbekannten Völkern fuhr. Sie heißt Mardöll, Hörn, Gefn und Syr. Freyja besitzt den Halsschmuck, Brisinga Men genannt.

Hnoß: »Kleinod«

Brisinga Men: »Fackellicht«

Sie heißt auch Wanadis (Wanengöttin).

Die siebente heißt Siöfn; sie sucht die Gemüter der Menschen, der Männer wie der Frauen, zur Zärtlichkeit zu wenden, und nach ihrem Namen ist die Zärtlichkeit Siafni genannt.

Die achte, Lofn, ist den Anrufenden so mild und gütig, daß sie von Allvater oder Frigg Erlaubnis hat, Männer und Frauen zu verbinden, was auch sonst für Hindernis oder Schwierigkeit entgegenstehe. Daher ist nach ihrem Namen die Erlaubnis benannt, so wie alles, was Menschen loben und preisen.

Die neunte ist Wara; sie hört die Eide und Verträge, welche Männer und Frauen zusammen schließen und straft diejenigen, welche sie brechen. Wara ist weise und erforscht alles, so daß ihr nichts verborgen bleibt; daher kommt die Redensart, daß man eines Dinges ›gewahr‹ werde, wenn man es in Erfahrung bringt.

Die zehnte ist Syn, welche die Türen der Halle bewacht und denen verschließt, welche nicht eingehen sollen; ihr ist auch der Schutz derer befohlen, die bei Gericht eine Sache in Abrede stellen.

Die elfte ist Hlin, die solchen zum Schutz bestellt ist, welche Frigg vor einer Gefahr behüten will. Daher das Sprichwort: Wer sich in Nöten retten will, lehnt sich an.

anlehnen: »hlinir«

Die zwölfte ist Snotra; sie ist weis' und artig: nach ihr heißen alle Snotr, sowohl Männer als Frauen, die klug und artig sind.

Die dreizehnte ist Gna, welche Frigg in ihren Geschäften nach allen Weltteilen schickt. Sie hat ein Pferd, das durch Luft und Flut rennt und Hofhwarfnir heißt. Nach Gnas Namen gebraucht man den Ausdruck gnäfa von allem Hochfahrenden.

36 Noch andere sind, die in Walhall dienen, das Trinken bringen, das Tischzeug und die Älschalen verwahren sollen. In Grimnismal wird ihrer so gedacht:

Äl: Bier

»Grimnismal«: Gesang aus der Lieder-Edda

Hrist und Mist sollen das Horn mir reichen;
Skeggiöld und Skögul,
Hlöck und Herfiötr, Hildr und Thrudr,
Göll und Geirahöd,
Randgrid und Radgrid und Reginleif
Schenken den Einheriern Äl.

Einherier: die auf dem Schlachtfeld gefallenen Kämpfer

Diese heißen Walküren. Odin sendet sie zu jedem Kampf. Sie wählen die Fallenden und walten des Sieges. Gudr und Rota und die jüngste der Nornen, welche Skuld heißt, reiten beständig zu den Schlachtfeldern.

Walküren: »Totenwählerinnen«, die gefallene Krieger vom Schlachtfeld nach Walhall bringen

Auch Jörd, die Mutter Thors, und Rinda, Walis Mutter, zählen zu den Asinnen.

37 Gymir hieß ein Mann und seine Frau Örboda; sie war Bergriesengeschlechts. Deren Tochter ist Gerda, die schönste aller Frauen.

Gerda: »Die Beschützte«

Eines Tages war Freyr auf Hlidskialf gegangen und sah über alle Welten.

Freyr: siehe Prosa-Edda Nr. 24

Hlidskialf: Thron Odins, den zu besteigen anderen Göttern verboten ist

Als er nach Norden blickte, sah er in einem Gehege ein großes und schönes Haus. Zu diesem Hause ging ein Mädchen, und als sie die Hände erhob, um die Tür zu öffnen, da leuchteten von ihren Händen Luft und Wasser, und alle Welten strahlten von ihr wider. Als Freyr sie so ferne sah, da verfiel er in Sehnsucht nach ihr und wurde harmvoll. So rächte sich an ihm, daß er sich vermessen auf Hlidskialf gesetzt hatte.

Als er heimkam, sprach er nicht, auch mochte er weder schlafen noch trinken, und niemand wagte es, das Wort an ihn zu richten.

Da ließ Niörd den Skirnir, Freyrs Diener, zu sich rufen und bat ihn, zu Freyr zu gehen, mit ihm zu reden und zu fragen, warum er so zornig sei, daß er mit niemand reden wolle.

Skirnir: »Der Strahlende«, auch »der Glänzende«. Unter »Skirnisför« (Skirnirs Fahrt) wird die folgende Geschichte in der Lieder-Edda ausführlicher erzählt.

Skirnir sagte, er wolle gehen, aber ungern, denn er erwarte sich üble Antwort von ihm.

Und als er zu Freyr kam, fragte er, warum Freyr so finster sei und mit niemand rede.

Da antwortete Freyr und sagte, er habe ein schönes Weib gesehen, und um ihretwillen sei er so harmvoll, daß er nicht länger leben möge, wenn er sie nicht haben solle: ›Und nun sollst du fahren und für mich um sie bitten und sie mit dir heimführen, ob ihr Vater wolle oder nicht, und will dir das wohl lohnen.‹

Da antwortete Skirnir und sagte, er wolle die Botschaft werben, wenn ihm Freyr sein Schwert gebe. Das war ein so gutes Schwert, daß es von selbst focht. Und Freyr ließ es ihm daran nicht mangeln und gab ihm das Schwert. Da fuhr Skirnir und warb um das Mädchen für ihn und erhielt die Verheißung, nach neun Nächten wolle sie an den Ort kommen, der Barri heiße, und mit Freyr Hochzeit halten. Und als Skirnir dem Freyr sagte, was er ausgerichtet habe, da sang er so:

›Lang ist eine Nacht, länger sind zweie,
Wie mag ich dreie dauern?
Oft deucht' ein Monat mich minder lang
Als eine halbe Nacht des Harrens.‹

Das ist die Ursache, warum Freyr kein Schwert hatte, als er mit Beli stritt und ihn mit einem Hirschhorn erschlug.«

Beli: »Der Brüllende«, ein Riese. Über den hier angedeuteten Zweikampf gibt es keine Überlieferung. Möglicherweise ist Beli Gerdas Bruder und ein Symbol für den Frühlingssturm, den der Fruchtbarkeitsgott Freyr besiegt.

Da sprach Gangleri: »Es ist sehr zu verwundern, daß ein solcher Häuptling, wie Freyr ist, sein Schwert hingab, ohne ein gleich gutes zu behalten. Ein erschrecklicher Schaden war ihm das, als er mit jenem Beli kämpfte, und ich glaube gewiß, daß ihn da seiner Gabe gereute.«

Da antwortete Har: »Es lag wenig daran, als er dem Beli begegnete, denn Freyr hätte ihn mit der Hand töten können; aber es kann geschehen, daß es den Freyr übler dünkt, sein Schwert zu missen, wenn Muspels Söhne zu streiten kommen.«

Muspels Söhne: Gemeint ist hier, dass Freyr bei der Götterdämmerung gegen Surtur aus Muspelheim kämpft und ohne sein bewährtes Schwert getötet wird. Siehe Prosa-Edda Nr. 51.

38 Da sprach Gangleri: »Du sagtest, daß all die Männer, die im Kampf gefallen sind von Anbeginn der Welt, zu Odin nach Walhall gekommen seien. Was hat er ihnen zum Unterhalt zu geben? Denn mich dünkt, das muß eine gewaltige Menge sein.«

Da antwortete Har: »Es ist wahr, was du sagst: Eine gewaltige Menge ist da, und noch viel mehr müssen ihrer werden; aber doch wird es scheinen, ihrer

Wenn der Wolf kommt: Gemeint ist die Götterdämmerung. Dann wird der Fenrirwolf von seiner Fessel frei.

seien viel zu wenige, wenn der Wolf kommt. Und niemals ist die Volksmenge in Walhall so groß, daß ihr das Fleisch des Ebers nicht genügen möchte, der Sährimnir heißt. Jeglichen Tag wird er gesotten und ist am Abend wieder lebendig. Doch dünkt mich wahrscheinlich, daß dir wenige auf die Frage, die du jetzt gefragt hast, richtig Bescheid sagen werden.

Andhrimnir heißt der Koch und der Kessel Eldhrimnir, wie hier gesagt ist:

Andhrimnir läßt in Eldhrimnir
Sährimnir sieden,
Das beste Fleisch; doch erfahren wenige,
Was die Einherier essen.«

Da fragte Gangleri: »Genießt Odin von derselben Speise wie die Einherier?«

Geri: »Der Gierige«

Freki: »Der Fresser«. Das Wort Freki bedeutet auch »Wolf« und »Feuer«.

Har antwortete: »Die Speise, die auf seinem Tische steht, gibt er seinen beiden Wölfen, welche Geri und Freki heißen, und keiner Kost bedarf er; Wein ist ihm Trank und Speise, wie es heißt:

Geri und Freki füttert der krieggewohnte
Herrliche Heervater,
Da nur von Wein der waffenhehre
Odin ewig lebt.

Hugin: »Gedanke«

Munin: »Erinnerung«

Zwei Raben sitzen auf seinen Schultern und sagen ihm ins Ohr alle Zeitungen, die sie hören und sehen; sie heißen Hugin und Munin. Er sendet sie morgens aus, alle Welten zu umfliegen, und mittags kehren sie zurück, und so wird er manche Zeitungen gewahr. Die Menschen nennen ihn darum Rabengott. Davon wird gesagt:

Hugin und Munin müssen jeden Tag
Über die Erde fliegen.
Ich fürchte, daß Hugin nicht nach Hause kehrt;
Noch sorg ich mehr um Munin.«

39 Da fragte Gangleri: »Was haben die Einherier zu trinken, das ihnen so genügen mag als ihre Speise? Oder wird da Wasser getrunken?«

Jarle: Hohe Würdenträger aus fürstlichen Familien

Da antwortete Har: »Wunderlich fragst du nun, als ob Allvater Könige, Jarle und andere herrliche Männer zu sich entbieten würde und gäbe ihnen Wasser zu trinken. Ich weiß gewiß, daß manche nach Walhall kommen, die erzürnt sein würden, wenn ihnen da nichts Besseres geboten würde, nachdem sie Wunden und tödliche Schmerzen erduldet haben. Aber viel anderes kann ich dir davon berichten:

Lerad: »Friedenspender«, auch »Stillespender«

Die Ziege, die Heidrun heißt, steht über Walhall und weidet an den Zweigen des vielberühmten Baumes, der Lerad genannt wird, und von ihrem Euter fließt so viel Met, daß sie täglich ein Gefäß füllt, das so groß ist, daß alle Einherier davon vollauf zu trinken haben.«

Da sprach Gangleri: »Das ist eine gewaltig treffliche Ziege, und ein ausbündig guter Baum muß das sein, an dem sie weidet.«

Da versetzte Har: »Noch merkwürdiger jedoch ist der Hirsch Eikthyrnir, der in Walhall steht und an den Zweigen desselben Baumes nagt; und von seinem Gehörn fallen so viele Tropfen herab, daß sie nach Hwergelmir fließen und daraus folgende Ströme entspringen: Sid, Wid, Sekin, Ekin, Swöl, Gunnthro, Fiörm, Fimbulthul, Gipul, Göpul, Gömul, Geirwimul; diese umfließen der Asen Gebiet. Aber noch diese werden genannt: Thyn, Win, Thöll, Böll, Grad, Gunnthrain, Nyt, Naut, Nönn, Hrönn, Wina, Wegswin, Thiodnuma.«

40 Da sprach Gangleri: »Dies sind wunderliche Dinge, die du mir da sagst. Ein furchtbar großes Haus muß Walhall sein, und ein großes Gedränge mag da oft an den Türen entstehen.«

Da versetzte Har: »Warum fragst du nicht, wieviel Türen an Walhall seien und von welcher Größe? Wenn du das sagen hörst, wirst du gestehen, daß es wunderlich wäre, wenn nicht ein jeder aus und ein gehen könnte, wie er wollte. Auch das mag mit Wahrheit gesagt werden, daß es nicht schwerer ist, Platz darin zu finden, als hineinzukommen. Hier magst du hören, wie es in Grimnismal heißt:

Fünfhundert Türen und viermal zehn
Weiß ich in Walhall.
Achthundert Einherier gehn aus je einer,
Wenn es dem Wolf zu wehren gilt.«

Wolf: Fenrirwolf

41 Da sprach Gangleri: »Eine gewaltige Menge ist in Walhall, und ich muß wohl glauben, daß Odin ein gewaltiger Häuptling ist, wenn er so großem Heere gebeut. Aber was ist der Einherier Kurzweil, wenn sie nicht zechen?«

Har antwortete: »Jeden Morgen, wenn sie angekleidet sind, wappnen sie sich und gehen in den Hof und kämpfen und fällen einander. Das ist ihr Zeitvertreib. Und wenn es Zeit ist zum Mittagsmahl, reiten sie heim gen Walhall und setzen sich an den Trinktisch, wie hier gesagt ist:

Die Einherier alle in Odins Saal
Streiten Tag für Tag;
Sie kiesen den Wal und reiten vom Kampf heim,
Mit Asen Äl zu trinken,
Dann sitzen sie friedlich beisammen.

Wal: Kampf

Aber wahr ist, was du sagtest, Odin ist ein großer Häuptling: dafür gibt es Beweise genug. So heißt es hier mit der Asen eigenen Worten:

Die Esche Yggdrasil ist der Bäume erster,
Skidbladnir der Schiffe,
Odin der Asen, aller Rosse Sleipnir,
Bifröst der Brücken, der Skalden Bragi,
Habrok der Habichte, der Hunde Garm.«

Sleipnir: »Der rasch Gleitende«

42 Da fragte Gangleri: »Wem gehört das Roß Sleipnir? Oder was ist von ihm zu sagen?«

Har antwortete: »Nicht magst du von Sleipnir Kunde haben, wenn du nicht weißt, bei welcher Veranlassung er erzeugt wurde, und das wird dich wohl der Erzählung wert dünken. Es geschah früh bei der ersten Niederlassung der Götter, als sie Midgard erschaffen und Walhall gebaut hatten, daß ein Baumeister kam und sich erbot, in drei Wintern eine Burg zu bauen, die den Göttern zum Schutz und Schirm wäre wider Bergriesen und Hrimthursen, wenn sie gleich über Midgard eindrängen. Aber er bedingte sich das zum Lohn, daß er Freyja haben sollte und dazu Sonne und Mond.

Da traten die Asen zusammen und hielten Rat und einigten sich mit dem Baumeister, daß er haben sollte, was er begehrte, wenn er in einem Winter die Burg fertigbrächte; wenn aber am ersten Sommertag noch irgendein Ding an der Burg unvollendet wäre, so sollte er des Lohns entraten; auch dürfte er von niemandem bei dem Werke Hilfe empfangen.

Swadilfari oder Swaldilfari: der »Kältebeweger«. Möglicherweise ist symbolisch der winterliche Nordwind gemeint.

Als sie ihm diese Bedingung sagten, da verlangte er von ihnen, daß sie ihm erlauben sollten, sich der Hilfe seines Pferdes Swadilfari zu bedienen, und Loki riet dazu, daß ihm zugesagt wurde.

Da ging er am ersten Wintertag daran, die Burg zu bauen und führte in der Nacht die Steine mit dem Pferde herbei. Die Asen wunderten sich, wie gewaltige Felsen das Pferd herbeizog; und noch halbmal soviel Arbeit verrichtete das Pferd als der Baumeister.

Der Kauf aber war mit vielen Zeugen und starken Eiden bekräftigt worden, denn ohne solchen Frieden hätte sich der Riesenbaumeister bei den Asen nicht sicher geglaubt, wenn Thor heimkäme, der damals nach Osten gezogen war, Unholde zu schlagen.

Als der Winter zu Ende ging, ward der Bau der Burg sehr beschleunigt, und schon war sie so hoch und stark, daß ihr kein Angriff mehr schaden konnte. Und als noch drei Tage blieben bis zum Sommer, war er schon bis zum Burgtor gekommen.

Da setzten sich die Götter auf ihre Richterstühle und hielten Rat, und einer fragte den anderen, wer dazu geraten hätte, Freyja nach Jötunheim zu vergeben und Luft und Himmel so zu verderben, daß Sonne und Mond hinweggenommen und den Jötunen gegeben werden sollten. Da kamen sie alle überein, Loki um einen listigen Ratschlag zu fragen. Sie gingen zu Loki und sagten, er sollte eines Übeln Todes sein, wenn er nicht Rat fände, den Baumeister um seinen Lohn zu bringen.

Ornament auf dem Steinkreuz von Collingham in Yorkshire

Und als sie dem Loki zusetzten, ward er bange vor ihnen und schwur Eide, er wolle es so einrichten, daß der Baumeister um seinen Lohn käme, was es ihm auch kosten möchte.

Und denselben Abend, als der Baumeister nach Steinen ausfuhr mit seinem Hengste Swadilfari, da lief eine Stute aus dem Walde dem Hengste entgegen und wieherte ihm zu. Und als der Hengst merkte, was Rosses das war, da ward er wild, zerriß die Stricke und lief der Mähre nach, und die Mähre voran zum Walde und der Baumeister dem Hengste nach, ihn zu fangen. Und deshalb ward diese Nacht das Werk versäumt, und am Tage darauf ward dann nicht gearbeitet, wie sonst geschehen war. Und als der Meister sah, daß das Werk nicht zu Ende kommen möge, da geriet er in Riesenzorn.

Die Asen aber achteten ihrer Eide nicht mehr und riefen nach Thor, und im Augenblick kam er und hob auch gleich seinen Hammer Miölnir und bezahlte mit ihm den Baulohn, nicht mit Sonne und Mond; vielmehr verwehrte er ihm das Bauen auch in Jötunheim, denn mit dem ersten Streich zerschmetterte er ihm den Hirnschädel in kleine Stücke und sandte ihn hinab gen Niflhel.

Loki selbst war es gewesen, der in Gestalt jener Stute dem Hengst erschienen war, und einige Zeit nachher gebar er ein Füllen, das war grau und hatte acht Füße, und dies ist das beste Pferd bei Göttern und Menschen.«

43 Da fragte Gangleri: »Was ist von Skidbladnir zu berichten, welches das beste der Schiffe sein soll? Gibt es weder ein ebenso gutes Schiff als dieses noch ein ebenso großes?«

Har antwortete: »Skidbladnir ist das beste Schiff und das künstlichste; aber Naglfari, das Muspel besitzt, ist das größte. Gewisse Zwerge, Jwaldis Söhne, schufen Skidbladnir und gaben das Schiff dem Freyr: es ist so groß, daß alle Asen mit ihrem Gewaffen und Heergeräte an Bord sein können, und sobald die Segel aufgezogen sind, hat es Fahrtwind, wohin es auch steuert. Und will man es nicht gebrauchen, die See damit zu befahren, so ist es aus so vielen Stücken und mit so großer Kunst gemacht, daß man es wie ein Tuch zusammenfalten und in seiner Tasche tragen kann.«

Ornament auf dem Steinkreuz von Collingham in Yorkshire

44 Da sprach Gangleri: »Ein gutes Schiff ist Skidbladnir, und gar große Zauberei mag dazu gehört haben, es so kunstreich zu schaffen. Aber ist es dem Thor auf seinen Fahrten nie begegnet, daß er so Starkes und Mächtiges fand, das ihm an Kraft und Zauberkunst überlegen war?«

Har antwortete: »Wenige, glaube ich, wissen davon zu sagen, und große Gefahren hat er doch bestanden; aber wenn es sich je begab, daß etwas so stark oder mächtig war, daß es Thor nicht besiegen konnte, so ist es besser, nicht davon zu reden, denn es gibt viele Beispiele dafür und Gründe genug zu glauben, daß Thor der mächtigste sei.«

Da sprach Gangleri: »So scheint es ja, als hätte ich euch nach einem Dinge gefragt, worauf niemand antworten könne.«

Da sprach Iafnhar: »Wir haben von Begebenheiten sagen hören, deren Wahrheit uns kaum glaublich dünkt; aber hier sitzt der in der Nähe, welcher getreuen Bericht davon geben mag, und du darfst glauben, daß er jetzt nicht zum erstenmal lügen wird, der nie zuvor gelogen hat.«

Da sprach Gangleri: »Hier will ich stehen und hören, ob ich von diesen Geschichten Bescheid erhalte, denn im andern Fall erkläre ich euch für überwunden, wenn ihr keine Antwort wißt auf meine Frage.«

Da sprach Thridi: »Offenbar ist es nun, daß er diese Geschichten wissen will, obwohl uns bedünkt, es sei nicht gut, davon zu sprechen. Du hast also zu schweigen. Der Anfang dieser Erzählung ist nun, daß Thor ausfuhr mit seinem Wagen und seinen Böcken und mit ihm der Ase, der Loki heißt. Da kamen sie am Abend zu einem Bauern und fanden da Herberge.

Zu Nacht nahm Thor seine Böcke und schlachtete sie; darauf wurden sie abgezogen und in den Kessel getragen. Und als sie gesotten waren, setzte sich Thor mit seinem Gefährten zum Nachtmahl.

Thor bat auch den Bauern, seine Frau und beide Kinder, mit ihm zu speisen. Des Bauern Sohn hieß Thialfi und die Tochter Röskwa. Da legte Thor die Bocksfelle neben den Herd und sagte, der Bauer und seine Hausleute möchten die Knochen auf die Felle werfen.

Thialfi, des Bauern Sohn, hatte das Schenkelbein des einen Bocks, das schlug er mit seinem Messer entzwei, um zum Mark zu kommen.

Thor blieb die Nacht da, und am Morgen stand er auf vor Tag, kleidete sich, nahm den Hammer Miölnir und erhob ihn, die Bocksfelle zu weihen. Da standen die Böcke auf; aber dem einen lahmte das Hinterbein. Thor befand es und sagte, der Bauer oder seine Hausgenossen müßten unvorsichtig mit den Knochen des Hausbocks umgegangen sein, denn er sehe, das eine Schenkelbein wäre zerbrochen.

Es braucht nicht weitläufig erzählt zu werden, da es ein jeder begreifen kann, wie der Bauer erschrecken mochte, als er sah, daß Thor die Brauen über die Augen sinken ließ, und wie wenig er auch von den Augen noch sah, so meinte er doch vor der Schärfe des Blicks zu Boden zu fallen.

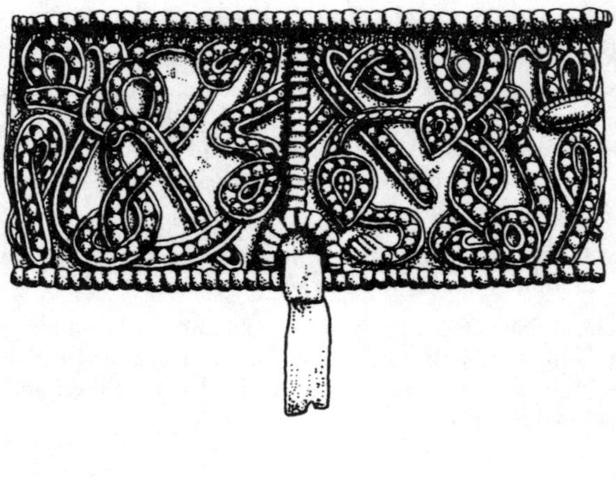

Mundblech einer Schwertscheide aus Tureholm

Thor faßte den Hammerschaft so hart mit den Fingern an, daß die Knöchel davon weiß wurden.

Der Bauer gebärdete sich, wie man denken mag, so, daß alle seine Hausgenossen entsetzlich schrien und alles, was sie hatten, zum Ersatze boten. Als Thor ihren Schrecken sah, ließ er von seinem Zorn, beruhigte sich und nahm ihre Kinder Thialfi und Röskwa zum Vergleich an: die wurden nun Thors Dienstleute und folgten ihm seitdem überall.

45 Er ließ seine Böcke dort zurück und setzte seine Reise ostwärts nach Jötunheim fort bis an das Meer, fuhr dann über die tiefe See, und als er die Küste erreichte, stieg er ans Land und mit ihm Loki, Thialfi und Röskwa.

Da sie eine Weile fortgegangen waren, kamen sie an einen großen Wald, durch den gingen sie den ganzen Tag, bis es dunkel ward. Thialfi, aller Männer fußrüstigster, trug Thors Tasche; aber Speisevorrat war nicht leicht zu erlangen. Als es dunkel geworden war, suchten sie ein Nachtlager und fanden eine ziemlich geräumige Hütte. An einem Ende war der Eingang so breit wie die Hütte selbst: die wählten sie zum Nachtaufenthalt.

Aber um Mitternacht entstand ein starkes Erdbeben, der Boden zitterte unter ihnen, und die Hütte schwankte. Da stand Thor auf und rief seinen Gefährten; sie suchten weiter und fanden in der Mitte der Hütte zur rechten Hand einen Anbau: da gingen sie hinein. Thor setzte sich in die Tür; die andern hielten sich innerhalb hinter ihm und waren sehr bange. Thor hielt den Hammerschaft in der Hand und gedachte sich zu wehren.

Da hörten sie groß Geräusch und Getöse. Und als der Tag anbrach, ging Thor hinaus und sah da einen Mann nicht weit von ihm im Walde liegen, der war nicht klein; er schlief und schnarchte gewaltig.

Da glaubte Thor zu verstehen, welchen Lärm er in der Nacht gehört hatte, und umspannte sich mit den Stärkegürteln. Da wuchs ihm die Asenstärke.

Indem erwachte der Mann und stand hastig auf. Und da wird gesagt, daß Thor dies eine Mal nicht gewagt habe, mit dem Hammer nach ihm zu schlagen. Er fragte ihn aber nach seinem Namen, und er nannte sich Skrymir. ›Und nicht brauche ich‹, sagte dieser, ›dich um deinen Namen zu fragen: Ich weiß, daß du Asathor bist. Aber wohin hast du meinen Handschuh geschleppt?‹

Skrymir: »Der Prahler«

Da streckte Skrymir den Arm aus und hob seinen Handschuh auf.

Nun sah Thor, daß er den Handschuh in der Nacht zur Herberge gehabt, und der Anbau war der Däumling gewesen.

Skrymir fragte, ob ihn Thor zum Reisegefährten haben wolle, und Thor bejahte es. Da fing Skrymir an, seinen Speisesack zu lösen, und gab sich dran, sein Frühstück zu verzehren, und Thor seinerseits tat mit seinen Gefährten ein Gleiches.

Skrymir schlug vor, ihren Speisevorrat zusammenzulegen, und Thor willigte ein.

Brakteat mit Baldurs Tod. Dänemark

Da knüpfte Skrymir all ihr Essen in ein Bündel und legte es auf seinen Rücken. Er ging den Tag über voran und machte große Schritte; am Abend aber suchte er ihnen Nachtherberge unter einer mächtigen Eiche.

Da sprach Skrymir zu Thor, er wolle sich schlafen legen: ›Nehmt ihr das Speisebündel und bereitet euch ein Nachtmahl.‹

Darauf schlief Skrymir ein und schnarchte mächtig, und Thor nahm das Speisebündel und wollte es öffnen, und das ist zu berichten, wie unglaublich es dünken möge, daß er keinen Knoten losbrachte. Auch nicht einer der zusammengeknüpften Riemen ward loser!

Und als er sah, daß seine Arbeit nicht fruchtete, ward er zornig, faßte seinen Hammer Miölnir in beide Hände, schritt dahin, wo Skrymir lag, und schlug ihn auf das Haupt.

Und Skrymir erwachte und fragte, ob ihm ein Blatt von dem Baum auf den Kopf gefallen sei. Auch fragte er, ob sie jetzt gegessen hätten und bereit wären, sich zur Ruhe zu begeben?

Thor antwortete, sie wollten eben schlafen gehen.

Sie gingen unter eine andere Eiche, wagten es aber nicht zu schlafen. Aber um Mitternacht hörte Thor den Skrymir im Schlafe so laut schnarchen, daß der Wald widerhallte.

Da stand er auf und ging zu ihm, schwang den Hammer hastig und heftig und schlug ihn mitten auf den Wirbel, so daß er merkte, wie das Hammerende ihm tief ins Haupt sank.

In dem Augenblick erwachte Skrymir und fragte: ›Was ist mir? Ist mir eine Eichel auf den Kopf gefallen? Oder was ist mir dir, Thor?‹

Thor trat eilends zurück und antwortete, er sei eben aufgewacht, und fügte hinzu, es sei Mitternacht und also noch Zeit zu schlafen.

Da gedachte Thor, wenn er es zuwege brächte, ihm den dritten Schlag zu schlagen, so sollte er ihn niemals wiedersehen. Er legte sich und wartete, bis Skrymir eingeschlafen sein müsse.

Da stand er auf und ging zu ihm und schwang den Hammer mit aller Kraft und traf ihn auf die Schläfe, welche nach oben gekehrt war, und der Hammer drang ein bis auf den Schaft.

Da richtete Skrymir sich auf, strich sich die Wange und sprach: ›Sitzen Vögel über mir auf dem Baume? Es kam mir vor, da ich erwachte, als fiele mir von den Ästen irgendein Abfall auf den Kopf. Wachst du, Thor? Es wird Zeit sein, aufzustehen und sich anzukleiden, obwohl ihr nun nicht mehr weit habt zu der Burg, die Utgard heißt. Ich hörte, wie ihr untereinander sprachet, daß ich kein kleiner Mann sei von Wuchs; aber dort sollt ihr größere Männer sehen, wenn ihr nach Utgard kommt. Nun will ich euch heilsamen Rat geben: Überhebt euch da nicht zu sehr, denn nicht werden Utgardlokis Hofmänner von solchen Burschen stolze Worte dulden; in anderm Fall wendet lieber um: Der Entschluß wird euch besser bekommen. Wollt ihr aber doch eure Reise fortsetzen, so haltet euch ostwärts; mein Weg geht nun nordwärts nach diesen Bergen, die ihr jetzt werdet sehen können.‹

Da nahm Skrymir den Speisebündel und warf ihn auf den Rücken und wandte sich quer hinweg von ihnen in den Wald, und nicht ist gemeldet, daß die Asen gewünscht hätten, ihn gesund wiederzusehen.

46 Thor fuhr nun weiter mit seinen Gefährten und ging fort bis Mittag: da sah er auf dem Felde eine Burg stehen und mußte den Nacken zurückbiegen, um über sie hinwegzusehen. Sie gingen hinzu, da war auf dem Burgtor ein verschlossenes Gitter. Thor ging an das Gitter und konnte es nicht öffnen, und damit sie in die Burg gelangen mochten, schmiegten sie sich zwischen den Stäben hindurch und kamen so hinein.

Da sahen sie eine große Halle und gingen hinzu. Die Tür war offen, sie gingen hinein und sahen da viele Männer auf zwei Bänken, die meisten sehr groß.

Danach kamen sie vor den König Utgardloki und grüßten ihn. Er aber sah säumig nach ihnen, bleckte die Zähne und sprach lächelnd: ›Du, kleiner Bursch, bist der berühmte Thor? Du magst aber wohl mehr sein, als du scheinst. Aber welche Fertigkeiten sind es, deren ihr Gesellen euch dünkt kundig zu sein? Niemand darf hier unter uns sein, der sich nicht durch irgendeine Kunst oder Geschicklichkeit vor andern auszeichnete.‹

Da sprach Loki, welcher der hinterste war: ›Eine Kunst verstehe ich, die ich bereit bin zu zeigen: Keiner soll hier innen sein, der seine Speise hurtiger aufessen möge als ich.‹

Da versetzte Utgardloki: ›Das ist wohl eine Kunst, wenn du sie verstehst, und das wollen wir nun versuchen.‹

Da rief er nach den Bänken hin, daß einer, Logi geheißen, auf den Estrich vortrete, sich gegen Loki zu versuchen.

Da ward ein Trog genommen und auf den Boden der Halle gesetzt und mit Fleisch gefüllt. Loki setzte sich an das eine Ende und Logi an das andere, und aß jedweder aufs Hurtigste, bis sie sich in der Mitte des Troges begegneten. Da hatte Loki alles Fleisch von den Knochen abgegessen, aber Logi hatte alles Fleisch mitsamt den Knochen verzehrt und den Trog dazu.

Alle bedeucht es nun, daß Loki das Spiel verloren habe. Da fragte Utgardloki, auf welche Kunst jener junge Mann sich verstände.

Da sagte Thialfi, er wolle versuchen, mit einem jeden um die Wette zu laufen.

Utgardloki sagte, das sei eine gute Kunst, er müsse aber sehr geübt sein in der Hurtigkeit, wenn er in dieser Kunst zu siegen hoffe, und der Versuch solle nun sogleich vor sich gehen.

Ornamentstein in Kirk Braddan, Isle of Man

Da stand Utgardloki auf und ging hinaus, und da war eine gute Rennbahn auf ebenem Felde.

Utgardloki rief nun einen jungen Burschen herbei, der sich Hugi nannte, und gebot ihm, mit Thialfi um die Wette zu laufen.

Da begannen sie den ersten Lauf und war Hugi so weit voraus, daß er am Ende der Bahn sich umwandte dem Loki entgegen.

Da sagte Utgardloki: ›Du mußt dich besser ausstrecken, Thialfi, wenn du das Spiel gewinnen willst; aber doch ist es wahr, daß noch keiner hierher gekommen ist, der mich fußfertiger deuchte.‹

Sie begannen nun den zweiten Lauf, und als Hugi ans Ende der Bahn kam und sich umwandte, war Thialfi noch einen guten Pfeilschuß zurück.

Da sagte Utgardloki: ›Das dünkt mich gut gelaufen; aber ich glaube nun kaum mehr, daß er das Spiel gewinnen wird; das wird sich nun zeigen, wenn sie den dritten Lauf rennen.‹

Da nahmen sie nochmals ein Ziel, und als Hugi ans Ende der Bahn gekommen war und sich umkehrte, war Thialfi noch nicht an die Mitte der Bahn gekommen.

Da sagten alle, sie hätten sich in diesem Spiele nun genug versucht.

Da fragte Utgardloki den Thor, welche Kunst das sei, worin er sich vor ihnen hervortun wolle, nachdem die Leute von seinen Großtaten so viel Rühmens gemacht hätten.

Da antwortete Thor, am liebsten wolle er sich im Trinken messen, mit wem es auch sei.

Utgardloki sagte, das möge wohl geschehen.

Er ging in die Halle, rief seinen Schenken und befahl ihm, das Horn zu bringen, woraus seine Hofleute zu trinken pflegten.

Bald darauf kam der Mundschenk mit dem Horn und gab es dem Thor in die Hand.

Da sprach Utgardloki: ›Aus diesem Horn scheint uns wohl getrunken, wenn es auf einen Trunk leer wird; einige trinken es auf den zweiten aus, aber keiner ist ein so schlechter Trinker, der es nicht in dreien leerte.‹

Thor sah sich das Horn an: Es schien ihm nicht zu groß, obwohl ziemlich lang; er war aber auch sehr durstig. Er fing an zu trinken und schlang gewaltig und glaubte nicht nötig zu haben, öfter abzusetzen und ins Horn zu sehen.

Als ihm aber der Atem ausging, setzte er das Horn ab und sah nach, wieviel Trank noch übrig sei. Da schien es ihm nur ein sehr kleiner Betrag zu sein, um den das Horn jetzt leerer war denn zuvor.

Da sprach Utgardloki: ›Es ist wohl getrunken, aber doch nicht gar viel: Ich hätte es nicht geglaubt, wenn mir gesagt worden wäre, daß Asathor nicht besser trinken könne. Ich weiß aber, du wirst es beim zweiten Zug austrinken.‹

Thor antwortete nichts, sondern setzte das Horn an den Mund und dachte nun einen größeren Trunk zu tun und bemühte sich zu trinken, solange ihm der Atem vorhielt, sah aber doch, daß das Ende des Horns nicht so hoch hinauf wollte, als er gewünscht hätte, und als er das Horn vom Munde nahm, schien es ihm, als wenn nun noch weniger abgegangen wäre als das erste Mal; doch konnte man das Horn nun tragen, ohne zu verschütten.

Da sprach Utgardloki: ›Wie nun, Thor? Willst du dich immer sparen, einen Trunk mehr zu tun, als dir gut ist? Nun scheint mir, wenn du mit dem dritten Trunk das Horn leeren willst, so muß dieser Zug der größte sein. Du wirst aber hier bei uns nicht als so großer Mann gelten können wie bei den Asen, wenn du in anderen Spielen nicht mehr leistest, als du mir in diesem zu vermögen scheinst.‹

Da ward Thor zornig, setzte das Horn an den Mund und trank aus allen Kräften und solang er trinken mochte, und als er ins Horn sah, war doch nun mehr als zuvor ein Abgang bemerklich. Da gab er das Horn zurück und wollte nicht mehr trinken.

Da sprach Utgardloki: ›Es ist nun offenbar, daß deine Macht nicht so groß ist, als wir dachten. Denn man sieht nun, daß du hierin nichts vermagst.‹

Thor antwortete: ›Ich will mich noch in anderen Spielen versuchen; aber wunderlich würde es mich dünken, wenn ich daheim bei den Asen wäre und solche Trünke würden für klein geachtet. Doch welches Spiel wollt ihr mir nun anbieten?‹

Da sprach Utgardloki: ›Junge Burschen pflegen hier, was wenig zu bedeuten scheint, meine Katze dort von der Erde aufzuheben, und nicht würde ich gedenken, solches dem Asathor anzumuten, wenn ich nicht zuvor gesehen hätte, daß du viel weniger vermagst, als ich dachte.‹

Alsbald lief eine graue, ziemlich große Katze über den Estrich der Halle. Thor ging hinzu, faßte sie mit der Hand mitten unterm Bauche und lupfte an ihr, und die Katze krümmte den Rücken, indem Thor an ihr hob, und als Thor sie so hoch emporzog, als er immer vermochte, ließ die Katze mit dem einen Fuß von der Erde; weiter brachte es Thor nicht in diesem Spiel.

Da sprach Utgardloki: ›Es ging mit diesem Spiel, wie ich erwartete: die Katze ist ziemlich groß und Thor klein und kurz neben den großen Männern, die hier bei uns sind.‹

Da sprach Thor: ›So klein ihr mich nennt, so komme nun her, wer da wolle und ringe mit mir: nun bin ich zornig!‹ Da antwortete Utgardloki, indem er nach den Bänken sah und sprach: ›Ich sehe keinen Mann hier innen, den es nicht ein Kinderspiel dünken würde, mit dir zu ringen. Aber vielleicht versuchst du den Ringkampf mit meiner Amme Elli: mit ihr mag Thor ringen,

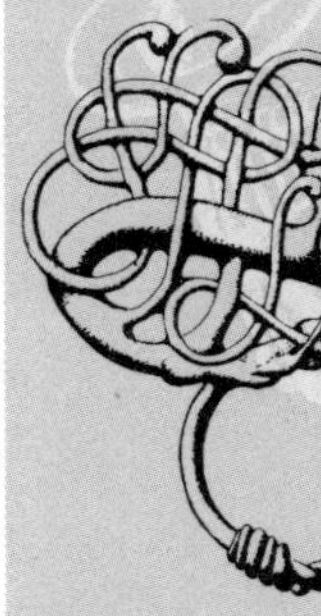

Kupferbrosche aus Lindholm Høje

wenn er will. Sie hat schon Männer niedergeworfen, die mir nicht schwächer schienen, als Thor ist.‹

Alsbald kam eine alte Frau in die Halle; zu der sprach Utgardloki, sie solle sich mit Asathor messen.

Wir wollen den Bericht nicht längen; der Kampf lief so ab: Je stärker sich Thor anstrengte, je fester stand sie. Nun fing die Frau an, ihm ein Bein zu stellen, Thor ward mit einem Fuße los, und ein harter Kampf folgte; aber nicht lange währte es, so war Thor auf ein Knie gefallen.

Da ging Utgardloki hinzu und gebot ihnen, den Kampf einzustellen. Er fügte hinzu: Thor habe nun nicht nötig, noch andere an seinem Hof zum Kampf zu fordern. Es war auch bald Nacht. Da wies Utgardloki den Thor und seine Gefährten zu den Sitzen, und brachten sie da die Nacht bei guter Aufnahme zu.

47 Am Morgen darauf, als es Tag wurde, stand Thor auf mit seinen Gefährten, sie kleideten sich und waren bereit fortzuziehen.

Da kam Utgardloki und ließ ihnen einen Tisch vorsetzen; es fehlte nicht an guter Bewirtung, Speis und Trank. Und als sie gegessen hatten, beeilten sie ihre Abreise. Utgardloki begleitete sie hinaus bis vor die Burg, und beim Abschied sprach er zu Thor und fragte, wie er mit seiner Reise zufrieden sei und ob er einen Mächtigern denn er selber getroffen habe.

Thor antwortete, er könne nicht sagen, daß die Begegnung mit ihnen nicht sehr zu seiner Unehre gereicht habe, ›aber wohl weiß ich, daß ihr mich für einen gar unbedeutenden Mann halten werdet, womit ich übel zufrieden bin.‹

Da sprach Utgardloki: ›Nun will ich dir die Wahrheit sagen, da du wieder aus der Burg gekommen bist, in die du, solange ich lebe und zu befehlen habe, nicht noch öfter kommen sollst. Und ich weiß auch wahrlich, daß du niemals hineingekommen wärest, wenn ich vorher gewußt hätte, daß du so große Kraft besitzt, womit du uns beinahe in großes Unglück gebracht hättest. Aber ich habe dir ein Blendwerk vorgemacht, denn ich war Skrymir, den du im Walde trafest, und als du mein Speisebündel lösen solltest, da hatte ich ihn mit Eisenbändern zugeschnürt, und du fandest nicht, wo du ihn öffnen solltest. Und danach schlugst du mir mit dem Hammer drei Schläge, und war der erste der geringste und war doch so stark, daß er mein Tod geworden wäre, wenn er getroffen hätte. Aber du sahst bei meiner Halle einen Felsblock und sahst oben darin drei viereckige Täler, und eins davon war das tiefste: das waren die Spuren deiner Hammerschläge. Diesen Felsstock nämlich hielt ich über meinen Kopf zum Schutze vor deinen Hieben, aber du sahst ihn nicht. So war es auch mit den Spielen, worin ihr euch mit meinen Hofleuten maßet. Das erste war das, worin sich Loki versuchte: er war sehr hungrig und aß stark; aber der, welcher Logi hieß, war das Wildfeuer und verbrannte das Fleisch und den Trog zugleich. Als Thialfi mit dem um die Wette lief, der Hugi hieß, da wußte er, daß Hugi mein Gedanke war, und nicht war's zu erwarten, daß Thialfi es mit dessen Geschwindigkeit aufnehmen könne. Und als du aus dem Horne trankst

Hugi: Einer vor Odins Raben heißt Hugir (»Gedanke«).

und es dir langsam abzunehmen schien, da geschah fürwahr ein Wunder, das ich nicht für möglich gehalten hätte: Das andere Ende des Hornes lag außen im Meer, das sahst du nicht; wenn du aber jetzt zum Meere kommst, so wirst du sehen können, welche große Abnahme du hineingetrunken hast: das nennt man nun Ebbe.‹

Ferner sprach er: ›Das deuchte mich nicht weniger wert, als du die Katze lüpftest, und dir die Wahrheit zu sagen, da erschraken alle, die es sahen, als du ihr einen Fuß von der Erde hobst, denn die Katze war nicht, was sie dir schien: es war die Midgardschlange, die um alle Lande liegt, und kaum war sie noch lang genug, daß Schweif und Haupt die Erde berührten, denn so hoch strecktest du den Arm auf, daß nicht weit zum Himmel war. Ein großes Wunder war es auch um den Ringkampf, den du mit Elli rangst, denn Elli besiegte noch jeden. Elli nämlich ist das Alter. Nun aber ist das die Wahrheit, daß wir scheiden sollen, und wird es uns beiderseits besser sein, wenn ihr nicht öfter kommt, mich zu besuchen; ich werde aber auch ein andermal meine Burg mit solchen und anderen Täuschungen schirmen, daß ihr keine Gewalt über mich erlangt.‹

Und als Thor diese Rede hörte, griff er nach seinem Hammer und hob ihn in die Luft; als er aber zuschlagen wollte, sah er Utgardloki nirgend mehr. Er wandte sich zurück nach der Burg und gedachte sie zu brechen: da sah er weite und schöne Felder vor sich, aber keine Burg.

Da kehrte er um und zog seines Weges, bis er wieder nach Thrudwang kam. Nun glaube ich, daß dir niemand Genaueres von dieser Fahrt Thors sagen könne.«

48 Da sprach Gangleri: »Ein gewaltiger Mann muß Utgardloki sein, und viel muß er mit Täuschung und Zauberei vermögen, und seine Gewalt scheint um so größer, als er Hofleute hat, die große Macht besitzen. Aber hat dies Thor auch gerächt?«

Har antwortete: »Es ist nicht unbekannt, daß er Rache genommen hat: Er weilte nicht lange daheim, sondern schritt sogleich zur Tat. Er war so hastig bei seiner Abreise, daß er weder Wagen noch Böcke, noch Reisegesellschaft mitnahm. Er ging aus über Midgard als ein junger Gesell und kam eines abends zu einem Riesen, der Hymir hieß. Da blieb Thor und nahm Herberge.

Hymir: »Der Geizige«

Aber als es tagte, stand Hymir auf und machte sich fertig, auf die See zu rudern zum Fischfang.

Thor stand auch auf und war gleich bereit und bat, daß Hymir ihn mit sich auf die See rudern ließe. Hymir sagte, er könne nur wenig Hilfe von ihm haben, da er so klein und jung sei. ›Und es wird dich frieren, wenn ich so weit und so lange draußen bleibe, wie ich gewohnt bin.‹

Aber Thor sagte, er solle nur immer recht weit hinausfahren, da es noch ungewiß sei, wer von ihnen beiden zuerst auf die Rückkehr dringen werde; und Thor zürnte dem Riesen so, daß wenig fehlte, er hätte ihn seinen Hammer fühlen lassen. Doch unterließ er es, weil er seine Kraft anderwärts zu versuchen gedachte.

Er fragte Hymir, was sie zum Köder nehmen wollten, und Hymir sagte, er solle sich selber einen Köder verschaffen.

Himinbriotr: »Himmelsbrecher«

Da ging Thor dahin, wo er eine Herde Ochsen sah, die Hymir gehörte, und nahm den größten Ochsen, der Himinbriotr hieß, riß ihm das Haupt ab und nahm das mit an die See.

Hymir hatte das Boot unterdessen ins Wasser geflößt.

Thor ging an Bord, setzte sich hinten ins Schiff, nahm zwei Ruder und ruderte. Hymir ruderte vorn, so daß sie schnell fuhren.

Da sagte Hymir, sie wären nun an die Stelle gekommen, wo er gewohnt sei, zu halten und Fische zu fangen.

Aber Thor sagte, er wolle noch viel weiter rudern: sie fuhren also noch lustig weiter.

Da sagte Hymir, sie wären nun so weit hinausgekommen, daß es gefährlich wäre, in größerer Ferne zu halten wegen der Midgardschlange.

Aber Thor sagte, er werde noch eine Weile rudern, und so tat er, womit Hymir übel zufrieden war.

Hamen: Fangschnur

Endlich zog Thor die Ruder ein, und rüstete eine sehr starke Angelschnur zu, und der Hamen daran war nicht kleiner oder schwächer. Thor steckte den Ochsenkopf an die Angel, warf ihn von Bord, und der Köder fuhr zu Grunde.

Da schnappte die Midgardschlange nach dem Ochsenkopf, und die Angel haftete ihr im Gaumen.

Als die Schlange das merkte, zuckte sie so stark, daß Thor mit beiden Fäusten auf den Schiffsrand geworfen ward. Da ward Thor zornig, fuhr in seine Asenstärke und sperrte sich so mächtig, daß er mit beiden Füßen das Schiff durchstieß und sich gegen den Grund des Meeres stemmte: also zog er die Schlange herauf an Bord. Und das mag man sagen, daß niemand einen schrecklichen Anblick gesehen hat, der nicht sah, wie jetzt Thor die Augen wider die Schlange schärfte und die Schlange von unten ihm entgegenstierte und Gift blies.

Da wird gesagt, daß der Riese Hymir die Farbe wechselte und vor Schrecken erbleichte, als er die Schlange sah und wie die See im Boot aus- und einströmte.

Aber in dem Augenblick, da Thor den Hammer ergriff und in der Luft erschwang, stürzte der Riese hinzu mit seinem Messer und zerschnitt Thors Angelschnur, und die Schlange versank in die See, und Thor warf den Hammer nach ihr, und die Leute sagen, er habe ihr im Meeresgrunde das Haupt abgeschlagen; doch mich dünkt, die Wahrheit ist, daß die Midgardschlange noch lebt und in der See liegt. Aber Thor schwang die Faust und traf den Riesen so ans Ohr, daß er über Bord stürzte und seine Fußsohlen sehen ließ. Da watete Thor ans Land.«

1 *Illustriertes Deckblatt einer isländischen Edda-Ausgabe aus dem 18. Jahrhundert mit Odin, Sleipnir, Heimdall und anderen Helden der nordischen Mythologie*

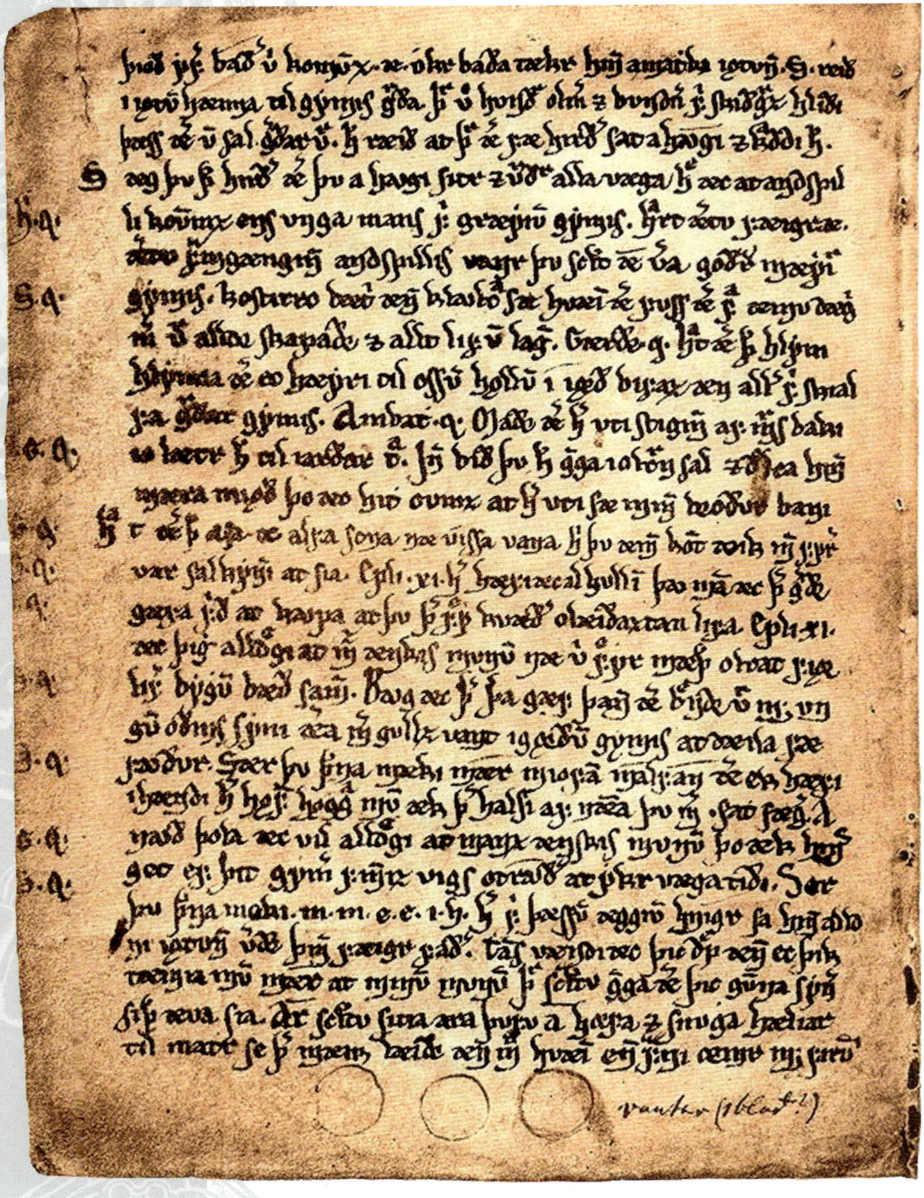

2 *Das »Lied von Skírnir« in einem isländischen Manuskript (Faksimile aus dem Jahr 1896)*

3 *Thor mit seinem Hammer Miölnir und seinem Machtgürtel Megingiard; der Gott galt als Beschützer von Midgard, der Welt der Menschen. Aus einer isländischen Handschrift des 18. Jahrhunderts*

4 *Gott Loki erfand das Fischernetz, in das er – als Lachs verwandelt – selbst gerät. Aus einer isländischen Handschrift des 18. Jahrhunderts*

5 *Balder, der Sohn Odins und Friggs, wird von seinem blinden Bruder Hödur auf Betreiben Lokis mit einem Mistelzweig getötet.*
Aus einer isländischen Handschrift des 18. Jahrhunderts

6 *Odin auf seinem achtbeinigen Pferd Sleipnir in einer Edda-Ausgabe aus dem Jahr 1760*

7 *Eine Titelseite der Edda-Ausgabe von Peter August Gödecke (1840–1890) aus dem Jahr 1877*

8 *Johannes Gehrts (1855–1921):*
Hel herrscht als Totengöttin über die Unterwelt (um 1880)

49 Da fragte Gangleri: »Haben sich noch andere Abenteuer mit den Asen ereignet? Eine gewaltige Heldentat hat Thor auf dieser Fahrt verrichtet.«

Har antwortete: »Es mag noch von Abenteuern berichtet werden, die den Asen bedeutender scheinen. Und das ist der Anfang dieser Sage, daß Baldur, der Gute, schwere Träume träumte, die seinem Leben Gefahr dräuten. Und als er den Asen seine Träume sagte, pflogen sie Rat zusammen und beschlossen, dem Baldur Sicherheit vor allen Gefahren auszuwirken.

Freyr. Bronzefigur aus Rällinge, Schweden

Da nahm Frigg Eide von Feuer und Wasser, Eisen und allen Erzen, Steinen und Erden, von Bäumen, Krankheiten und Giften, dazu von allen vierfüßigen Tieren, Vögeln und Würmern, daß sie Baldurs schonen wollten.

Als das geschehen und allen bekannt war, da kurzweilten die Asen mit Baldur, indem er sich mitten in den Kreis stellte und einige nach ihm schossen, andere nach ihm hieben und noch andere mit Steinen warfen. Und was sie auch taten, es schadete ihm nicht, denn alle Waffen waren durch ihre Eide wirkungslos geworden gegen Baldur.

Aber als Loki, Laufeyjas Sohn, das sah, da gefiel es ihm übel, daß den Baldur nichts verletzen sollte. Da ging er zu Frigg nach Fensal in Gestalt eines alten Weibes.

Er fragte Frigg, die ihn in Gestalt des alten Weibes nicht erkannte, ob sie wüßte, daß die Asen alle auf Baldur schießen, ohne ihn zu verletzen.

Da sprach Frigg: ›Weder Waffen noch Bäume mögen Baldur schaden: ich habe von allen Eide genommen, daß sie ihn nicht verletzen.‹

Da fragte Loki: ›Haben alle Dinge Eide geschworen, Baldur zu schonen?‹

Frigg antwortete: ›Östlich von Walhall wächst eine Staude, Mistiltein genannt, die schien mir zu jung, sie in Eid zu nehmen.‹

Mistiltein: Mistel

Darauf ging Loki fort. Er verwandelte sich aus der Gestalt der alten Frau zurück in sein wahres Aussehen, reiste gen Osten, nahm den Mistiltein, riß ihn aus und ging zur Versammlung, wo die Asen auf Baldur schossen.

Hödur stand zuäußerst im Kreise der Männer, denn er war blind. Da sprach Loki zu ihm: ›Warum schießest du nicht nach Baldur?‹

Hödur: der blinde Ase, er symbolisiert die Finsternis

Er antwortete: ›Weil ich nicht sehe, wo Baldur steht; zum andern hab' ich auch keine Waffe.‹

Da sprach Loki: ›Tu doch wie andere Männer und biete Baldur die Ehre, wie alle tun. Ich will dich dahin weisen, wo er steht: so schieße nach ihm mit diesem Reis.‹

Hödur nahm den Mistelzweig und schoß nach Baldur nach Lokis Anweisung.

Der Schuß flog und durchbohrte Baldur, daß er tot zur Erde fiel, und das war das größte Unglück, das Menschen und Götter betraf.

Als Baldur gefallen war, standen die Asen alle wie sprachlos und gedachten nicht einmal, ihn aufzuheben. Einer sah den andern an; ihr aller Gedanke war wider den gerichtetet, der diese Tat vollbracht hätte; aber sie durften es nicht rächen, denn es war an einer heiligen Freistätte.

Freistätte: Ort, an dem kein Blut vergossen werden darf

Als aber die Asen die Sprache wieder erlangten, da war das erste, daß sie so heftig zu weinen anfingen, daß keiner mit Worten dem anderen seinen Harm sagen mochte.

Und Odin nahm sich den Schaden um so mehr zu Herzen, als niemand so gut wußte wie er, zu wie großem Verlust und Verfall den Asen Baldurs Ende gereiche.

Als nun die Asen sich erholt hatten, da sprach Frigg und fragte, wer unter den Asen ihre Gunst und Huld gewinnen und den Helweg reiten wolle, um zu versuchen, ob er da Baldur fände, und der Hel Lösegeld zu bieten, daß sie Baldur heimfahren ließe gen Asgard. Und er hieß Hermodhr, der Schnelle, Odins Sohn, der diese Fahrt übernahm. Da ward Sleipnir, Odins Hengst, genommen und vorgeführt, Hermodhr bestieg ihn und stob davon.

Helweg: Weg in die Unterwelt zur Totengöttin Hel

Hermodhr: »Heermutig«, der Götterbote

Inzwischen nahmen die Asen Baldurs Leiche und brachten sie zur See. Hringhorn hieß Baldurs Schiff, es war aller Schiffe größtes. Das wollten die Götter vom Strande stoßen und Baldurs Leiche darauf verbrennen; aber das Schiff ging nicht von der Stelle.

Da ward gen Jötunheim nach dem Riesenweibe gesendet, die Hyrrockin hieß, und als sie kam, ritt sie einen Wolf, der mit einer Schlange gezäumt war. Als sie vom Rosse gesprungen war, rief Odin vier Berserker herbei, das Roß zu halten, aber sie vermochten es nicht anders, als indem sie es niederwarfen.

Da trat Hyrrockin an das Vorderteil des Schiffes und stieß es im ersten Anfassen vor, so daß Feuer aus den Walzen fuhr und alle Lande zitterten.

Da ward Thor zornig und griff nach dem Hammer und würde ihr das Haupt zerschmettert haben, wenn ihr nicht alle Götter Frieden erbeten hätten.

Da ward Baldurs Leiche hinaus auf das Schiff getragen, und als sein Weib, Neps Tochter Nanna, das sah, da zersprang sie vor Jammer und starb.

Nep: »Knospe«

Da ward sie zu ihm auf den Scheiterhaufen gebracht und Feuer darunter gezündet, und Thor trat hinzu und weihte den Scheiterhaufen mit Miölnir, und vor seinen Füßen lief der Zwerg, der Lit hieß, und Thor stieß mit dem Fuße nach ihm und warf ihn ins Feuer, daß er verbrannte.

Und diesem Leichenbrande wohnten vielerlei Gäste bei; zuerst ist Odin zu nennen, und mit ihm fuhren Frigg und die Walküren und Odins Raben, und Freyr fuhr im Wagen und hatte den Eber vorgespannt, der Gullinbursti hieß oder Slidrugtanni.

Gullinbursti: »Goldborste«

Heimdall ritt den Hengst, Gulltopp genannt, und Freyja fuhr mit ihren Katzen. Auch kam eine große Menge Hrimthursen und Bergriesen. Odin legte den Ring, der Draupnir hieß, auf den Scheiterhaufen, der seitdem die Eigenschaft gewann, daß jede neunte Nacht acht gleich schöne Goldringe von ihm tropften.

Baldurs Hengst ward mit allem Geschirr zum Scheiterhaufen geführt.

Von Hermodhr aber ist zu sagen, daß er neun Nächte durch tiefe dunkle Täler ritt, so daß er nichts sah, bis er zum Giöllflusse kam und über die Giöllbrücke ritt, die mit glänzendem Golde belegt ist.

Giöllbrücke: Sie quert den Giöllfluss, der die Grenze zum Totenreich bildet.

Modgudr heißt die Jungfrau, welche die Brücke bewacht: die fragte ihn nach Namen und Geschlecht und sagte, gestern seien fünf Haufen toter Männer über die Brücke geritten, ›und nicht donnert sie jetzt minder unter dir allein, und nicht hast du die Farbe toter Männer: warum reitest du den Helweg?‹

Modgudr: »Seelenkampf«

Er antwortete: ›Ich soll zu Hel reiten, Baldur zu suchen. Hast du vielleicht Baldur auf dem Helwege gesehen?‹

Da sagte sie, Baldur sei über die Giöllbrücke geritten; ›aber nördlich geht der Weg hinab zu Hel.‹

Da ritt Hermodhr dahin, bis er an das Helgitter kam; da sprang er vom Pferde und gürtete ihm den Sattel fester, stieg wieder auf und gab ihm die Sporen: da setzte der Hengst so mächtig über das Gitter, daß er es nirgend berührte.

Da ritt Hermodhr auf die Halle zu, stieg vom Pferde und trat in die Halle.

Da sah er seinen Bruder Baldur auf dem Ehrenplatze sitzen.

Hermodhr blieb dort die Nacht über.

Aber am Morgen verlangte Hermodhr von Hel, daß Baldur mit ihm heimreiten sollte, und sagte auch, welche Trauer um ihn bei den Asen sei.

Aber Hel sagte, das solle sich nun erproben, ob Baldur so allgemein geliebt werde, wie man sage: ›Wenn alle Dinge in der Welt, lebendige sowohl als tote, ihn beweinen, so soll er zurück zu den Asen fahren, er soll aber bei Hel bleiben, wenn eins widerspricht und nicht weinen will.‹

Da stand Hermodhr auf, und Baldur geleitete ihn aus der Halle und nahm den Ring Draupnir und sandte ihn Odin zum Andenken, und Nanna sandte der Frigg einen Überwurf und noch andere Gaben und der Fulla einen Goldring.

Da ritt Hermodhr seines Weges zurück und kam nach Asgard und sagte alle Zeitungen, die er da gehört und gesehen hatte.

Danach sandten die Asen Boten in alle Welt und geboten, Baldur aus Hels Gewalt zu weinen.

Alle taten das, Menschen und Tiere, Erde, Steine, Bäume und alle Erze; wie du schon gesehen haben wirst, daß diese Dinge weinen, wenn sie aus dem Frost in die Wärme kommen.

Als die Gesandten heimfuhren und ihr Gewerbe wohl vollbracht hatten, fanden sie in einer Höhle ein Riesenweib sitzen, das Thöck genannt war. Die baten sie auch, den Baldur aus Hels Gewalt zu weinen.

Thöck: »Dank«, ironisch gemeint

Sie aber antwortete:

›Thöck muß weinen mit trocknen Augen
Über Baldurs Ende.
Nicht im Leben noch im Tod
Hatt' ich Nutzen von ihm:
Behalte Hel, was sie hat.‹

Wir aber glauben, daß dieses Riesenweib Thöck, das den Asen soviel Leid gebracht hat, in Wirklichkeit Loki in verwandelter Gestalt war.«

50 Da sprach Gangleri: »Viel Arges wahrlich hatte Loki zuwege gebracht, da er erst verursachte, daß Baldur erschlagen wurde, und dann schuld ward, daß er nicht erlöst wurde aus Hels Gewalt. Aber ward das nicht irgendwie an ihm gerochen?«

Har antwortete: »Es ward ihm so vergolten, daß er lange daran gedenken wird: Als die Götter so wider ihn aufgebracht waren, wie man erwarten mag, lief er fort und barg sich in einem Berge. Da machte er sich ein Haus mit vier Türen, daß er aus dem Hause nach allen Seiten sehen könnte. Oft am Tage verwandelte er sich in Lachsgestalt und barg sich in dem Wasserfall, der Franangr hieß, und bedachte bei sich, welches Kunstwerk zu erfinden sei, um Fische zu fangen. Da nahm er Flachsgarn und verflocht es zu Maschen, wie man seitdem Netze macht. Dabei brannte Feuer vor ihm.

Da sah er, daß die Asen nicht weit von ihm waren, denn Odin hatte von Hlidskialfs Höhe seinen Aufenthalt erspäht. Da sprang er schnell auf und hinaus ins Wasser, nachdem er das Netz ins Feuer geworfen.

Ringfibel aus Birka

Kwasir: allwissendes Wesen, das Asen und Wanen aus ihrem Speichel bildeten

Und als die Asen zu dem Hause kamen, da ging der zuerst hinein, der von allen der Weiseste war und Kwasir hieß, und als er im Feuer die Asche sah, wo das Netz gebrannt hatte, da merkte er, daß dies ein Mittel sein sollte, Fische zu fangen, und sagte das den Asen. Da fingen sie an und machten ein Netz jenem nach, das Loki gemacht hatte, wie sie es in der Asche sahen. Und als das Netz fertig war, gingen sie zu dem Flusse und warfen das Netz in den Wasserfall. Thor hielt das eine Ende, das andere die übrigen Asen, und nun zogen sie das Netz.

Aber Loki schwamm voran und legte sich am Boden zwischen zwei Steine, so daß das Netz über ihn hinweggezogen ward; doch merkten sie wohl, daß etwas Lebendiges vorhanden sei.

Da gingen sie abermals an den Wasserfall und warfen das Netz aus, nachdem sie etwas so Schweres daran gebunden hatten, daß nichts unten durchschlüpfen mochte. Loki fuhr vor dem Netze her, und als er sah, daß es nicht weit von der See sei, da sprang er über das ausgespannte Netz und schwamm zurück zum Wasserfall.

Nun sahen die Asen, wo er geblieben war: da gingen sie wieder an den Wasserfall und teilten sich in zwei Haufen nach den beiden Ufern des Flusses. Thor aber stand mitten im Fluß.

Loki hatte nun die Wahl, entweder mit Lebensgefahr nach der See zu ziehen oder abermals über das Netz zu springen. Er tat das letzte und sprang schnell über das ausgespannte Netz. Thor griff nach ihm und kriegte ihn in der Mitte zu fassen; aber er glitt ihm in der Hand, so daß er ihn erst am Schwanz wieder festhalten mochte. Darum ist der Lachs hinten spitz. Nun war Loki friedlos gefangen.

Sie brachten ihn in eine Höhle und nahmen drei lange Felsenstücke, stellten sie auf die schmale Kante und schlugen ein Loch in jedes.

Bernsteinfigur, wahrscheinlich Thor darstellend, aus Dänemark

Dann wurden Lokis Söhne, Wali und Nari oder Narwi, gefangen. Den Wali verwandelten die Asen in Wolfsgestalt: da zerriß er seinen Bruder Narwi. Da nahmen die Asen seine Därme und banden den Loki damit über drei Felsen: der eine stand ihm unter den Schultern, der andere unter den Lenden, der dritte unter den Kniegelenken; die Bänder aber wurden zu Eisen.

Da nahm Skadi einen Giftwurm und befestigte ihn über ihm, damit das Gift aus dem Wurm ihm ins Antlitz träufelte.

Und Sigyn, Lokis Weib, steht neben ihm und hält ein Becken unter die Gifttropfen. Und wenn die Schale voll ist, da geht sie und gießt das Gift aus; derweil aber tropft ihm das Gift ins Angesicht, wogegen er sich so heftig sträubt, daß die ganze Erde schüttelt, und das ist's, was man Erdbeben nennt. Dort liegt er in Banden bis zur Götterdämmerung.«

51 Da sprach Gangleri: »Was für Zeitungen sind zu sagen von der Götterdämmerung? Ich hörte dessen nie zuvor erwähnen.«

Har antwortete: »Davon sind viele und wichtige Zeitungen zu sagen. Zum ersten, daß ein Winter kommen wird, Fimbulwinter genannt. Da stöbert Schnee von allen Seiten, da ist der Frost groß und sind die Winde scharf, und die Son-

Götterdämmerung: Weltuntergang in der nordischen Mythologie. Das altnordische Wort dafür – Ragnarök – hat sich in unserem Sprachgebrauch eingebürgert.

Fimbulwinter: »Schreckenswinter«

ne hat ihre Kraft verloren. Dieser Winter kommen dreie nacheinander und kein Sommer dazwischen. Zuvor aber kommen drei andere Jahre, da die Welt mit schweren Kriegen erfüllt sein wird. Da werden sich Brüder aus Habgier ums Leben bringen und der Sohn des Vaters, der Vater des Sohnes nicht schonen. So heißt es in der Wöluspa:

> Brüder befehden sich und fällen einander,
> Geschwisterte sieht man die Sippe brechen,
> Unerhörtes ereignet sich, großer Ehbruch.
> Beilalter, Schwertalter, wo Schilde klaffen,
> Windzeit, Wolfszeit, eh die Welt zerstürzt.
> Der eine achtet des andern nicht mehr.

Da geschieht es, was die schrecklichste Zeitung dünken wird: daß der Wolf die Sonne verschlingt, den Menschen zu großem Unheil.

Der andere Wolf wird den Mond packen und so auch großen Schaden tun, und die Sterne werden vom Himmel fallen.

Da wird sich auch ereignen, daß so die Erde bebt und alle Ketten und Bande brechen und reißen.

Da wird der Fenrirwolf los, und das Meer überflutet das Land, weil die Midgardschlange wieder Jotenmut annimmt und das Land sucht.

Da wird auch Naglfar flott, das Schiff, das so heißt und aus Nägeln der Toten gemacht ist, weshalb es Brauch ist, daß, wenn ein Mensch stirbt, ihm die Nägel nicht unbeschnitten bleiben, womit der Bau des Schiffes Naglfar beschleunigt würde, den doch Götter und Menschen verspätet wünschen. Bei dieser Überschwemmung aber wird Naglfar flott.

Hrymir heißt der Riese, der Naglfar steuert. Der Fenrirwolf fährt mit klaffendem Rachen umher, daß sein Oberkiefer den Himmel, der Unterkiefer die Erde berührt, und wäre Raum dazu, er würde ihn noch weiter aufsperren. Feuer glüht ihm aus Augen und Nasen.

Die Midgardschlange speit Gift aus, daß Luft und Meer entzündet werden; entsetzlich ist ihr Anblick, indem sie dem Wolf zur Seite kämpft. Von diesem Lärmen birst der Himmel: da kommen Muspels Söhne hervorgeritten. Surtur an ihrer Spitze, vor ihm und hinter ihm glühendes Feuer. Sein Schwert ist wunderscharf und glänzt heller als die Sonne.

Indem sie über die Brücke Bifröst reiten, zerbricht sie, wie vorhin gesagt ward. Da ziehen Muspels Söhne nach der Ebne, die Wigrid heißt; dahin kommt auch der Fenrirwolf und die Midgardschlange, und auch Loki wird dort sein und Hrymir und mit ihm alle Hrimthursen. Mit Loki ist Hels ganzes Gefolge, und Muspels Söhne haben ihre eigene glänzende Schlachtordnung.

Rasten: Längenmaß unbekannter Abmessung

Die Ebne Wigrid ist hundert Rasten breit nach allen Seiten.

Und wenn diese Dinge sich begeben, erhebt sich Heimdall und stößt aus aller Kraft ins Giallarhorn und weckt alle Götter, die dann Rat halten. Da reitet Odin zu Mimirs Brunnen und holt Rat von Mimir für sich und sein Gefolge.

Die Esche Yggdrasil bebt, und alles erschrickt im Himmel und auf Erden.

Die Asen wappnen sich zum Kampf, und alle Einherier eilen zur Walstatt. Zuvorderst reitet Odin mit dem Goldhelm, dem schönen Harnisch und dem Spieß, der Gungnir heißt. So eilt er dem Fenrirwolf entgegen, und Thor schreitet an seiner Seite, mag ihm aber wenig helfen, denn er hat vollauf zu tun, mit der Midgardschlange zu kämpfen.

Freyr streitet wider Surtur, und kämpfen sie ein hartes Treffen, bis Freyr erliegt, und wird das sein Tod, daß er sein gutes Schwert vermißt, das er dem Skirnir gab.

Skirnir: Freyrs Diener. Siehe Prosa-Edda Nr. 37.

Inzwischen ist auch Garm, der Hund, losgeworden, der vor der Gnipahöhle gefesselt lag: das gibt das größte Unheil, da er mit Tyr kämpft und einer den andern zu Fall bringt.

Dem Thor gelingt es, die Midgardschlange zu töten; aber kaum ist er neun Schritte davongegangen, so fällt er tot zur Erde, von dem Gifte, das der Wurm auf ihn speit.

Der Wolf verschlingt Odin, und wird das sein Tod.

Alsbald kehrt sich Widar gegen den Wolf und setzt ihm den Fuß in den Unterkiefer. An diesem Fuße hat er den Schuh, zu dem man alle Zeiten hindurch sammelt, die Lederstreifen nämlich, welche die Menschen von ihren Schuhen schneiden, wo die Zehen und Fersen sitzen. Darum soll diese Streifen ein jeder wegwerfen, der darauf bedacht ist, den Asen zu Hilfe zu kommen. Mit der Hand greift Widar dem Wolf nach dem Oberkiefer und reißt ihm den Rachen entzwei, und wird das des Wolfes Tod.

Loki kämpft mit Heimdall, und einer erschlägt den andern.

Darauf schleudert Surtur Feuer über die Erde und verbrennt die ganze Welt. So heißt es in der Wöluspa:

> Ins erhobene Horn bläst Heimdall laut;
> Odin murmelt mit Mimirs Haupt.
> Yggdrasil zittert, die ragende Esche;
> Es rauscht der alte Baum, da der Riese frei wird.
>
> Was ist mit den Asen, was ist mit den Alfen?
> All Jötunheim ächzt, die Asen versammeln sich.
> Die Zwerge stöhnen vor steinernen Türen,
> Der Bergwege Weiser: wißt ihr, was das bedeutet?
>
> Hrym fährt von Osten, es hebt sich die Flut;
> Jörmungandr wälzt sich im Jötunmute.
> Der Wurm schlägt die Brandung, auf schreit der Adler,
> Leichen zerreißt er; Naglfar wird los.

Jörmungandr: die Midgardschlange

Thorshammer als Amulett. Bronze, gefunden im südlichen Island

Der Kiel fährt von Osten, Muspels Söhne kommen
Über die See gesegelt, und Loki steuert.
Des Untiers Abkunft ist all mit dem Wolf;
Auch Bileists Bruder ist ihm verbunden.

Bileists Bruder: Loki

Surtur fährt von Süden, mit flammendem Schwert,
Von seiner Klinge scheint die Sonne der Götter.
Steinberge stürzen, Riesinnen straucheln,
Zu Hel fahren Helden, der Himmel klafft.

Nun hebt sich Hlins anderer Harm,
Da Odin eilt zum Angriff des Wolfs.
Belis Mörder mißt sich mit Surtur;
Da fällt Friggs einzige Freude.

Hlin: Name einer Asin, hier scheint aber Frigg gemeint zu sein.

Belis Mörder: Freyr. Siehe Prosa-Edda Nr. 37.

Nicht säumt Siegvaters erhabner Sohn Widar,
Mit dem Leichenwolf Fenrir zu fechten;
Er stößt dem Hwedrungssohn den Stahl ins Herz
Durch gähnenden Rachen: so rächt er den Vater.

Hwedrungssohn: Fenrirwolf. Sein Tod wird hier widersprüchlich zum vorherigen Prosatext dargestellt.

Da schreitet der schöne Sohn Hlodyns
Der Natter näher, der neidgeschwollenen.
Mutig trifft sie Midgards Weiher;
Doch fährt neun Fuß weit Fiörgyns Sohn.
Alle Wesen müssen die Weltstatt räumen.

Sohn Hlodyns: Thor

Hlodyn ist ein anderer Name für seine Mutter Jörd.

Natter: Midgardschlange

Fiörgyns Sohn: Thor; Fiörgyn ist ein anderer Name für Jörd.

Schwarz wird die Sonne, die Erde sinkt ins Meer,
Vom Himmel fallen die heitern Sterne,
Glutwirbel umwühlen den allnährenden Weltbaum,
Die heiße Lohe beleckt den Himmel.

Auch heißt es so:

Wigrid heißt das Feld, wo sich finden zum Kampf
Surtur und die sel'gen Götter.
Hundert Rasten hat es rechts und links:
Solcher Walplatz wartet ihrer.«

52 Da fragte Gangleri: »Was geschieht hernach, wenn Himmel und Erde verbrannt sind und alle Welten und die Götter alle tot sind und alle Einherier und alles Menschenvolk? Ihr habt vorhin doch gesagt, daß ein jeder Mensch in irgendeiner Welt leben soll durch alle Zeiten.«

Har antwortete: »Es gibt viel gute und viel üble Aufenthalte; am besten ist's, im Gimil zu sein. Sehr gut ist es auch für die, welche einen guten Trunk lieben, in dem Saale, der Brimir heißt und gleichfalls im Himmel steht. Ein guter Saal ist auch jener, der Sindri heißt und auf den Nidabergen steht, ganz aus rotem Gold gebaut. Diese Säle sollen nur gute und rechtschaffene Menschen bewohnen. In Nastrand ist ein großer, aber übler Saal, dessen Türen nach Norden sehen. Er ist mit Schlangenrücken gedeckt, und die Häupter der Schlangen sind alle in das Haus hineingekehrt und speien Gift, daß Ströme davon durch den Saal rinnen, durch welche Eidbrüchige und Meuchelmörder waten, wie es heißt:

Nastrand: »Leichenstrand«

Einen Saal seh' ich, der Sonne fern,
In Nastrand, die Türen sind nordwärts gekehrt.
Gifttropfen fallen durch die Fenster nieder;
Aus Schlangenrücken ist der Saal gewunden.
Im starrenden Strome stehn da und waten
Meuchelmörder und Meineidige.

Aber in Hwergelmir ist es am schlimmsten: da saugt Nidhöggr der Entseelten Leichen.«

53 Da sprach Gangleri: »Leben denn dann noch Götter, und gibt es noch eine Erde oder einen Himmel?«

Har antwortete: »Die Erde taucht aus der See auf, grün und schön, und Korn wächst darauf ungesät. Widar und Wali leben noch, weder die See noch Surturs Lohe hatte ihnen geschadet. Sie wohnen auf dem Idafeld, wo zuvor Asgard war. Auch Thors Söhne, Modi und Magni, stellen sich ein und bringen den Miölnir mit. Danach kommen Baldur und Hödur aus dem Reiche Hels: da sitzen sie alle beisammen und besprechen sich und gedenken ihrer Heimlichkeiten und sprechen von Zeitungen, die vordem sich ereignet, von der Midgardschlange und dem Fenrirwolf. Da finden sie im Grase die Goldtafeln, welche die Asen besessen haben. Wie es heißt:

Widar: Sohn Odins. Siehe Prosa-Edda Nr. 29.

Wali: Sohn Odins. Siehe Prosa-Edda Nr. 30.

Modi: »Mut«

Magni: »Macht« oder »Stärke«

Widar und Wali walten des Heiligtums,
Wenn Surturs Lohe losch,
Modi und Magni sollen Miölnir schwingen
Und zu Ende kämpfen den Krieg.

An einem Orte, Hoddmimirs-Holz genannt, verbargen sich während Surturs Lohe zwei Menschen, Lif und Lifthrasir genannt, und nährten sich von Morgentau. Von diesen beiden stammt ein so großes Geschlecht, daß es die ganze Welt bewohnen wird. So heißt es hier:

Lif: »Lebenskraft«

Lifthrasir: »von Leben erfüllt«

Lif und Lifthrasir leben verborgen
In Hoddmimirs-Holz;
Morgentau ist all ihr Mahl.
Von ihnen stammt ein neu Geschlecht.

Und das wird dich wunderbar denken, daß die Sonne eine Tochter geboren hat, nicht minder schön als sie selber: die wird nun die Bahn der Mutter wandeln. So heißt es hier:

Eine Tochter entstammt der strahlenden Göttin,
Eh der Wolf sie würgt.
Glänzend fährt nach der Götter Fall
Die Maid auf den Wegen der Mutter.

Wenn du aber nun weiter fragen willst, so weiß ich nicht, woher dir das kommt, denn nie hört ich jemanden mehr von den Schicksalen der Welt berichten. Nimm also hiermit vorlieb.«

54 Darauf hörte Gangleri ein großes Getöse rings um sich her. Und als er sich wandte, und recht um sich blickte, fand er sich alleine stehen auf einer weiten Ebene und sah weder Halle noch Burg mehr. Da ging er seines Weges fort und kam zurück in sein Reich und erzählte die Zeitungen, die er gehört und gesehen hatte, und nach ihm erzählte einer dem anderen diese Geschichten.

Bragarœdhur

(Bragis Gespräche)

Weitere Abenteuer der Götter schildert Snorri in dem Kapitel Bragarœdhur (Bragis Gespräche), so benannt, weil der Dichtergott Bragi bei einem Gastmahl in Asgard seinem Tischnachbarn, dem riesenhaften Meeresgott Ögir oder Ägir, die Geschichten von den Äpfeln der ewigen Jugend und vom Dichtermet erzählt.

Pressmodell aus Torslunda, Schweden

55 Ein Mann heißt Ögir oder Hler; er bewohnte das Eiland, das nun Hlesey heißt, und war sehr zauberkundig.

Ögir oder Ägir: der riesenhafte Meeresgott

Er unternahm eine Reise nach Asgard; und als die Asen von seiner Fahrt erfuhren, ward er wohl empfangen, jedoch mit allerlei Sinnverblendungen: Am Abend zum Beispiel, als das Trinken beginnen sollte, ließ Odin Schwerter in die Halle tragen, die waren so glänzend, daß ein Schein davon ausging und es keiner andern Beleuchtung bedurfte, während man saß und trank.

Da kamen die Asen zu ihrem Gelage und setzten sich auf ihre Hochsitze, zwölf der Asen, die da zu Richtern bestellt waren. Dies sind ihre Namen: Thor, Niördr, Freyr, Tyr, Heimdall, Bragi, Widar, Wali, Uller, Hönir, Forseti, Loki.

Desgleichen hießen die Asinnen: Frigg, Freyja, Gefion, Idun, Gerdr, Sigyn, Fulla, Nanna.

Ögirn deuchte herrlich alles, was er sah. Alle Wände waren mit schönen Schildern bedeckt, da war auch kräftiger Met und des Trankes genug.

Als Ögirs Nachbar saß Bragi, und während sie tranken, tauschten sie Gespräche. Da sagte Bragi dem Ögir von manchen Geschichten, die sich vordem bei den Asen zugetragen:

56 Er begann seine Erzählung damit, daß drei Asen auszogen, Odin, Loki und Hönir. Sie fuhren über Berge und öde Marken, wo es um ihre Kost übel bestellt war.

»Als sie aber in ein Tal hinabkamen, sahen sie eine Herde Ochsen; da nahmen sie der Ochsen einen und wollten ihn sieden.

Und als sie glaubten, daß er gesotten wäre und den Sud aufdeckten, war er noch ungesotten. Und zum zweitenmal, als sie den Sud wieder aufdeckten, nachdem einige Zeit vergangen war, fanden sie ihn noch ungesotten.

Da sprachen sie unter sich, wovon das kommen möge.

Da hörten sie oben in der Eiche über sich sprechen, daß der, welcher dort sitze, schuld sei, daß der Sud nicht zum Sieden komme.

Der Adler war der Riese Thiassi (siehe Prosa-Edda Nr. 23), der ein Adlerhemd besitzt, das ihn zum Fliegen befähigt.

Als sie hinschauten, saß da ein Adler, der war nicht klein.

Da sprach der Adler: ›Wollt ihr gestatten, daß ich mich von dem Ochsen sättige, so soll der Sud sieden.‹

Das sagten sie ihm zu.

Darauf flog der Adler vom Baum herab. Er setzte sich zum Sude und nahm sogleich die zwei Lenden des Ochsen vorweg nebst beiden Bugen.

Da ward Loki zornig, ergriff eine große Stange und stieß sie mit aller Macht dem Adler in den Leib.

Der Adler ward scheu von dem Stoße und flog empor; da haftete die Stange in des Adlers Rumpf; aber Lokis Hände an dem andern Ende hafteten auch.

Der Adler flog so nah am Boden, daß Loki mit den Füßen Gestein, Wurzeln und Bäume streifte, die Arme aber, meinte er, würden ihm aus den Achseln reißen. Er schrie und bat den Adler flehentlich um Frieden; der aber sagte, Loki solle nimmer loskommen, er schwöre ihm denn, Idun mit ihren Äpfeln aus Asgard zu bringen.

Idun: Bragis Gemahlin, Göttin der ewigen Jugend. Sie besitzt die Äpfel der Verjüngung, von denen die Asen täglich speisen, um nicht zu altern.

Das bewilligte Loki: da war er los und kam zurück zu seinen Gefährten.

Zur verabredeten Zeit aber lockte Loki Idun aus Asgard in einen Wald, indem er vorgab, er habe da Äpfel gefunden, die sie Kleinode dünken würden; auch riet er ihr, ihre eigenen Äpfel mitzunehmen, um sie mit jenen vergleichen zu können.

Da kam der Riese Thiassi in Adlershaut dahin, ergriff Idun und flog mit ihr und den Äpfeln fort gen Thrymheim, wo sein Heimwesen war.

Die Asen aber befanden sich übel bei Iduns Verschwinden, sie wurden schnell grauhaarig und alt, weil sie von Iduns Äpfeln nicht mehr essen konnten.

Da hielten sie Versammlung und fragte einer den andern, was man zuletzt von Idun wisse. Da war das letzte, daß man von ihr gesehen hatte, daß sie mit Loki aus Asgard gegangen war.

Falkengewand: Wie alle Walküren besitzt Freyja ein Federkleid, mit dem sie fliegen kann.

Da ward Loki ergriffen und zur Versammlung geführt, auch mit Tod oder Peinigung bedroht. Da erschrak er und versprach, er wolle nach Idun in Jötunheim suchen, wenn Freyja ihm ihr Falkengewand leihen wolle.

Als er das erhielt, flog er nordwärts gen Jötunheim und kam eines Tages zu des Riesen Thiassi Behausung.

Er war eben auf die See gerudert, und Idun war allein daheim.

Loki verwandelte Idun in Nußgestalt, hielt sie und die Äpfel in seinen Klauen und flog, was er konnte.

Als aber Thiassi heimkam und Idun vermißte, nahm er sein Adlerhemd und flog Loki nach mit Adlersschnelle.

Als aber die Asen den Falken mit der Nuß fliegen sahen und den Adler hinter ihm drein, da gingen sie hinaus unter Asgard und nahmen eine Bürde Hobelspäne mit. Und als der Falke in die Burg flog und sich hinter der Burgmauer niederließ, warfen die Asen alsbald Feuer in die Späne.

Falke: Loki im Federgewand

Der Adler vermochte sich nicht inne zu halten, als er den Falken aus dem Gesichte verlor: also schlug das Feuer ihm ins Gefieder, daß er nicht weiterfliegen konnte. Da waren die Asen bei der Hand und töteten den Riesen Thiassi innerhalb des Gatters; allbekannt ist dieser Totschlag.

Aber Skadi, des Riesen Thiassi Tochter, nahm Helm und Brünne und alles Heergerät und fuhr gen Asgard, ihren Vater zu rächen. Da boten ihr die Asen Ersatz und Buße. Zum ersten sollte sie sich einen der Asen zum Gemahl wählen, aber ohne mehr als die Füße von denen zu sehen, unter welchen sie wähle. Da sah sie eines Mannes Füße, die waren vollkommen schön, und sie rief: ›Diesen kies ich, Baldur ist ohne Fehl.‹ Aber es war nicht Baldur, wie sie dachte, sondern Niörd von Noatun.

Niördr: Gott der Wasserwelt und der Schiffahrt

Das war auch eine ihrer Vergleichsbedingungen, daß die Asen es dahin bringen sollten, daß sie lachen müsse; sie glaubte, das würden sie nicht zuwege bringen. Da befestigte Loki eine Schnur an den Bart einer Ziege und mit dem andern Ende an seine Lenden, wodurch sie hin und her gezogen wurden und beide laut schrien vor Schmerz. Da ließ sich Loki vor Skadi in die Knie fallen. Sie lachte, und somit war ihre Aussöhnung mit den Asen vollbracht.

Noch wird gesagt, daß Odin ihr zur Überbuße Thiassis Augen nahm, sie an den Himmel warf und zwei Sterne daraus bildete.«

Da sprach Ögir: »Ein gewaltiger Mann dünkt mich Thiassi gewesen zu sein; aber welcher Abstammung war er?«

Bragi antwortete: »Alwaldi hieß sein Vater, und merkwürdig wird es dich bedünken, wenn ich dir von ihm erzähle. Er war sehr reich an Gold, und als er starb und seine drei Söhne das Erbe teilen sollten, da maßen sie bei der Teilung das Gold damit, daß ein jeder seinen Mund davon voll nehmen sollte und einer so oft als der andere. Einer dieser Söhne war Thiassi, der andere Idi, der dritte Gangr. Davon hat die Redensart ihren Ursprung, daß wir das Gold dieser Jötune Mundmaß nennen, und in Runen und in der Skaldensprache umschreiben wir es so, daß wir es dieser Joten Sprache oder Rede nennen.«

Da sprach Ögir: »Das dünkt mir in der Geheimsprache wohl angewandt.«

57 Ferner sprach Ögir: »Woher hat die Kunst ihren Ursprung, die ihr Skaldenkunst nennt?«

Bragi antwortete: »Dies war der Anfang davon, daß die Asen Unfrieden hatten mit dem Volk, das man Wanen nennt. Nun aber traten sie zusammen, Frieden zu schließen, und der kam auf diese Weise zustande, daß sie von beiden Seiten zu einem Gefäße gingen und ihren Speichel hineinspuckten. Als sie nun schieden, wollten die Asen dies Friedenszeichen nicht untergehen lassen. Sie nahmen es und schufen einen Mann draus, der Kwasir heißt. Der ist so weise, daß ihr niemand um ein Ding fragen mag, worauf er nicht Bescheid zu geben weiß. Er fuhr weit umher durch die Welt, die Menschen Weisheit zu lehren.

Kwasir: siehe Prosa-Edda Nr. 50

Einst aber, da er zu den Zwergen Fialar und Glar kam, die ihn eingeladen hatten, riefen sie ihn beiseite zu einer Unterredung und töteten ihn. Sein Blut ließen sie in zwei Gefäße und einen Kessel rinnen: der Kessel heißt Odhrörir; aber die Gefäße Son und Bodn. Sie mischten Honig in das Blut, woraus ein so kräftiger Met entstand, daß ein jeder, der davon trinkt, ein Dichter oder ein Weiser wird. Den Asen berichteten die Zwerge, Kwasir sei in der Fülle seiner Weisheit erstickt, denn keiner war klug genug, seine Weisheit voll zu erfragen.

Odhrörir: »Geist-Erreger«

Son: »Versöhnung«

Bodn: »Hingebung«

Danach luden diese Zwerge den Riesen, der Gilling heißt, mit seinem Weibe zu sich, und sie baten ihn, mit ihnen auf die See zu rudern. Als sie aber eine Strecke vom Land waren, ruderten die Zwerge nach den Klippen und stürzten das Schiff um.

Gilling, der nicht schwimmen konnte, ertrank, worauf die Zwerge das Schiff wieder umkehrten und zu Lande ruderten.

Sie sagten seinem Weibe von dem Tode Gillings. Da gehabte sie sich übel und weinte laut.

Fialar fragte sie, ob es ihr Gemüt erleichtern möge, wenn sie nach der See hinaussähe, wo er umgekommen sei. Das wollte sie tun.

Da sprach er mit seinem Bruder Glar, er sollte hinaufsteigen über die Schwelle und wenn sie hinausginge, einen Mühlstein auf ihren Kopf fallen lassen, weil er ihr Gejammer nicht ertragen möge.

Und also tat er.

Als der Riese Suttung, Gillings Brudersohn, dies erfuhr, zog er hin, ergriff die Zwerge, führte sie auf die See und setzte sie da auf eine Meerklippe.

Da baten sie Suttungen, ihr Leben zu schonen, und boten ihm zur Sühne und Buße den köstlichen Met, den sie aus dem Blut des getöteten Kwasir gewonnen hatten, und diese Sühne ward zwischen ihnen geschlossen.

Suttung führte den Met mit sich nach Hause und verbarg ihn auf dem sogenannten Hnitberge; seine Tochter Gunnlöd setzte er zur Hüterin. Davon heißt die Skaldenkunst Kwasirs Blut oder der Zwerge Trank, auch Odhrörirs-, oder Bodns- und Sons-Naß und der Zwerge Fährgeld (weil ihnen dieser Met von der Klippe Erlösung und Heimkehr verschaffte), ferner Suttungs Met und Hnitbergs Lauge.«

Gunnlöd: »Die zum Kampf Ladende«

58 Da sprach Ögir: »Sonderbar dünkt mich der Gebrauch, die Dichtkunst mit diesen Namen zu nennen. Aber wie kamen die Asen an Suttungs Met?«

Bragi antwortete: »Davon wird erzählt, daß Odin von Hause zog und an einen Ort kam, wo neun Knechte Heu mähten. Er fragte sie, ob sie ihre Sensen gewetzt haben wollten. Das bejahten sie. Da zog er einen Wetzstein aus dem Gürtel und wetzte.

Die Sicheln schienen ihnen jetzt viel besser zu schneiden. Da feilschten sie um den Stein; er aber sprach, wer ihn kaufen wolle, solle geben, was billig sei.

Sie sagten alle, das wollten sie; aber jeder bat, den Stein ihm zu verkaufen. Da warf er ihn hoch in die Luft, und da ihn alle fangen wollten, entzweiten sie sich so, daß sie einander mit den Sicheln die Hälse zerschnitten.

Da suchte Odin Nachtherberge bei dem Riesen, der Baugi hieß, dem Bruder Suttungs. Baugi beklagte seine übeln Umstände und sagte, neun seiner Knechte hätten sich umgebracht; nun wisse er nicht, wo er Werkleute hernehmen solle.

Da nannte sich Odin bei ihm Bölwerkr und erbot sich, die Arbeit der neun Knechte Baugis zu übernehmen; zum Lohn verlangte er einen Trunk von Suttungs Met.

Bölwerkr: »Böswirker«

Baugi sprach, er habe über den Met nicht zu gebieten, denn Suttung, so sagte er, wolle ihn allein behalten; doch wolle er mit Bölwerkr dahinfahren und versuchen, ob sie des Mets bekommen könnten.

Bölwerkr verrichtete den Sommer über Neunmännerarbeit für Baugi; im Winter aber begehrte er seinen Lohn. Da fuhren sie beide zu Suttung, und Baugi erzählte seinem Bruder, wie er den Bölwerkr gedungen habe; aber Suttung verweigerte geradeheraus jeden Tropfen seines Mets.

Da sagte Bölwerkr zu Baugi, sie wollten eine List versuchen, ob sie an den Met kommen möchten, und Baugi wollte das geschehen lassen.

Da zog Bölwerkr einen Bohrer hervor, der Rati hieß, und sprach, Baugi sollte den Berg durchbohren, wenn der Bohrer scharf genug sei.

Berg: Gemeint ist der Hnitberg, in dem der Dichtermet verborgen ist.

Baugi tat das, sagte aber bald, der Berg sei durchgebohrt.

Aber Bölwerkr blies ins Bohrloch, da flogen die Splitter heraus, ihm entgegen.

Daran erkannte er, daß Baugi mit Trug umgehe, und bat ihn, ganz durchzubohren. Baugi bohrte weiter, und als Bölwerkr zum andernmal hineinblies, flogen die Splitter einwärts.

Nun wandelte sich Bölwerkr in einen Wurm und schloff in das Bohrloch. Baugi stach mit dem Bohrer nach ihm, verfehlte ihn aber.

Da fuhr Bölwerkr dahin, wo Gunnlöd war, und lag bei ihr drei Nächte, und sie erlaubte ihm, drei Tränke von dem Met zu trinken. Und im ersten Trank trank er den Odhrörir ganz aus, im andern leerte er den Bodn, im dritten den Son und hatte nun den Met alle.

Da wandelte er sich in Adlersgestalt und flog eilends davon.

Als aber Suttung den Adler fliegen sah, nahm er sein Adlerhemd und flog ihm nach. Und als die Asen Odin fliegen sahen, da setzten sie ihre Gefäße in den Hof.

Und als Odin Asgard erreichte, spie er einen Teil des Mets in die Gefäße.

Als aber Suttung ihm so nahe gekommen war, daß er ihn fast erreicht hätte, ließ er von hinten den anderen Teil des Mets fahren. Danach verlangt niemanden; habe sich das, wer da wolle; wir nennen es der schlechten Dichter Teil.

Aber Suttungs Met gab Odin den Asen und denen, die schaffen können. Darum nennen wir die Skaldenkunst Odins Fang oder Fund oder Odins Trank und Gabe und der Asen Getränk.«

Skaldskaparmal

(Die Skaldensprache)

Das Skaldskaparmal gilt als Fortsetzung des vorhergehenden Bragaroedhur. Es ist in erster Linie ein theoretisches Werk über Skaldendichtung und enthält einige abenteuerliche Göttersagen als vorbildliche Lehrbeispiele. Diese Erzählungen sind aus dem allgemeinen Text des Skaldskaparmal herausgelöst und hier zusammengefasst:

Pressmodell aus Torslunda, Schweden

Thors und Hrungnirs Kampf

59 Thor war nach Osten gezogen, Unholde zu töten. Odin ritt auf Sleipnir gen Jötunheim und kam zu dem Riesen, der Hrungnir hieß.

Da fragte Hrungnir, welchen Mann er da sehe mit dem Goldhelm, der durch Luft und über Wasser reite? Hrungnir sagte auch, der Fremde reite ein sehr gutes Roß.

Hrungnir: »Der Widerhallende«

Da sagte Odin, er wolle sein Haupt verwetten, daß kein so gutes Roß in Jötunheim sei.

Hrungnir sagte, jenes Roß möge gut sein; aber sein eigenes Roß, das Gullfaxi heiße, mache viel weitere Sprünge. Und Hrungnir ward zornig, sprang auf sein Roß, um mit Odin ein Wettrennen zu veranstalten und ihm seine Prahlerei zu lohnen.

Gullfaxi: »Goldmähne«

Odin aber ritt so schnell, daß er eine gute Strecke voraus war; aber Hrungnir war in so großem Jotenzorn, daß er nicht merkte, wie er schon innerhalb der Asenmauer sei.

Asenmauer: Schutzwall vor Asgard

Als er nun an das Tor der Halle kam, luden ihn die Asen zum Trinkgelage. Er trat in die Halle und begehrte einen Trunk. Sie gaben ihm die beiden Schalen, aus welchen Thor zu trinken pflegte, und Hrungnir leerte sie beide. Und als er trunken wurde, ließ er das Großversprechen nicht; er sagte, er wolle Walhall nehmen und nach Jötunheim bringen, Asgard versenken und alle Götter töten, außer Freyja und Sif, die wolle er mit sich heimführen. Darauf, als Freyja ihm einschenkte, drohte er, den Asen all ihr Äl auszutrinken.

Sif: Thors Gemahlin

Als aber die Asen sein Großversprechen verdroß, riefen sie nach Thor: alsbald kam Thor in die Halle und schwang den Hammer und fragte zornig, wer schuld sei, daß hundweise Jötune da trinken dürften, und wer dem Hrungnir erlaubt habe, in Walhall zu sein, und warum ihm Freyja einschenke wie bei den Gelagen der Asen?

Da antwortete Hrungnir und sagte, indem er mit unfreundlichen Augen auf Thor blickte, Odin habe ihn zum Trinkgelage gebeten und er sei in dessen Frieden.

Da sagte Thor, der Einladung solle den Hrungnir gereuen, ehe er hinauskomme.

Hrungnir entgegnete, Asathor werde wenig Ehre davon haben, wenn er ihn hier unbewaffnet töte; mehr Mut verrate er, wenn er es wage, an der Ländergrenze bei Griottunagardr mit ihm zu kämpfen. »Es war große Unklugheit«, sagte er, »daß ich Schild und Schleifstein daheim ließ. Wenn ich meine Waffen hier hätte, wollten wir gleich einen Holmgang versuchen; da dies aber nicht der Fall ist, so beschuldige ich dich eines Neidingwerks, so du mich wehrlos töten willst.«

Griottunagardr: »Felsburg«

Thor wollte sich dem Zweikampf keineswegs entziehen, da er dazu aufgefordert worden ward, was ihm nie zuvor begegnet war.

Da fuhr Hrungnir seines Weges und sputete sich aus aller Macht, bis er gen Jötunheim kam. Da machte seine Fahrt großes Aufsehen bei den Jötunen, wie auch, daß es zwischen ihm und Thor zur Verabredung des Zweikampfes gekommen war. Die Jötune hielten es für überaus wichtig, wer den Sieg erhielte. Da machten sie auf Griottunagardr einen Mann von Lehm, der neun Rasten hoch war und drei breit unter den Armen. Sie fanden aber kein Herz, das so groß war als sich für ihn ziemte, bis sie das einer Stute nahmen, welches sich ihm jedoch nicht haltbar erwies, als Thor kam. Hrungnir selbst hatte bekanntlich ein Herz von hartem Stein, scharfkantig und dreiseitig, wie man seitdem das Runenzeichen zu schneiden pflegt, das man »Hrungnirs Herz« nennt. Auch sein Haupt war von Stein, von Stein auch sein breiter, dicker Schild, und diesen Schild hielt er vor sich, als er auf Griottunagardr stand und Thors wartete. Seine Waffe war ein Schleifstein, den er über die Achsel nahm, und nicht mild war er anzuschauen.

Möckurkalfi: »Weiche Wade«, gemeint ist ein Schwächling mit wenig Standvermögen

Ihm zur Seite stand der Lehmriese, der Möckurkalfi hieß. Er war aber sehr furchtsam, und man sagt, daß er Wasser ließ, als er Thor sah.

Thor fuhr zum Holmgang und mit ihm Thialfi.

Thialfi: Thors Diener

Da lief Thialfi voraus, dahin, wo Hrungnir stand, und sprach zu ihm: »Du stehst übel behütet, Jötun; zwar hast du den Schild vor dir; aber Thor hat dich gesehen, er fährt niederhalb in die Erde und wird von unten an dich kommen.«

Darauf warf sich Hrungnir den Schild unter die Füße und stand darauf; die Steinwaffe aber faßte er mit beiden Händen.

Darauf vernahm er Blitze und hörte starke Donnerschläge und sah nun Thor im Asenzorn, der gewaltig heranfuhr, den Hammer schwang und ihn aus der Ferne nach Hrungnir warf.

Hrungnir hob die Steinwaffe mit beiden Händen und hielt sie entgegen. Da traf sie der Hammer im Fluge, und der Schleifstein brach entzwei: der eine Teil fiel zur Erde, und davon sind alle Wetzsteinfelsen gekommen; der andere fuhr in Thors Haupt, so daß er vor sich auf die Erde stürzte. Der Hammer Miölnir aber traf den Hrungnir mitten auf das Haupt und zerschmetterte ihm den Schädel zu kleinen Stücken. Er selbst fiel vorwärts über Thor, so daß sein Fuß auf Thors Halse lag.

Thialfi aber griff Möckurkalfi an, der mit geringem Ruhme fiel.

Darauf ging Thialfi zu Thor und wollte Hrungnirs Fuß von ihm nehmen, hatte aber nicht die Macht dazu.

Da gingen die Asen all hinzu, als sie von Thors Fall hörten, und wollten den Fuß Hrungnirs von ihm nehmen, brachten es aber auch nicht zuwege.

Da kam Magni herbei, der Sohn Thors und Jarnsaxas, der erst drei Winter alt war, der warf Hungris Fuß von Thor und sprach: »Schmach und Schaden, Vater, daß ich so spät kam. Ich glaube, ich hätte diesen Riesen mit der Faust zur Hel gesandt, wär' ich mit ihm zusammengetroffen.«

Magni: »Macht« oder »Stärke«

Jarnsaxa: »Eisenstein« oder »Eisenschwert«. Die Schwerter waren früher Streitäxte aus Stein.

Da stand Thor auf und empfing seinen Sohn wohl und sagte, er würde ein tüchtiger Mann werden; »auch will ich dir«, sagte er, »das Roß Gullfaxi geben, das Hrungnir besaß.«

Da hub Odin an und sagte, Thor habe übel getan, daß er dies gute Pferd dem Sohne einer Riesenfrau gegeben habe und nicht seinem Vater.

Da fuhr Thor heim gen Thrudwang, und der Schleifstein stak in seinem Haupte. Da kam die Wala hinzu, die Groa hieß, die Frau Örwandils des Kecken; die sang ihre Zauberlieder über Thor, bis der Schleifstein lose ward.

Wala: Zauberin, Seherin

Groa: »Die Gedeihende«

Als Thor dies merkte und Hoffnung hatte, von dem Schleifstein befreit zu werden, wollte er die Groa die Heilung lohnen und sie froh machen. Da sagte er ihr, daß er von Norden her über die Eliwagar gewatet sei und im Korb auf seinem Rücken den Örwandil aus Jötunheim getragen habe. Und zum Wahrzeichen gab er an, daß eine Zehe ihm aus dem Korb vorgestanden und erfroren sei: die habe er, Thor, dem Örwandil abgebrochen, hinauf an den Himmel geworfen und den Stern daraus gemacht, der Örwandils Zehe heißt. Noch sagte Thor, es werde nicht lange mehr anstehen, bis Örwandil heimkomme.

Örwandil: »Der hervorschießende Keim«, auch »Pfeilschütze«. Die folgenden Zeilen sind als symbolische Erzählung vom kommenden Frühling aufzufassen.

Eliwagar: Sammelname der aus dem Brunnen Hwergelmir hervorquellenden Flüsse

Darüber ward Groa so erfreut, daß sie ihrer Zauberlieder vergaß, und so ward der Schleifstein nicht loser und steckt noch in Thors Haupte.

Thors Fahrt nach Geirrödsgard

60 Es verdient gar sehr erzählt zu werden, wie Thor nach Geirrödsgard fuhr, denn da hatte er weder den Hammer Miölnir noch den Stärkegürtel, noch die Eisenhandschuhe bei sich, woran Loki schuld war, der ihn begleitete.

Geirrödsgard: Land, in dem der Riese Geirröd regiert

Denn dem Loki war es einstmals begegnet, da er zu seiner Kurzweil mit Friggs Falkenhemd ausflog, daß er aus Neugierde nach Geirrödsgard flog, wo er eine große Halle sah. Da ließ er sich nieder und sah ins Fenster.

Aber Geirröd erblickte ihn und befahl, den Vogel zu greifen und ihm zu bringen.

Der Ausgesandte gelangte mit Not die Hallenwand hinan, so hoch war sie. Loki ergötzte sich daran, wie jener ihm so mühsam nachstrebte und gedachte, es sei noch früh genug für ihn, aufzufliegen, wenn der Mann das Beschwerlichste überstanden habe.

Als dieser nun nach ihm langte, da schlug er die Flügel und spreizte die Füße; aber diese hingen fest.

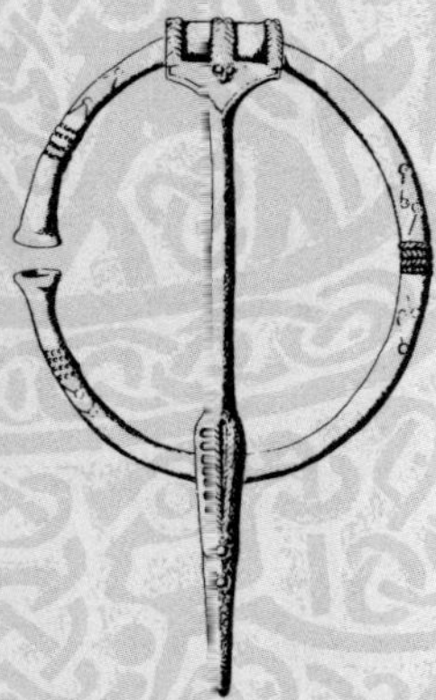

Ringfibel von Sigsarve

Da ward Loki ergriffen und dem Riesen Geirröd gebracht. Als der ihm in die Augen sah, da ahnte er, daß es ein Mann sein möge und kein Falke. Er gebot ihm, Rede zu stehen; aber Loki schwieg.

Da schloß ihn Geirröd in eine Kiste und ließ ihn da drei Monate hungern.

Und als ihn Geirröd herausnahm und reden ließ, gestand Loki, wer er sei, und er rettete sein Leben damit, daß er dem Geirröd schwur, den Thor nach Geirrödsgard zu bringen, ohne daß er den Hammer und den Stärkegürtel hätte.

Unterwegs nahm Thor Herberge bei einem Riesenweibe, das Gridr hieß. Sie war die Mutter Widars, des Schweigsamen. Sie sagte dem Thor die Wahrheit von Geirröd, nämlich, daß er ein hundweiser und übel umgänglicher Jötun sei. Auch lieh sie ihm ihre eigenen Stärkegürtel und Eisenhandschuhe und ihren Stab, Gridarwölr genannt.

Da fuhr Thor zu dem Flusse, der Wimur hieß, aller Flüsse größtem. Da umspannte er sich mit den Stärkegürteln und stemmte Grids Stab gegen die Strömung; Loki aber hielt sich unten am Gurte. Als nun Thor mitten in den Fluß kam, da wuchs dieser so stark an, daß er ihm bis an die Schulter stieg. Da sprach Thor:

»Wachse nicht, Wimur, nun ich waten muß
Hin zu des Joten Hause.
Wisse, wenn du wächsest, wächst mir die Asenkraft
Ebenhoch dem Himmel.«

Da sah Thor in eine Bergkluft hinauf, daß da Gialp, Geirröds Tochter, quer über dem Strome stand und dessen Wachsen verursachte.

Da nahm Thor einen großen Stein aus dem Fluß auf und warf nach ihr, indem er sprach: »Bei der Quelle muß man den Strom stauen.« Sein Wurf pflegte sein Ziel nicht zu verfehlen.

In demselben Augenblick nahte er sich dem Lande, ergriff einen Sperberbaumstrauch und stieg aus dem Flusse: daher das Sprichwort, der Sperberbaum sei Thors Rettung.

Als nun Thor zu Geirröd kam, wurde er zuerst in das Gästehaus gewiesen. Da war nur ein Stuhl zum Sitzen, auf den setzte sich Thor. Nun ward er gewahr, daß der Stuhl unter ihm sich gegen die Decke emporhob. Da stieß er mit Grids Stabe gegen das Sparrwerk und drückte sich auf den Stuhl hinab. Alsbald entstand großes Gekrach und folgte lautes Geschrei. Unter dem Stuhle waren Geirröds Töchter Gialp und Greip gewesen. Er hatte beiden den Rücken zerbrochen. Da sprach Thor:

»Einstmals übt' ich die Asenstärke
In des Joten Hause,
Da Gialp und Greip, Geirröds Töchter,
Mich zum Himmel hoben.«

Da ließ Geirröd den Thor in die Halle zu den Spielen rufen. Da waren große Feuer der ganzen Länge der Halle nach.

Und als Thor in der Halle dem Geirröd gegenüberstand, da faßte Geirröd mit der Zange einen glühenden Eisenkeil und warf ihn nach Thor.

Aber Thor fing ihn mit den Eisenhandschuhen in der Luft auf. Geirröd sprang hinter eine Eisensäule, sich zu wahren. Aber Thor warf den Keil, daß er durch die Säule fuhr, durch Geirröd, durch die Wand und draußen noch in die Erde.

Lokis Wette mit den Zwergen

61 Loki, Laufeyjas Sohn, hatte der Sif hinterlistigerweise alles Haar abgeschoren.

Sif: Thors Gemahlin

Als Thor das gewahrte, ergriff er Loki und würde ihm alle Knochen zerschlagen haben, wenn dieser nicht geschworen hätte, von den Schwarzalfen zu erlangen, daß er der Sif Haare von Gold machte, die wie anderes Haar wachsen sollten.

Schwarzalfen: zwergenhafte Wesen, die unter der Erde hausen

Darauf fuhr Loki zu den Zwergen, die Iwaldis Söhne heißen. Diese machten das Haar und zugleich Skidbladnir und den Spieß Odins, der Gungnir heißt.

Skidbladnir: Schiff des Gottes Freyr. Siehe Prosa-Edda Nr. 43.

Da traf Loki einen Zwerg, der Brock heißt und dessen Bruder Sindri als bester Schmied gilt. Loki verwettete seinen Kopf an Brock, daß Sindri nicht drei so große Kunstwerke schaffen könne wie Sifs Haar, Skidbladnir und Gungnir. Brock wettete seinen Kopf dagegen.

Und als sie zu der Schmiede kamen, legte Sindri eine Schweinshaut in die Esse und gebot dem Brock, zu blasen und nicht eher aufzuhören, bis er aus der Esse nähme, was er hineingelegt.

Schweinshaut: Gemeint ist ein Blasbalg aus Schweinshaut.

Aber sobald Sindri aus der Schmiede gegangen war und Brock blies, setzte sich eine Fliege auf seine Hand und stach ihn. Dennoch hörte er nicht auf mit Blasen, bis der Schmied das Werk aus der Esse nahm. Da war es ein Eber mit goldenen Borsten.

Darauf legte er Gold ins Feuer und gebot ihm, zu blasen und nicht eher mit Blasen abzulassen, bis er zurückkäme. Er ging hinaus; aber die Fliege kam wieder, setzte sich jenem auf den Hals und stach nun noch einmal so stark; doch fuhr er fort zu blasen, bis der Schmied aus der Esse einen Goldring zog, der Draupnir heißt.

Darauf legte er Eisen in die Esse und hieß ihn blasen und sagte, alles sei vergebens, wenn er mit Blasen innehielte. Da setzte sich ihm eine Fliege zwischen die Augen und stach ihm in die Augenlider, und als das Blut ihm in die Augen troff, daß er nichts mehr sah, griff er schnell mit der Hand zu, während der Blasbalg ruhte, und jagte die Fliege fort.

Da kam der Schmied zurück und sagte, beinahe wäre das nun völlig verdorben, was in der Esse läge. Darauf zog er einen Hammer aus der Esse.

Alle diese Kleinode legte er darauf seinem Bruder Brock in die Hände und hieß ihn damit gen Asgard fahren, die Wette zu lösen.

Als nun er und Loki ihre Kleinode brachten, setzten sich die Götter auf ihre Richterstühle, und sollte das Urteil gelten, das Odin, Thor und Freyr sprächen. Da gab Loki dem Odin den Spieß Gungnir, dem Thor das Haar für die Sif und dem Freyr den Skidbladnir und nannte die Eigenschaften dieser Kleinode: daß der Spieß nie sein Ziel verfehle, das Haar wachse, sobald es auf Sifs Haupt komme, und Skidbladnir immer Fahrwind habe, sobald die Segel aufgezogen würden, wohin man auch fahren wollte; und zugleich könne man das Schiff nach Belieben zusammenfalten wie ein Tuch und in der Tasche tragen.

Darauf brachte Brock seine Kleinode hervor und gab dem Odin den Ring und sagte, in jeder neunten Nacht würden acht ebenso kostbare Ringe von ihm niederträufeln.

Dem Freyr gab er den Eber und sagte, er renne durch Luft und Wasser Tag und Nacht schneller als irgendein Pferd und nie wäre es so finster in der Nacht oder in der Unterwelt, daß es nicht hell genug würde, wohin er auch führe, so leuchteten seine Borsten.

Bildstein mit Odin und Fenrirwolf. Kirk Andreas Isle of Man

Dem Thor gab er den Hammer und sagte, er möge so stark damit schlagen, als er wolle, was ihm auch vorkäme, ohne daß der Hammer Schaden nähme; und wohin er ihn auch werfe, so solle er ihn doch nicht verlieren und nie solle er so weit fliegen, daß er nicht in seine Hand zurückkehre, und wenn es ihm beliebe, solle er so klein werden, daß er ihn verbergen könne. Er habe nur den Fehler, daß sein Stiel zu kurz geraten sei.

Da urteilten die Götter, der Hammer sei das beste von allen Kleinoden und die beste Wehr wider die Hrimthursen, und entschieden sie die Wette dahin, daß der Zwerg gewonnen habe.

Da bat Loki, sein Haupt zu schonen. Aber der Zwerg antwortete, darauf dürfe er nicht hoffen.

»So nimm mich denn«, sagte Loki; aber als jener ihn fassen wollte, war er schon weit fort, denn Loki hatte Schuhe, die ihn durch Luft und Wasser trugen.

Da bat der Zwerg den Thor, ihn zu ergreifen, und dieser tat es. Da wollte der Zwerg Lokis Haupt abhauen, aber Loki sagte, nur das Haupt sei sein, nicht der Hals. Da nahm der Zwerg einen Riemen und ein Messer und wollte Löcher in Lokis Lippen schneiden und ihm den Mund zusammennähen; aber das Messer schnitt nicht. Da sagte er, besser wäre es, wenn er seines Bruders Ahle hätte, und in dem Augenblick, als er sie nannte, war sie bei ihm und durchbohrte jenem die Lippen. Da nähte er ihm den Mund zusammen und riß den Riemen am Ende der Naht ab. Der Riemen, womit er dem Loki den Mund zusammennähte, hieß Wartari.

Wartari: »Bindseil«

Die Hreidmarsage oder Niflungensage

62 Es wird erzählt, daß drei der Asen ausfuhren, die Welt kennenzulernen: Odin, Loki und Hönir.

Sie kamen zu einem Fluß und gingen an ihm entlang bis zu einem Wasserfall, und bei dem Wasserfall war ein Otter, der hatte einen Lachs gefangen und aß ihn blinzelnd.

Da hob Loki einen Stein auf und warf nach dem Otter und traf ihn am Kopf. Da rühmte sich Loki, daß er mit einem Wurf Otter und Lachs erjagt habe. Darauf nahmen sie den Lachs und den Otter mit sich.

Sie kamen zu einem Gehöfte und traten hinein, und der Bauer, der es bewohnte, hieß Hreidmar und war ein gewaltiger Mann und sehr zauberkundig.

Da baten die Asen um die Nachtherberge und sagten, sie hätten Mundvorrat bei sich, und zeigten dem Bauern ihre Beute. Als aber Hreidmar den Otter sah, rief er seine Söhne Fafnir und Regin herbei und sagte, ihr Bruder Ortr wäre erschlagen, und auch, wer es getan hätte.

Da ging der Vater mit den Söhnen auf die Asen los, griffen und banden sie und sagten, der Otter wäre Hreidmars Sohn gewesen. Die Asen boten Lösegeld, soviel als Hreidmar selbst verlangen würde, und Hreidmar willigte ein.

Da ward der Otter abgezogen, und Hreidmar nahm den Balg und sagte, sie sollten den Balg mit rotem Golde füllen und ebenso von außen hüllen, so daß kein Haar vom Otter mehr zu sehen sei, und damit sollten sie Frieden kaufen.

Da sandte Odin den Loki nach Schwarzalfenheim und kam zu dem Zwerge, der Andwari hieß und ein Fisch im Wasser war. Loki griff ihn mit den Händen und heischte von ihm zum Lösegeld alles Gold, das er in seinem Felsen hatte.

Und als sie in den Felsen kamen, trug der Zwerg alles Gold hervor, das er hatte, und das war ein großes Gut

Da verbarg der Zwerg unter seiner Hand einen kleinen Goldring: Loki sah's und gebot ihm, den Ring herzugeben. Der Zwerg bat, ihm den Ring nicht abzunehmen, weil er mit dem Ringe, wenn er ihn behielte, sein Gold wieder vermehren könne.

Aber Loki sagte, er solle nicht einen Pfennig übrigbehalten, nahm ihm den Ring und ging hinaus.

Da sagte der Zwerg, der Ring soll jedem, der ihn besäße, das Leben kosten. Loki versetzte, das sei ihm ganz recht und es solle gehalten werden nach seiner Voraussage; er werde es aber dem schon wissen lassen, der ihn künftig besitzen solle.

Da fuhr er zurück zu Hreidmars Hause und zeigte Odin das Gold, und als er den Ring sah, schien er ihm schön; er nahm ihn vom Haufen und gab das übrige Gold dem Hreidmar.

Die hier aus nordischem Mythos entwickelte Niflungensage entspricht nicht in allen Einzelheiten dem Nibelungenlied. Auch die Namen sind anders, z. B. Sigurd = Siegfried, Gudrun = Kriemhild, Gunnar = Gunther, Högni = Hagen.

Da füllte er den Otterbalg, so dicht er konnte, und richtete ihn auf, als er voll war.

Da ging Odin hinzu und sollte ihn mit dem Golde hüllen. Als er das getan hatte, sprach er zu Hreidmar, er solle zusehen, ob der Balg gehörig gefüllt sei.

Hreidmar ging hin und sah genau zu und fand ein einziges Barthaar und gebot auch das zu verdecken, denn sonst wäre ihr Vertrag gebrochen.

Da zog Odin den Ring hervor, verdeckte das Barthaar, und sagte, hiermit habe er sich nun der Otterbuße entledigt.

Bildstein mit der Riesin Hyrrokin, auf einem Wolf reitend. Hunnestad

Und als Odin seinen Speer genommen hatte und Loki seine Schuhe, daß sie sich nicht mehr fürchten mußten, da sprach Loki, es sollte dabei bleiben, was Andwari gesagt hatte: daß der Ring und das Gold dem Besitzer das Leben kosten solle, und so geschah es seitdem. Darum heißt das Gold »Ottersbuße« und »der Asen Notgeld«.

Als Hreidmar das Gold zur Sohnesbuße empfangen hatte, verlangten Fafnir und Regin ihren Teil davon zur Brudersbuße; aber Hreidmar gönnte ihnen nichts davon.

Da kamen die Brüder überein, ihren Vater des Goldes wegen zu töten. Als Fafnir dies allein getan hatte, verlangte Regin, daß Fafnir das Gold zur Hälfte mit ihm teilen sollte.

Fafnir antwortete, es sei wenig Hoffnung, daß er das Gold mit seinem Bruder teilen werde, da er seinen Vater um das Gold erschlagen habe, und gebot ihm, sich fortzumachen, denn sonst würde es ihm ergehen wie dem Hreidmar.

Fafnir hatte das Schwert Hrotti und den Helm, den Hreidmar besessen hatte, genommen und den auf sein Haupt gesetzt. Dieser Helm hieß Ögirshelm und war allen Lebendigen ein Schrecken zu schauen. Regin hatte das Schwert, das Refil hieß; damit entfloh er.

Fafnir fuhr mit dem Goldschatz auf die Gnitahaide, machte sich da ein Bett, nahm Schlangengestalt an und lag auf dem Golde.

Hialprek: König in Dänemark, der die schöne Walküre Hjordis raubte, als sie von ihrem Verlobten Sigmund Wölsungsohn ein Kind – Sigurd – erwartete

Da fuhr Regin zu Hialprek, König in Thiodi, und ward dessen Schmied; auch übernahm er die Pflege Sigurds, des Sohnes Sigmunds, des Sohnes Wölsungs. Sigurds Mutter war Hjordis, König Eilimis Tochter.

Sigurd war der gewaltigste aller Heerkönige nach Geschlecht, Kraft und Sinn.

Regin sagte ihm davon, daß Fafnir dort auf dem Golde läge, und reizte ihn, sich des Goldes zu bemächtigen.

Da schmiedete Regin ein Schwert, das Gram hieß und so scharf war, daß, als Sigurd es in fließendes Wasser hielt, es eine Wollflocke zerschnitt, die der Strom gegen seine Schärfe trieb; danach schlug Sigurd mit dem Schwert Regins Amboß bis auf den Untersatz entzwei.

Darauf fuhr Sigurd mit Regin zur Gnitahaide. Da grub Sigurd eine Grube auf Fafnirs Wege und setzte sich hinein. Als nun Fafnir zum Wasser kroch und über die Grube kam, da durchbohrte ihn Sigurd mit dem Schwerte, und das war sein Tod.

Da ging Regin hinzu und sagte, er hätte seinen Bruder getötet, und verlangte zur Sühne, daß er Fafnirs Herz nähme und am Feuer briete. Dann kniete Regin nieder, trank Fafnirs Blut und legte sich schlafen.

Als aber Sigurd das Herz briet und dachte, es wäre gar, und mit dem Finger versuchte, ob es weich genug wäre, und das Fett aus dem Herzen ihm an den Finger kam, verbrannte er sich und steckte den Finger in den Mund.

Und als das Herzblut ihm auf die Zunge kam, verstand er die Sprache der Vögel und wußte, was die Adlerinnen sagten, die auf den Bäumen saßen. Da sprach eine:

»Dort sitzt Sigurd blutbespritzt
Und brät am Feuer Fafnirs Herz.
Klug deuchte mich der Ringverderber,
Wenn er das leuchtende Lebensfleisch äße.«

Eine andere sagte:

»Da liegt nun Regin und geht zu Rat,
Wie er betrüge den Mann, der ihm vertraut.
Sinnt in der Bosheit auf falsche Beschuldigung;
Der Unheilschmied brütet dem Bruder Rache.«

Da ging Sigurd zu Regin und erschlug ihn, und dann stieg er auf sein Roß, das Grani hieß, und ritt, bis er zu Fafnirs Versteck kam, nahm das Gold heraus und band es in zwei Bündeln auf Granis Rücken und ritt seines Weges.

Darum heißt das Gold Gnitahaides Staub und Granis Bürde.

Da ritt Sigurd, bis er ein Haus fand auf einem Berge. Darin schlief ein Weib mit Helm und Brünne bekleidet. Er zog das Schwert und schnitt die Brünne von ihr; da erwachte sie und nannte ihren Namen: Sie hieß Brynhild und war Walküre.

Sigurd ritt hinweg und kam zu dem König, der Giuki hieß, sein Weib war Grimhild genannt. Seine Kinder waren Gunnar, Högni, Gudrun und Gudny. Gutthorm war Giukis Stiefsohn.

Sigurd weilte da lange Zeit.

Da freite er Gudrun, Giukis Tochter; und Gunnar und Högni schwuren Brüderschaft mit Sigurd. Darauf fuhr Sigurd mit Giukis Söhnen zu Atli, dem Sohne Budlis, um dessen Schwester Brynhild – die Walküre – für Gunnar zu bitten. Sie wohnte auf dem Hindaberge; und ihre Burg war inzwischen mit Wafurlogi umgeben; auch hatte sie das Gelübde getan, keinen andern Mann zu freien, als der es wagte, durch Wafurlogi zu reiten.

Wafurlogi: Feuerring. Brynhild hat sich damit zum Schutz vor Freiern umgeben, denn sie glaubte, dass es nur einer wagen würde, den Flammenring zu überspringen: Sigurd, den sie von der ersten Begegnung nicht vergessen konnte.

Da ritt Sigurd mit den Ginkungen, die auch Niflungen heißen, den Berg hinan und sollte nun Gunnar durch Wafurlogi reiten. Er hatte das Roß, das Goti hieß; dies Roß wagte aber nicht, in das Feuer zu rennen.

Pressmodell aus Torslunda, Schweden

Da tauschten Sigurd und Gunnar Gestalt und Namen, denn Grani wollte unter keinem andern Manne gehen als unter Sigurd.

Da saß Sigurd auf Grani und ritt durch Wafurlogi.

Denselben Abend hielt Sigurd – in der Verkleidung Gunnars – Hochzeit mit Brynhild, und als sie zu Bette gingen, zog er das Schwert Gram aus der Scheide und legte es zwischen sie beide.

Am Morgen aber, da er aufstand und sich ankleidete, gab er Brynhilden zur Morgengabe den Goldring, den Loki dem Andwari genommen hatte, und empfing von ihr einen anderen Ring zum Andenken. Alsdann sprang Sigurd auf sein Roß und ritt zu seinen Gesellen. Darauf tauschte er mit Gunnar abermals die Gestalt, und Gunnar fuhr mit Brynhild zu König Giuki.

Sigurd hatte zwei Kinder mit Gudrun, Sigmund und Swanhild.

Erstmals begab es sich, daß Brynhild und Gudrun zum Wasser gingen, ihre Schleier zu waschen. Als sie nun zum Flusse kamen, watete Brynhild tiefer vom Land in den Strom und sagte, sie wolle das Wasser an ihrem Haupte nicht leiden, das aus Gudruns Haaren rinne, weil sie einen hochgemuten Mann habe.

Da ging Gudrun ihr nach in den Fluß und sagte, sie dürfe ihren Schleier wohl über Brynhild im Strom waschen, weil sie, Gudrun, einen Mann habe, dem weder Gunnar noch ein anderer in der Welt an Kühnheit gleiche, denn er habe Fafnir und Regin erschlagen und beider Erbe gewonnen.

Da antwortete Brynhild: »Mehr war das wert, daß Gunnar durch Wafurlogi ritt! Sigurd wagte das nicht.«

Da lachte Gudrun und sprach: »Meinst du, Gunnar sei durch Wafurlogi geritten? So meine ich, daß der mit dir zu Bette ging, der mir diesen Goldring gab. Der Ring aber, den du an der Hand hast und zur Morgengabe empfingst, heißt Andrawanaut, und ich glaube nicht, daß ihn Gunnar auf Gnitahaide geholt habe.«

Darauf reizte sie Gunnar und Högni, Sigurd zu töten; aber weil sie dem Sigurd Brüderschaft geschworen hatten, stifteten sie ihren Bruder Gutthorm dazu an. Der durchbohrte Sigurd im Schlafe mit dem Schwerte, und als Sigurd die Wunde empfangen hatte, warf er sein Schwert Gram nach ihm, und das schnitt ihn in der Mitte durch. Da fiel Sigurd und sein dreijähriger Sohn Sigmund, den sie auch töteten.

Darauf durchstieß sich Brynhild mit dem Schwert und ward mit Sigurd verbrannt. Aber Gunnar und Högni nahmen da Fafnirs Erbe und Andwaranaut und beherrschten nun die Lande.

König Atli, Budlis Sohn, Brynhildens Bruder, nahm da Gudrun zur Ehe, die Sigurd gehabt hatte, und sie bekamen Kinder. König Atli lud Gunnar und Högni zu sich, und diese fuhren zu seinem Gastgebot.

Ehe sie aber von Hause fuhren, verbargen sie das Gold, Fafnirs Erbe, im Rhein, und ward dies Gold niemals seitdem gefunden.

Aber König Atli hatte ein Heer versammelt, womit er Gunnar und Högni überfiel. Sie wurden gefangengenommen, und König Atli ließ dem Högni das Herz lebendig ausschneiden, und das war sein Tod.

Gunnarn ließ er in den Schlangenhof werfen; aber heimlich ward ihm eine Harfe gebracht, die er mit den Zehen schlug, weil ihm die Hände gebunden waren, so daß alle Schlangen einschliefen bis auf eine Natter, die gegen ihn lief und ihn in die Brust biß und dann den Kopf in die Wunde steckte und sich an seine Leber hing, bis er tot war.

Gunnar und Högni wurden Niflungen genannt oder Giukungen: darum heißt das Gold der Niflungen Hort oder Erbe.

Bald darauf tötete Gudrun ihre beiden Söhne und ließ aus ihren Schädeln mit Gold und Silber Trinkgeschirre machen.

Darauf ward der Niflungen Leichenfeier begangen. Bei diesem Gelage ließ Gudrun dem König Atli in diese Trinkgeschirre Met schenken, der mit dem Blut der Jünglinge gemischt war; ihre Herzen aber ließ sie braten und gab sie dem König zu essen. Und als das geschehen war, sagte sie es ihm selbst mit vielen unholden Worten. Es fehlte da nicht an kräftigem Met, so daß die meisten Leute schliefen, die da saßen. In der Nacht aber ging sie zu dem König, als er eingeschlafen war, und mit ihr Högnis Sohn. Sie töteten ihn, und also ließ er das Leben.

Goldblech mit Fruchtbarkeitsgott und Partnerin

Darauf warfen sie Feuer in die Halle und verbrannten alles Volk, das darinnen war. Dann ging Gudrun an die See und sprang ins Meer und wollte sich ertränken. Aber sie ward über die Bucht getragen und kam an das Land, das König Jonakur besaß. Und als der sie sah, nahm er sie zu sich und vermählte sich mit ihr. Sie hatten drei Söhne mit Namen Sörli, Hamdir und Erp. Sie waren alle rabenschwarz von Farbe des Haares, wie Gunnar und Högni und die anderen Niflungen.

Bei ihnen ward Swanhild, Sigurds Tochter, erzogen, die aller Frauen Schönste war.

Das erfuhr der König Jörmunrek, der Reiche; da sandte er seinen Sohn Randwer, sie ihm zu werben. Und als er zu Jonakur kam, ward ihm Swanhild übergeben, daß er sie dem König Jörmunrek brächte.

Bicki: »Hund«, der heimtückische Ratgeber des Königs

Da sagte Bicki, es gezieme sich besser, daß Randwer Swanhild nähme, denn er wäre jung und sie auch, Jörmunrek aber alt. Dieser Rat gefiel ihnen wohl als jungen Leuten.

Darauf verriet Bicki dies dem König: da ließ Jörmunrek seinen Sohn greifen und zum Galgen führen.

Da nahm Randwer seinen Habicht, rupfte ihm die Federn aus und bat, ihn seinem Vater zu senden. Darauf ward er gehängt.

Als aber König Jörmunrek den Habicht sah, da kam ihm in den Sinn, wie der Habicht flug- und federlos sei, so sei auch sein Reich ohne Bestand, denn er sei alt und sohnlos.

Da ließ König Jörmunrek, als er mit seinem Gefolge aus dem Wald von der Jagd geritten kam und die Königin Swanhild beim Haarewaschen saß, über sie reiten und sie unter den Hufen der Rosse zu Tode treten.

Als aber Gudrun dies erfuhr, reizte sie ihre Söhne Sörli, Hamdir und Erp, den Tod Swanhildens zu rächen. Und als sie sich reisefertig machten, gab sie ihnen Brünnen und Helme von solcher Stärke, daß kein Schwert es durchschlagen mochte. Auch gab sie ihnen den Rat, wenn sie zu König Jörmunrek kämen, sollten sie des Nachts, wenn er schliefe, zu ihm gehen; Sörli und Hamdir sollten ihm Hände und Füße abhauen, aber Erp das Haupt.

Als sie aber unterwegs waren, fragten sie den Erp, wie er ihnen beistehen wolle, wenn sie König Jörmunrek träfen. Er antwortete, er wolle ihnen helfen wie die Hand dem Fuße. Da sagten sie, die Füße hätten an den Händen keine Stützen. Sie waren ihrer Mutter erzürnt, weil diese sie mit harten Worten zu der Fahrt angetrieben hatte: darum gedachten sie zu tun, was ihr am übelsten gefiele, und töteten Erp, weil sie den am meisten liebte.

Bald darauf strauchelte Sörli beim Gehen mit einem Fuße und stützte sich mit den Händen. Da sprach er: »Nun half die Hand dem Fuße: besser wäre es, wenn Erp lebte.«

Als sie aber zu König Jörmunrek kamen des Nachts, da er schlief, und ihm Arme und Füße abhieben, da erwachte er und rief seinen Leuten und hieß sie aufstehen.

Da sprach Hamdir: »Nun müßte auch der Kopf ab, wenn Erp lebte.«

Da standen die Hofmänner auf und griffen sie an, konnten sie aber mit Waffen nicht bezwingen. Da rief Jörmunrek, sie sollten sie mit Steinen zu Tode werfen. Das geschah: da fielen Sörli und Hamdir. Und nun war Guikis Geschlecht und die ganze Nachkommenschaft tot.

Von Sigurd lebte noch eine Tochter, die Aslaug hieß und bei Heimir in Hlindalir erzogen worden war. Von ihr stammen mächtige Geschlechter. Es wird auch gesagt, Sigmund, Wölsungs Sohn, sei so stark gewesen, daß er Gift trank, ohne daß es ihm schadete, und seine Söhne Sinfiötli und Sigurd waren so hart von Haut, daß kein Gift ihnen schadete, das von außen an sie kam.

Runenstein aus Åby, Södermanland. Thor mit dem Hammer

Die Lieder-Edda

Skirnisför

(Skirnis Fahrt)

Das Thema ist dem Leser schon aus der Prosa-Edda Nr. 37 bekannt. Dort wird kurz erzählt, dass der Gott Freyr die schöne Riesentochter Gerda mit Hilfe seines Dieners Skirnir als Braut gewinnt. Wie es Skirnir gelingt, den Widerstand der ungewöhnlich spröden Riesentochter zu brechen, wird hier im Edda-Lied »Skirnisför« ausführlich besungen. Bemerkenswert ist, dass dieses Lied (in den Strophen 25 bis 36) die gewaltigsten Verfluchungen und Bannsprüche der gesamten nordischen Sagenliteratur enthält.

Hlidskialf: Thron Odins

Niördr: der Wassergott, Freyrs Vater

Freyr, der Sohn Niördrs, hatte sich einst auf Hlidskialf gesetzt und überschaute die Welten alle. Da sah er nach Jötunheim und sah eine schöne Jungfrau aus ihres Vaters Haus in ihre Frauenkammer gehen. Daraus erwuchs ihm große Gemütskrankheit. Skirnir hieß Freyrs Diener. Niördr bat ihn, Freyr zum Reden zu bringen. Da sprach

Pressmodell aus Torslunda, Schweden

Skadi

1 »Steh nun auf, Skirnir, ob du unsern Sohn
Magst zu reden vermögen,
Und das zu erkunden, warum der Kluge wohl
So unfreudig aussieht.«

Skadi: Gemahlin Niördrs

Skirnir

2 »Übler Antwort verseh ich mich von euerm Sohne,
Wenn ich mit ihm zu sprechen versuche
Und das zu erkunden, warum der Kluge wohl
So unfreudig aussieht.

3 Sage mir, Freyr, volkwaltender Gott,
Was ich zu wissen wünsche:
Was weilst du allein im weiten Saal,
Herr, den heilen Tag?«

Freyr

4 »Wie soll ich sagen dir jungem Gesellen
Der Seele großen Gram?
Die Alfenbestrahlerin leuchtet alle Tage
Doch nicht zu meiner Liebeslust.«

Alfenbestrahlerin: die Sonne

Skirnir

5 »Dein Gram mag so groß nicht sein,
Daß du ihn mir nicht sagen solltest.
Teilten wir doch die Tage der Jugend;
So mögen wir zwei uns Zutraun schenken.«

Freyr

6 »In Gymirs Gärten sah ich gehen
Mir liebe Maid.
Ihre Arme leuchteten, und Luft und Meer
Schimmerten von dem Scheine.

Gymir: ein Bergriese, Gerdas Vater

Flackernde Flamme: Gerda ist von einem Flammenring umgeben wie Brynhild in der Hreidmar-Sage. Siehe Prosa-Edda Nr. 62.

7 Mehr lieb ich die Maid, als ein Jüngling mag
Im Lenz seines Lebens.
Von Asen und Alfen will es nicht einer,
Daß wir beisammen seien.«

Skirnir

8 »Gib mir dein rasches Roß, das mich sicher
Durch die flackernde Flamme führt.
Gib mir das Schwert, das von selbst sich schwingt
Gegen der Reifriesen Brut.«

Freyr

9 »Nimm denn mein rasches Roß, das dich sicher
Durch die flackernde Flamme führt.
Nimm mein Schwert, das von selbst sich schwingt
In des Beherzten Hand.«

Skirnir sprach zu dem Rosse:

10 »Dunkel ist's draußen: wohl dünkt es mich Zeit,
Über feuchte Berge zu fahren.
Wir beide vollführen's, fängt uns nicht beide
Jener kraftreiche Riese.«

Skirnir fuhr gen Jötunheim zu Gymirs Wohnung. Da waren wütige Hunde an die Türe des hölzernen Zaunes gebunden, der Gerdas Saal umschloß. Er ritt dahin, wo der Viehhirt am Hügel saß, und sprach zu ihm:

11 »Sage mir, Hirt, der am Hügel sitzt
Und die Wege bewacht,
Wie mag ich schauen die schöne Maid
Vor Gymirs Grauhunden?«

Der Hirt

12 »Bist du dem Tode nah oder tot bereits?
Zu sprechen ungegönnt bleibt dir immerdar
Mit Gymirs göttlicher Tochter.«

Skirnir

13 »Kühnheit steht besser als Klagen ihm an,
Der da fertig ist zur Fahrt.
Bis auf einen Tag ist mein Alter bestimmt
Und meines Lebens Länge.«

Gerda

14 »Welch tosend Getöse ertönen hör ich
Hier in unsern Hallen?
Die Erde bebt davon, und alle Wohnungen
In Gymirsgard erzittern.«

Die Magd

15 »Ein Mann ist hier außen von der Mähre gestiegen
Und läßt sie im Grase grasen.«

Gerda

16 »Bitt ihn, einzutreten in unsern Saal
Und den milden Met zu trinken,
Obwohl mir ahnt, daß hier außen sei
Meines Bruders Mörder.

17 Wer ist es der Alfen oder Asensöhne,
Oder der weisen Wanen?
Durch flackernde Flamme was fuhrst du allein,
Unsre Säle zu schauen?«

Skirnir

18 »Bin nicht von den Alfen noch den Asensöhnen,
Noch den weisen Wanen;
Durch flackernde Flamme doch fuhr ich allein,
Eure Säle zu schauen.

19 Der Äpfel elf hab ich allgolden,
Die will ich, Gerda, dir geben,
Deine Liebe zu kaufen, daß du Freyr bekennst,
Daß dir kein liebrer lebe.«

Gerda

20 »Der Äpfel elf nehm ich nicht an von dir
Und keines Mannes Minne,
Noch mag ich und Freyr, dieweil wir atmen beide,
Je zusammen sein.«

Skirnir

21 »So geb ich dir den Ring, der in der Glut lag
mit Odins jungen Erben.
Acht entträufeln ihm ebenschwere
In jeder neunten Nacht.«

Gerda

22 »Den Ring verlang ich nicht, der in der Lohe lag
Mit Odins jungem Erben.
In Gymisgard bedarf ich Goldes nicht,
Mir schont der Vater die Schätze.«

Skirnir

23 »Siehst du, Mädchen, das Schwert, das scharfe, zaubernde,
Das ich halt in der Hand?
Das Haupt hau ich vom Hals dir ab,
So du dich ihm weigern willst.«

Meines Bruders Mörder: ungeklärt. Vielleicht ist der Mord an Beli gemeint, verübt von Freyr, dessen Diener Skirnir gewissermaßen als Stellvertreter des Mörders vor der Tür steht. Siehe Prosa-Edda Nr. 37.

Ring: Gemeint ist der Ring Draupnir, den Odin auf den Scheiterhaufen seines ermordeten Sohnes Baldur gelegt hat. Baldur sandte Draupnir aus dem Totenreich wieder an Odin zurück. Siehe Prosa-Edda Nr. 49.

GERDA

24 »Zu keiner Zeit werd ich Zwang erdulden
Um Mannesminne.
Wohl aber wähn ich, gewahrt dich Gymir,
Daß ihr Kühnen zum Kampfe kommt.«

SKIRNIR

25 »Siehst du, Mädchen, das Schwert, das scharfe, zaubernde,
Das ich halt in der Hand?
Seine Schneide erschlägt den alten Riesen,
Fällt deinen Vater tot.

Zauberrute: vielleicht Wünschelrute, der man Zauberkräfte zumaß

26 Mit der Zauberrute zwingen werd ich dich,
Weib, zu meinem Willen.
Dahin wirst du kommen, wo Kinder der Menschen
Dich nicht mehr sollen sehen.

27 Auf des Aaren Felsen in der Frühe sollst du sitzen,
Weg von der Welt gewandt zu Hel.
Speise sei dir widriger als sonst wen auf Erden
Der menschenleide Midgardswurm.

Hrimnir: ein Riese

28 Ein scheußliches Wunder wirst du draußen,
Daß Hrimnir dich angafft, dich alles anstarrt.
Weitkunder wirst du als der Wächter der Götter:
Gaffe denn hervor am Gitter.

29 Einsamkeit und Abscheu, Zwang und Ungeduld
Mehren dir Trübsinn und Tränen.
Sitze nieder, so sag ich dir
Des Leides schwellenden Strom,
Den zweischneidigen Schmerz.

30 Riegel sollen dich ängsten all den Tag
Hier im Gehege der Joten.
Vor der Hrimthursen Hallen sollst du den heilen Tag
Dich krümmen kostberaubt,
Dich krümmen kostverzweifelt.
Leid für Lust wird dir zu Lohn,
Mit Tränen trägst du dein Unglück.

31 Mit dreiköpfigem Thursen teilst du das Leben
Oder alterst unvermählt.
Sehnsucht scheucht dich
Von Morgen zu Morgen;
Wie die Distel dorrst du, die sich gedrängt hat
In des Ofens Öffnung.

32 Zum Hügel ging ich, ins tiefe Holz,
Zauberruten zu finden:
Zauberruten fand ich.

33 Gram ist dir Odin, gram ist dir der Asenfürst,
Freyr verflucht dich.
Flieh, üble Maid, bevor dich vernichtet
Der Götter Zauberzorn.

Asenfürst: Gemeint ist Thor.

34 Hört es, Joten, hört es, Hrimthursen,
Suttungs Söhne, ihr Asen selber!
Wie ich verbiete, wie ich banne
Mannes Gesellschaft der Maid,
Mannes Gemeinschaft.

35 Hrimgrimnir heißt der Riese, der dich haben soll
Hinterm Totentor,
Wo verworfne Knechte auf knotige Wurzeln
Dir Geißenharn gießen.
Anderer Trank wird dir nicht eingeschenkt,
Maid, nach meinem Willen,
Maid, nach deinem Willen!

36 Ein Thurs schneid ich dir und drei Stäbe:
Unmäßigkeit, Unmut, Ungeduld.
So schneid ich es ab, wie ich es einschnitt,
Wenn es not tut, so zu tun.«

Thurs: unheilbringende Rune (germanisches Zauber- und Schriftzeichen). Runen wurden meist in Holz geschnitten.

GERDA

37 »Heil sei dir vielmehr, Held, und nimm den Eiskelch
Firnen Metes voll.
Ahnte mir doch nie, daß ich einen würde
Vom Stamm der Wanen wählen.«

SKIRNIR

38 »Meiner Werbung Erfolg wüßt ich gesichert gern
Eh ich mich hinnen hebe.
Wann meinst du in Minne dem mannlichen Sohn
Des Niördr zu nahen?«

GERDA

39 »Barri heißt, den wir beide wissen,
Stiller Wege Wald:
Nach neun Nächten will Niördrs Sohne da
Gerda Freude gönnen.«

Barri: ein fruchtbares Gebiet. Vielleicht ist symbolisch der Frühling gemeint.

Da ritt Skirnir heim. Freyr stand draußen, grüßte ihn und fragte nach der Zeitung:

40 »Sage mir, Skirnir, eh du den Sattel abwirfst
Oder vorrückst den Fuß,
Was du ausgerichtet hast in Riesenheim
Nach meiner Meinung und deiner.«

Skirnir

41 »Barri heißt, den wir beide wissen,
Stiller Wege Wald:
Nach neun Nächten will Niördrs Sohne da
Gerda Freude gönnen.«

Freyr

42 »Lang ist eine Nacht, länger sind zweie:
Wie mag ich dreie dauern?
Oft deucht' ein Monat mich minder lang
Als eine halbe Nacht des Harrens.«

Thrymskvidha oder Hamarsheimt

(Thryms-Sage oder des Hammers Heimholung)

In der Thryms-Sage schildert der unbekannte Dichter die Geschichte von »des Hammers Heimholung«: Dem Donnergott Thor wird vom Riesenfürst Thrym nachts seine wichtigste Waffe gestohlen, der blitzeschleudernde Hammer »Miölnir«. Loki, der Feuergott, fliegt mit dem Federhemd der Liebesgöttin Freyja nach Riesenheim, um dort mit Thrym Bedingungen zur Rückgabe des Hammers auszuhandeln. Thrym will den Hammer nur dann zurückgeben, wenn Freyja seine Gemahlin werde. Daraufhin ersinnen die Götter eine List: Thor verkleidet sich als Freyja und reist im Brautgewand nach Riesenheim, begleitet von Loki, der sich die Gewänder einer Magd angezogen hat. Bei der Hochzeitsfeier bekommt Thor als Brautgeschenk den Hammer überreicht, dessen er sich sogleich in gewohnter Weise bedient.

Wing-Thor: Thor

1 Wild ward Wing-Thor, als er erwachte
Und seinen Hammer vorhanden nicht sah.
Er schüttelte den Bart, er schlug das Haupt,
Allwärts suchte der Erde Sohn.

2 Und es war sein Wort, welches er sprach zuerst:
»Höre nun, Loki, und lausche der Rede:
Was noch auf Erden niemand ahnt,
Noch hoch im Himmel: mein Hammer ist geraubt.«

3 Sie gingen zum herrlichen Hause der Freyja,
Und es war sein Wort, welches er sprach zuerst:
»Willst du mir, Freyja, dein Federhemd leihen,
Ob meinen Miölnir ich finden möge?«

Freyja: Göttin der Liebe. Als Walküre besitzt sie ein Federhemd, das sie zum Fliegen befähigt.

Freyja

4 »Ich wollt' es dir geben, und wär' es von Gold,
Du solltest es haben, und wär' es von Silber.« –

Brakteat mit Baldur als Reitergott

5 Flog da Loki, das Federhemd rauschte,
Bis er hinter sich hatte der Asen Gehege
Und jetzt erreichte der Joten Reich.

Der Joten Reich: das Riesenreich

6 Auf dem Hügel saß Thrym, der Thursenfürst,
Schmückte die Hunde mit goldnem Halsband
Und strählte den Mähren die Mähnen zurecht.

Thrym: »Der Lärmende«

THRYM
7 »Wie steht's mit den Asen? Wie steht's mit den Alfen?
Was reisest du einsam gen Riesenheim?«

LOKI
»Schlecht steht's mit den Asen, mit den Alfen schlecht;
Hältst du Hlorridis Hammer verborgen?«

Hlorridi: Thor

THRYM
8 »Ich halte Hlorridis Hammer verborgen
Acht Rasten unter der Erde tief,
Und wiedererwerben fürwahr soll ihn keiner,
Er brächte denn Freyja zur Braut mir daher.«

9 Flog da Loki, das Federhemd rauschte,
Bis er hinter sich hatte der Riesen Gehege
Und endlich erreichte der Asen Reich.

Da traf er den Thor vor der Türe der Halle,
Und es war sein Wort, welches er sprach zuerst:

THOR

10 »Hast du den Auftrag vollbracht und die Arbeit?
Laß hier von der Höhe mich hören die Kunde.
Dem Sitzenden manchmal mangeln Gedanken,
Da leicht im Liegen die List sich ersinnt.«

LOKI

11 »Ich habe den Auftrag vollbracht und die Arbeit:
Thrym hat den Hammer, der Thursenfürst;
Und wiedererwerben fürwahr soll ihn keiner,
Er brächte denn Freyja zur Braut ihm daher.«

12 Sie gingen, Freyja, die Schöne, zu finden,
Und es war Thors Wort, welches er sprach zuerst:
»Lege, Freyja, dir an das bräutliche Linnen;
Wir beide, wir reisen gen Riesenheim.«

13 Wild ward Freyja, sie fauchte vor Wut,
Die ganze Halle der Götter erbebte,
Der schimmernde Halsschmuck schoß ihr zur Erde:
»Mich mannstoll meinen möchtest du wohl,
Reisten wir beide gen Riesenheim.«

14 Bald eilten die Asen all zur Versammlung
Und die Asinnen all zu der Sprache:
Darüber berieten die himmlischen Richter,
Wie sie dem Hlorridi den Hammer lösten.

Heimdall: Wächter der Götterburg Asgard

Wanen: Göttergeschlecht, das unter der Erde lebt

15 Da hub Heimdall an, der hellste der Asen,
Der weise war den Wanen gleich:
»Das bräutliche Linnen legen dem Thor wir an,
Ihn schmücke das schöne, schimmernde Halsband.

16 Auch laß er erklingen Geklirr der Schlüssel,
Und weiblich Gewand umwalle seine Knie;
Es blinke die Brust ihm von blitzenden Steinen,
Und doch umhülle der Schleier sein Haupt.«

17 Da sprach Thor also, der gestrenge Gott:
»Mich würden die Asen weibisch schelten,
Legt ich das bräutliche Linnen mir an.«

18 Anhub da Loki, Laufeyas Sohn:
»Schweig nur, Thor, mit solchen Worten.
Bald werden die Riesen Asgard bewohnen,
Holst du den Hammer nicht wieder heim.«

19 Das bräutliche Linnen legten dem Thor sie an,
Dazu den schönen, schimmernden Halsschmuck.
Auch ließ er erklingen Geklirr der Schlüssel,
Und weiblich Gewand umwallte sein Knie;
Es blinkte die Brust ihm von blitzenden Steinen,
Und hoch umhüllte der Schleier sein Haupt.

20 Da sprach Loki, Laufeyas Sohn:
»Nun muß ich mit dir als deine Magd;
Wir beide, wir reisen gen Riesenheim.«

21 Bald wurden die Böcke vom Berge getrieben
Und vor den gewölbten Wagen geschirrt.
Felsen brachen, Funken stoben,
Da Odins Sohn reiste gen Riesenheim.

22 Anhub da Thrym, der Thursenfürst:
»Auf steht, ihr Riesen, bestreut die Bänke
Und bringt Freyja zur Braut mir daher,
Die Tochter Niördrs aus Noatun.

Niördr: Gott der Wasserwelt
und der Schifffahrt

23 Heim kehren mit goldnen Hörnern die Kühe,
Rabenschwarze Rinder, dem Riesen zur Lust.
Viel schau ich der Schätze, des Schmuckes viel;
Fehlte nur Freyja zur Frau mir noch.«

24 Früh fanden Gäste zur Feier sich ein,
Man reichte reichlich den Riesen das Äl.
Thor aß einen Ochsen, acht Lachse dazu,
Alles süße Geschleck, den Frauen bestimmt,
Und drei Kufen Met trank Sifs Gemahl.

Äl: Bier

Sifs Gemahl: Thor

25 Anhub da Thrym, der Thursenfürst:
»Wer sah je Bräute gieriger schlingen? –
Nie sah ich Bräute so gierig schlingen,
Nie mehr des Mets ein Mädchen trinken.«

26 Da saß zur Seite die schlaue Magd,
Bereit, dem Riesen Rede zu stehn:
»Nichts genoß Freyja acht Nächte lang,
So sehr nach Riesenheim sehnte sie sich.«

Die Magd:
der verkleidete Loki

27 Kußlüstern lüftete das Linnen der Riese;
Doch weit wie der Saal schreckt' er zurück:
»Wie furchtbar flammen der Freyja die Augen!
Mich dünkt, es brenne ihr Blick wie Glut.«

28 Da saß zur Seite die schlaue Magd,
Bereit, dem Riesen Rede zu stehn:
»Acht Nächte nicht genoß sie des Schlafes,
So sehr nach Riesenheim sehnte sie sich.«

29 Ein trat die traurige Schwester Thryms,
Die sich ein Brautgeschenk zu erbitten wagte.
»Reiche die roten Ringe mir dar,
Eh dich verlangt nach meiner Liebe,
Nach meiner Liebe und lauterer Gunst.«

30 Da hob Thrym an, der Thursenfürst:
»Bringt mir den Hammer, die Braut zu weihen,
Legt den Miölnir der Maid in den Schoß,
Und gebt uns zusammen nach ehlicher Sitte.«

31 Da lachte dem Hlorridi das Herz im Leibe,
Als der hartgeherzte den Hammer erkannte.
Thrym traf er zuerst, den Thursenfürsten,
Und zerschmetterte ganz der Riesen Geschlecht.

32 Er schlug auch die alte Schwester des Joten,
Die sich das Brautgeschenk zu erbitten gewagt.
Ihr schollen Schläge an der Schillinge Statt
Und Hammerhiebe erhielt sie für Ringe.
So kam Odins Sohn zu seinem Hammer.

Statuette einer Göttin aus Fårdal, Jütland. Bronzeguss

Hymiskvidha

(Die Sage von Hymir)

In Hymiskvidha werden drei Abenteuer Thors erzählt: Wie er dem Riesen Hymir den Braukessel abjagt, wie er die Midgardschlange mit einer Angel zu fangen versucht und wie es ihm gelingt, einen als unzerbrechlich geltenden Kelch zu zerschlagen. Offensichtlich sind einige Strophen verschollen, so dass der Handlungsablauf sprunghaft und nicht leicht nachzuvollziehen ist.

Das Lied beginnt damit, dass die Götter beim Meeresgott Ögir oder Ägir erlegte Tiere verspeisen wollen, aber eines Braukessels entbehren, um Bier zu brauen. Thor wird beauftragt, zusammen mit dem Kriegsgott Tyr zum Riesen Hymir zu fahren und dort mit List einen Kessel zu erbeuten. Nach Strophe 16 kommt ein anderer Thor-Mythos ins Spiel: der in Prosa-Edda Nr. 48 geschilderte Fischzug, bei dem Thor die Midgardschlange aus dem Wasser fischt, sie aber wieder freigeben muss. Strophe 25 leitet dann das dritte Abenteuer Thors ein: Es gelingt ihm, einen Kelch, der stärker als alles Gestein ist, an Hymirs Kopf zu zerschmettern. Ab Strophe 33 befasst sich der Dichter des Hymiskvidha wieder mit dem Braukessel, der so schwer ist, dass selbst der Kriegsgott Tyr ihn nicht zu rücken vermag. Thor jedoch gelingt es, ihn davonzutragen. Nach einem Kampf mit Verfolgern bringt er den Kessel zum Gastmahl des Meeresgottes Ögir oder Ägir.

Ornamente im Mammenstil am unteren Teil eines Schwertgriffs, aus Elchgeweih geschnitzt. Sigtuna, Schweden

1 Einst nahmen die Walgötter die erwaideten Tiere,
Zu schlemmen gesonnen, noch ungesättigt:
Sie schüttelten Stäbe, besahen das Opferblut
Und fanden, Ögirn fehle der Braukessel.

2 Saß der Felswohner, froh wie ein Kind,
Doch ähnlich eher der dunkeln Abkunft.
Ihm in die Augen sah Odins Sohn:
»Gib alsbald den Göttern Trank.«

3 Der Ungestüme schuf Angst dem Riesen;
Doch rasch erdachte der Rach an den Göttern;
Er ersuchte Sifs Gatten: »Schaff mir den Kessel,
So brau ich alsbald das Bier euch darin.«

4 Den mochten nicht die mächtigen Götter
Irgendwo finden, die Fürsten des Himmels,
Bis Tyr dem Hlorridi getreulich sagte,
Ihm allein, Auskunft und Rat:

5 »Im Osten wohnt beim Eliwagar
Der hundweise Hymir an des Himmels Ende.
Einen Kessel hat mein kraftreicher Vater,
Ein räumig Gefäß, einer Raste tief.«

6 »Meinst du, den Saftsieder sollten wir haben?« –
»Mit List gelingt es ihn zu erlangen.«
Sie fuhren schleunig denselben Tag
Von Asgard hin zu des Übeln Haus.

7 Selbst stallt' er die Böcke, die stattlich gehörnten;
Sie eilten zur Halle, die Hymir bewohnte.
Der Sohn fand die Ahne, die er ungern sah;
Sie hatte der Häupter neunmal hundert.

8 Eine andre kam allgolden hervor,
Weißbrauig, und brachte das Bier dem Sohn.

Stäbe: Runenstäbe. Runen sind Schrift- und Zauberzeichen. Gemeint ist, dass die Götter ein Orakel befragten.

Felswohner: Ögir oder Ägir

Odins Sohn: Thor

Sifs Gatte: Thor

Tyr: Kriegsgott

Hlorridi: Thor

Hymir: siehe Prosa-Edda Nr. 48

Kraftreicher Vater: Dass Hymir Tyrs Vater sein soll, steht im Gegensatz zu anderen Quellen, wonach Tyr Odins Sohn ist.

9 »Verwandte der Riesen, ich will euch beide,
Ihr kühnen Männer, unter Kesseln bergen.
Manches Mal ist mein Geselle
Gästen gram und grimmen Muts.«

Kinnwald: Bart

10 Der übel Gesinnte spätabends kam,
Der hartmut'ge Hymir, heim von der Jagd.
Er ging in den Saal, die Gletscher dröhnten,
Ihm war, als er kam, der Kinnwald gefroren.

Sohn: Gemeint ist Tyr, der in diesem Werk Hymirs Sohn sein soll.

Weor: Thor

11 »Heil dir, Hymir, sei hohen Muts,
Der Sohn ist gekommen in deinen Saal,
Den wir erwartet von langem Wege.
Ihm folgt hierher der Freund der Menschen,
Unser Widersacher, Weor genannt.«

Balken: Auf ihm standen die Kessel.

12 »Du siehst sie sitzen an des Saales Ende;
So bangen sie, daß die Säule sie birgt.«
Die Säule zersprang von des Riesen Scharfblick,
und entzweigebrochen sah man den Balken.

13 Acht Kessel fielen, und einer nur,
Ein hart gehämmerter, kam heil herab.
Vor gingen die Gäste; der graue Riese
Faßt' ins Auge den Feind sich scharf.

Trollenbetrüber: Thor

14 Wenig Gutes sagte der Geist ihm voraus,
Als der Trollenbetrüber in den Vorsaal trat.
Da wurden Stiere drei geschlachtet,
Die baldigst zu braten gebot der Riese.

15 Man ließ um den Kopf sie kürzen
Und setzte sie zum Sieden ans Feuer.
Sifs Gemahl, eh er schlafen ging,
Zwei Ochsen Hymirs verzehrt' er allein.

Hrungnir: ein Riese. Siehe Prosa-Edda Nr. 59.

16 Da schien den grauen Gesellen Hrungnirs
Hlorridis Mahlzeit so mäßig nicht:
»Morgen Abend müssen wir drei
Mit des Waidwerks Gewinn uns selbst bewirten.«

17 Bereit war Weor, ins Wasser zu rudern,
Wenn der kühne Jote den Köder gäbe.
»Geh hin zur Herde, wenn du das Herz hast,
Zerschmetterer des Berggeschlechts, und suche den Köder.

18 Ich weiß gewiß, dir wird nicht schwer,
Die Lockspeise vom Stier zu erlangen.«
Zum Walde wandte sich Weor alsbald:
Da fand er stehen allschwarzen Stier.

19 Der Thursentöter, ab brach er dem Tiere
Der beiden Hörner erhab'nen Sitz.
»Im Schaffen scheinst du schlimmer um vieles,
Lenker der Kiele, als in bequemer Ruh.«

20 Da bat der Böcke Gebieter den Affengott,
Ferner in die Flut das Seeroß zu führen.
Aber der Jötun gab ihm zur Antwort,
Ihn lüste wenig, noch länger zu rudern.

21 Da hob am Hamen Hymir, der Starke,
Zwei Walfische aus den Wellen allein.
Am Steuer inzwischen Odins Erzeugter
Festigte listig ein Fischseil.

22 An die Angel steckte der Irdischen Gönner
Den Wurm, zu bekämpfen als Köder den Stierkopf.
Gähnend haschte der gottverhaßte
Erdumgürter nach solcher Atzung.

23 Tapfer zog Thor, der Gewaltige,
Den schimmernden Giftwurm zum Schiffsrand auf.
Das häßliche Haupt mit dem Hammer traf er,
Das felsenfeste, dem Freunde des Wolfs.

24 Felsen krachten, Klüfte heulten,
Die alte Erde fuhr ächzend zusammen;
Da senkte sich in die See der Fisch.

25 Nicht geheuer war's auf der Heimkehr dem Riesen:
Der starke Hymir verstummte ganz.
Wider den Wind nur wandt' er das Ruder:

26 »Willst du die Hälfte haben der Arbeit:
Entweder die Walfische zur Wohnung tragen
Oder das Boot festbinden am Ufer?«

27 Hlorridi ging und ergriff am Steven,
Ohn' erst auszuschöpfen, das Schiff erfaßt' er
Allein mit Rudern und Schöpfegerät;
Trug auch die Fische des Thursen heim
In das kesselgleiche Berggeklüft.

28 Aber der Jote, wie immer trotzig,
Mit Thor um die Stärke stritt er aufs Neu';
Der Macht ermangle der Mann, wie er rudre,
Könn' er dort den Kelch nicht zerbrechen.

29 Als der dem Hlorridi zu Händen kam,
Zerstückt' er den starrenden Stein damit:
Sitzend schleudert' er durch Säulen den Kelch;
In Hymirs Hand doch kehrt' er heil.

Thursentöter: Thor

Der beiden Hörner erhab'nen Sitz: den Stierkopf

Lenker der Kiele: Thor. Gemeint ist vielleicht: Lenker der Wolkenschiffe.

Der Böcke Gebieter: Thor, weil sein Wagen von zwei Böcken gezogen wird. Siehe Prosa-Edda Nr. 21.

Affengott: Hymir

Der Irdischen Gönner: Thor

Erdumgürter: Midgardschlange. Die Strophen 22, 23 und 24 entsprechen dem Fischzug Thors aus Prosa-Edda Nr. 48.

Frille: Geliebte Hymirs

30 Aber die freundliche Frille lehrt' ihn
Wohl wichtigen Rat; sie wußt' ihn allein:
»Wirf ihn an Hymirs Haupt: härter ist das
Dem kostmüden Jötun, als ein Kelch mag sein.«

31 Der Böcke Gebieter bog die Knie
Mit aller Asenkraft angetan:
Heil dem Hünen blieb der Helmsitz,
Doch brach alsbald der Becher entzwei.

Helmsitz: Kopf

32 »Die liebste Lust verloren weiß ich,
Da mir der Kelch vor den Knien liegt.
Oft sagt' ich ein Wort; nicht wieder sag ich's
Von heut an je: zu heiß ist der Trank!

33 Noch mögt ihr versuchen, ob ihr Macht habt,
Aus der Halle hinaus zu heben die Kufe.«
Zweimal ihn zu rücken, mühte sich Tyr;
Des Kessels Wucht stand unbewegt.

Modis Vater: Thor

34 Aber Modis Vater erfaßt' ihn am Rand,
Stieg vom Estrich in den untern Saal.
Aufs Haupt den Hafen hob sich Sifs Gemahl;
An den Knöcheln klirrten ihm die Kesselringe.

35 Sie fuhren lange, eh lüstern ward
Odins Sohn, sich umzuschaun:
Da sah er aus Höhlen mit Hymir von Osten
Volk ihm folgen vielgehauptet.

36 Da harrt' er und hob den Hafen von den Schultern
Schwang den mordlichen Miölnir entgegen
Und fällte sie all, die Felsungetüme,
Die ihn anliefen in Hymirs Geleit.

37 Sie fuhren nicht lange, so lag am Boden
Von Hlorridis Böcken halbtot der eine.
Scheu vor den Strängen schleppt' er den Fuß:
Das hatte der listige Loki verschuldet.

Hlorridis Böcke: Die Strophen 37 und 38 beziehen sich wahrscheinlich – allerdings zusammenhanglos – auf den zerbrochenen Schenkel eines der Böcke Thors. Siehe Prosa-Edda Nr. 44.

38 Doch hörtet ihr wohl – wer hat davon
Der Gottesgelehrten ganze Kunde? –
Welche Buß' er empfing von dem Bergbewohner;
Den Schaden zu sühnen, gab er der Söhne zwei.

39 Kraftgerüstet kam er zum Göttermahl
Und hatte den Hafen, den Hymir besessen.
Daraus sollen trinken die seligen Götter
Äl in Ögirs Haus jede Leinernte.

Leinernte: Möglicherweise ist eine Art von Erntedankfest gemeint.

Lokasenna oder Ögirsdrecka

(Lokis Schmährede oder Ögirs Trinkgelage)

Dieses Lied ist ein Scheltgespräch, wie der Titel Lokasenna (»Lokis Schmährede«) sagt: Der Feuergott Loki kommt zu einem festlichen Trinkgelage beim Meeresgott Ögir oder Ägir und beginnt die Gäste – Götter und Göttinnen – mit spitzer Zunge zu beschimpfen. Ein Teil der angedeuteten Schmähungen bezieht sich auf Geschichten, die in Kapiteln der Prosa-Edda oder in anderen Liedern dargestellt werden. Zu gewissen Andeutungen aber – besonders über das wackere Liebesleben der Göttinnen – fehlen entsprechende Quellen. Sie lassen vermuten, dass Edda-Lieder über dergleichen Abenteuer verschollen sind. Der Schluss des Liedes gibt den Edda-Forschern Rätsel auf. Denn die dort erwähnte Strafe für seine Schmährede ist laut Prosa-Edda Nr. 50 die Strafe für eine andere Tat – für Baldurs Ermordung.

Ornamente im Mammenstil am unteren Teil eines Schwertgriffes, aus Elchgeweih geschnitzt. Sigtuna, Schweden

Ögir, der mit anderem Namen Gymir hieß, bereitete den Asen ein Gastmahl, nachdem er den großen Kessel erlangt hatte, wie eben gesagt ist.

Gymir: Wahrscheinlich zufällige Namensgleichheit mit Gerdas Vater Gymir, nicht Hinweis auf Identität. Siehe das Lied »Skirnisför« und Prosa-Edda Nr. 37.

Zu diesem Gastmahl kamen Odin und Frigg, sein Weib. Thor kam nicht, denn er war auf der Ostfahrt. Sif war zugegen, Thors Weib, desgleichen Bragi und Idun, seine Gemahlin. Auch Thyr war da, der nur eine Hand hatte, denn der Fenrirwolf hatte ihm die andere abgebissen, als er gebunden wurde. Da war auch Niördr und Skadi, sein Weib, Freyr und Freyja und Widar, Odins Sohn. Auch Loki war da und Freyrs Diener Beyggwir und Beyla. Da waren noch viele Asen und Alfen.

Ögir hatte zwei Diener, Funafengr und Eldir. Leuchtendes Gold diente statt brennenden Lichtes. Das Äl trug sich selber auf. Der Ort hatte sehr heiligen

Funafengr: »Funkenfänger«

Eldir: »Zünder«

Frieden. Alle Gäste rühmten, wie gut Ögirs Leute sie bedienten. Loki, der das nicht hören mochte, erschlug den Funafengr. Da schüttelten die Asen ihre Schilde und rannten wider Loki und verfolgten ihn in den Wald und fuhren dann zu dem Mahl.

Loki kam wieder und sprach zu Eldir, den er vor dem Saale fand:

1 »Sage mir, Eldir, eh du mit einem
Fuße vorwärts schreitest,
Was für Tischgespräche tauschen hier innen
Der Sieggötter Söhne?«

Eldir sprach:
2 »Von Waffen reden und ruhmvollen Kämpfen
Der Sieggötter Söhne.
Asen und Alfen, die hier innen sind,
Keiner weiß von dir ein gutes Wort.«

Loki
3 »Ein will ich treten in Ögirs Hallen,
Selber dies Gelag' zu sehn.
Schimpf und Schande schaff ich den Asen
Und mische Gift in ihren Met.«

Eldir
4 »Wisse, wenn du eintrittst in Ögirs Halle,
Selber dies Gelag' zu sehn,
Und die guten Götter mit Schmach begießest,
Gib acht, sie trocknen sie ab an dir.«

Loki
5 »Wisse das, Eldir, wenn miteinander wir
In scharfen Worten streiten,
Üppiger werd ich in Antworten sein,
Was du auch zu reden weißt.«

Da ging Loki in die Halle. Jene aber, die darinnen waren, als sie ihn eingetreten sahen, schwiegen alle still.

Loki sprach:
6 »Durstig komm ich in diese Halle
Loptr den langen Weg,
Die Asen zu bitten, mir einen Trunk
Zu schenken ihres süßen Mets.

Loptr: Loki selbst

7 Warum schweigt ihr still, verstockte Götter,
Und erwidert nicht ein Wort?
Sitz und Stelle sucht mir bei dem Mahl,
Oder heißt mich hinnen weichen.«

Bragi

8 »Sitz und Stelle suchen dir bei dem Mahl
Die Asen nun und nimmer.
Die Asen wissen wohl, wem sie sollen
Anteil gönnen am Gelag.«

Bragi: Gott der Dichtkunst, siehe Prosa-Edda Nr. 26

Loki

9 »Gedenkt dir, Odin, wie in Urzeiten wir
Das Blut mischten beide?
Du gelobtest, nimmer dich zu laben mit Trank,
Würd' er uns beiden nicht gebracht.«

Odin

10 »Steh denn auf, Widar, dem Vater des Wolfes
Sitz zu schaffen beim Mahl,
Daß länger Loki uns nicht lästere
Hier in Ögirs Halle.«

Vater des Wolfes: Loki, der den Fenrirwolf zeugte

Da stand Widar auf und schenkte dem Loki. Als er getrunken hatte, sprach er zu den Asen:

11 »Heil euch, Asen, Heil euch Asinnen,
Euch hochheiligen Göttern all,
Außer dem Asen allein, der da sitzt
Auf Bragis Bank.«

Bragi

12 »Schwert und Schecken aus meinem Schatze geb ich
Und einen Baug zur Buße,
Daß du den Asen nicht Ärgernis gebest:
Mache dir nicht gram die Götter.«

Baug: Ring

Loki

13 »Roß und Ringe, nicht allzureich doch
Weiß ich dich, Bragi, der beiden!
Von Asen und Alfen, die hier inne sind,
Scheut keiner so den Streit,
Flieht keiner feig der Geschosse.«

Roß und Ringe: Beutestücke. Loki will damit sagen, dass Bragi kein tapferer Kämpfer ist.

Bragi

14 »Ich weiß doch, wär ich draußen, wie ich drinne bin
Hier in Ögirs Halle,
Dein Haupt hätt ich in meiner Hand schon;
Also lohnt' ich dir der Lüge.«

Loki

15 »Sitzend bist du schnell, doch schwerlich leistest du's,
Bragi, Bänkehüter!
Zum Zweikampf vor, wenn du zornig bist:
Der Tapfre sieht nicht um und säumt.«

Idun: Bragis Gemahlin

Kinder: Gemeint sind die Götter und Göttinnen, die Odins Kinder sind.

Wünschelsöhne: die Götter und Göttinnen, die in den Kreis der Asen aufgenommen sind, ohne Kinder Odins zu sein

Idun

16 »Ich bitte dich, Bragi, bei der Kinder
Und aller Wünschelsöhne Wohl,
Sprich zu Loki nicht mit lästernden Worten
Hier in Ögirs Halle.«

Loki

17 »Schweig, Idun! Von allen Frauen
Mein ich dich die Männertollste:
Du legtest die Arme, die leuchtenden, gleich
Um den Mörder eines Bruders.«

Idun

18 »Zu Loki sprech ich nicht mit lästernden Worten
Hier in Ögirs Halle.
Den Bragi sänft ich, den bierberauschten,
Daß er im Zorn den Zweikampf meide.«

Gefion: Siehe Prosa-Edda Nr. 1.

Gefion

19 »Ihr Asen beide, was ist's, daß ihr euch
Mit scharfen Worten streitet?
Loptr träumt sich nicht, daß er betrogen ist,
Sein feindlich Schicksal reißt ihn fort.«

Loki

20 »Schweig du, Gefion! Sonst vergeß ich's nicht,
Wie dich zur Lust verlockte
Jener weiße Knabe, der dir das Kleinod gab,
Als du den Schenkel um ihn schlangst.«

Odin

21 »Irr bist du, Loki, und aberwitzig,
Wenn du Gefion gram dir machst:
Aller Lebenden Lose weiß sie
Ebenwohl als ich.«

Loki

22 »Schweig nur, Odin, ungerecht zwischen
Den Sterblichen teilst du den Streit:
Oftmals gabst du, dem du nicht geben solltest,
Dem schlechtem Manne den Sieg.«

Odin

23 »Weißt du, daß ich gab, dem ich nicht geben sollte,
Dem schlechtem Manne den Sieg,
Unter der Erde acht Winter warst du
Milchende Kuh und Mutter
Denn du gebarest da:
Das dünkt mich eines Argen Art.«

Mutter: Loki kann weibliche Gestalt annehmen und gebären.

LOKI

24 »Du schlichest, sagt man, in Samsö umher
Von Haus zu Haus als Wala.
Vermummter Zauberer trogst du das Menschenvolk:
Das dünkt mich eines Argen Art.«

Samsö oder Samsey: eine Insel

FRIGG

25 »Euer Geschicke solltet ihr nie
Erwähnen vor der Welt,
Was ihr Asen beide in Urzeiten triebet:
Die frühsten Taten bergt dem Volk.«

LOKI

26 »Schweig du, Frigg! Fiörgyns Tochter bist du
Und den Männern allzumild,
Die Wili und We als Widrirs Gemahlin
Beide bargst in deinem Schoß.«

Fiörgyn: offensichtlich Verwechslung mit Fiörgwin (Prosa-Edda Nr. 9), denn Fiörgyn ist ein Name der Mutter Thors. Frigg und Thor sind aber nicht Geschwister.

Wili und We: Odins Brüder

Widrir: Odin

FRIGG

27 »Wisse, hätt ich hier in den Hallen Ögirs
Einen Sohn wie Baldur schnell,
Nicht kämst du hinaus von den Asensöhnen,
Du hättest schon zu fechten gefunden.«

LOKI

28 »Und willst du, Frigg, daß ich ferner gedenke
Meiner Meintaten,
So bin ich schuld, daß du nicht mehr schauen wirst
Baldur reiten zum Rat der Götter.«

Meintaten: Damit spielt Loki darauf an, dass er es war, der Hödur zum Mord an Baldur angestiftet hat.

Freyja: Göttin der Liebe

FREYJA

29 »Irr bist du, Loki, daß du selber anführst
Die schnöden Schandtaten.
Wohl weiß Frigg alles, was sich begibt,
Ob sie schon es nicht sagt.«

LOKI

30 »Schweig du, Freyja, dich vollends kenn ich:
Keines Makels mangelst du;
Der Asen und Alfen, die hier inne sind,
Bist du jedes Buhlerin.«

FREYJA

31 »Deine Zunge frevelt; doch fürcht ich, daß sie dir
Wenig Gutes gellt.
Abhold sind dir die Asen und die Asinnen,
Unfröhlich fährst du nach Haus.«

Loki

32 »Schweig du, Freyja, Gift führst du mit dir,
Bist alles Unheils voll.
Vor den Göttern umarmtest du den eigenen Bruder;
So böser Wind entfuhr dir, Freyja!

Niördr: Gott der Wasserwelt und der Schifffahrt

Niördr

33 »Die Schöngeschmückten, das schadet nicht,
Wählen Männer, wie sie mögen;
Des Verworfnen Weilen bei den Asen wundert nur,
Der Kinder konnte gebären.«

Loki

34 »Schweig du, Niördr, von Osten gesendet
Als Geisel bist du den Göttern.
Dort nahmen Hymirs Töchter dich zum Nachtgeschirre
Und machten dir in den Mund.«

Geisel: Die Stelle ist unerklärlich. Laut Prosa-Edda Nr. 23 kam Niördr im Geiseltausch von den Wanen zu den Asen und nicht von Hymirs Töchtern, also von den Riesen. Irrtum oder Anspielung auf eine verschollene Sage der nordischen Mythologie?

Niördr

35 »Des Schadens tröstet mich, seit ich gesendet ward
Fernher als Geisel den Göttern,
Daß mir erwuchs der Sohn, wider den niemand ist,
Der für den ersten der Asen gilt.«

Sohn: Freyr

Loki

36 »Laß endlich, Niördr, den Übermut,
Ich hab es länger nicht Hehl:
Mit der eignen Schwester erzeugest du den Sohn,
Der ebenso arg ist wie du.«

Schwester: unerklärlich

Tyr: Kriegsgott

Tyr

37 Freyr ist der beste von allen, die Bifröst
Trägt zu der hohen Halle:
Keine Maid betrübt er, keines Mannes Weib,
Einen jeden nimmt er aus Nöten.«

Loki

38 »Schweig du, Tyr! Zwei streitenden Teilen
Bist du ein übler Bürge:
Deine rechte Hand ist dir geraubt,
Fenrir fraß sie, der Wolf.«

Tyr

39 »Der Hand muß ich darben; du darbst guten Leumunds;
Eins ist schlimm wie das andre,
Auch der Wolf ist freudenlos: gefesselt erwartet er
Der Asen Untergang.«

LOKI

40 »Schweig du, Tyr! Deinem Weibe geschah's,
Daß sie von mir ein Kind bekam.
Nicht Pfenningsbuße empfingst du für die Schmach:
Habe dir das, du Hahnrei!«

FREYR

41 »Gefesselt liegt Fenrir vor des Flusses Mündung,
Bis die Götter vergehen.
So soll auch dir geschehn, wenn du nicht schweigen wirst
Endlich, Unheilschmied.«

Fluß: Gemeint ist der Fluss Wan, der dem Fenrir als Geifer aus dem Maul rinnt. Siehe Prosa-Edda Nr. 34.

LOKI

42 »Mit Gold erkauftest du Gymirs Tochter
Und gabst dem Skirnir dein Schwert.
Wenn aber Muspels Söhne durch Myrkwidr reiten,
Womit willst du streiten, Unsel'ger?«

Gymirs Tochter: Gerda

Myrkwidr: »Finsterwald«. Anspielung auf die Götterdämmerung, bei der Freyr sein Schwert vermissen wird, das er dem Diener Skirnir zur Brautwerbung gab. Siehe Prosa-Edda Nr. 37.

BEYGGWIR

43 »Wär ich so edeln Stamms als Yngwi – Freyr,
Und hätte so erhab'nen Sitz,
Morscher als Mark malmt' ich dich, freche Krähe,
Und lähmte dir alle Gelenke.«

Beyggwir: der Diener Freyrs

Yngwi: ein Königsgeschlecht

LOKI

44 »Was ist Winziges dort, das ich wedeln sehe
Nach Speise schnappend?
Dem Freyr in die Ohren bläst es immerdar
Und müht sich mit Mägdearbeit.«

BEYGGWIR

45 Beyggwir bin ich, bieder rühmen mich
Die Asen all und Menschen.
Behende helf ich hier, daß Hropts Freunde trinken
Äl in Ögirs Halle.«

Hropt: Odin

LOKI

46 »Schweig du, Beyggwir, übel verstehst du
Der Männer Mahl zu ordnen.
Unterm Bettstroh verbargst du dich feige,
Wenn es zum Kampfe kam.«

HEIMDALL

47 »Trunken bist du, Loki! Vertrankst den Verstand:
Laß endlich ab, Loki,
Denn im Rausche reden die Menschen viel
Und wissen nicht, was.«

Heimdall: der Wächter Asgards

Loki

48 »Schweig du, Heimdall! In der Schöpfung Beginn
Ward dir ein leidig Los.
Mit feuchtem Rücken fängst du den Tau auf
Und wachst der Götter Wärter!«

Skadi: Gemahlin Niördrs. Die Strophe bezieht sich auf Prosa-Edda Nr. 50.

Gedärm: Die Därme des Sohnes Narwi dienen zur Fesselung Lokis. Siehe Prosa-Edda Nr. 50.

Skadi

49 »Lustig bist du, Loki; doch lange magst du nicht
Spielen mit losem Schweif,
Da auf die scharfe Kante mit den kalten Sohnes Gedärm
Dich die Götter binden.«

Loki

50 »Wenn auf die scharfe Kante mit des kalten Sohnes Gedärm
Sie mich binden bald,
So war ich der erste, und auch der eifrigste,
Als es Thiassi zu töten galt.«

Thiassi: Vater Skadis. Anspielung auf Prosa-Edda Nr. 56. Loki lockte Thiassi nach Asgard, wo ihn die Asen töteten.

Skadi

51 »Warst du der erste und auch der eifrigste,
Als es Thiassi zu töten galt,
So soll aus meinem Hof und Heiligtum
Immer kalter Rat dir kommen.«

Loki

Laufeyjas Sohn: Loki

52 »Gelinder sprachst du zu Laufeyjas Sohn,
Als du mich auf dein Lager ludst.
Dessen gedenk ich nun, da es genauer gilt,
Unsre Meintaten zu melden.«

Sif: Thors Gemahlin

Da trat Sif vor und schenkte dem Loki Met in den Eiskelch und sprach:

53 »Heil dir nun, Loki, den Eiskelch lang ich dir
Firnen Metes voll,
Daß du mich eine doch von den Asenkindern
Ungelästert lassest.«

Jener nahm den Kelch, trank und sprach:

54 »Du einzig bliebst verschont, wärest du immer keusch
Und dem Gatten ergeben gewesen.
Einen weiß ich und weiß ihn gewiß,
Der auch den Hlorridi zum Hahnrei machte.
Und das war der listige Loki.«

Hlorridi: Thor. Entsprechend dazu der Vers Nr. 48 in folgendem »Harbardsliodh« der Lieder-Edda.

Beyla: Freyrs Dienerin, die Frau Beyggwirs

Beyla

55 »Alle Felsen beben, von der Bergfahrt kehrt Hlorridi heim.
Zum Schweigen bringt er den, der hier mit Schmach belädt
Die Götter all und Gäste.«

Loki

56 »Schweig du, Beyla! du bist Beyggwirs Weib
Und aller Untat voll.
Kein ärger Ungeheuer ist unter den Asenkindern,
Fluchwürdige Vettel!«

Da kam Thor an und sprach:

57 »Schweig, unreiner Wicht, sonst soll mein Hammer
Miölnir den Mund dir schließen.
Vom Halse hau ich dir den Schulterhügel,
Daß dich das Leben läßt.«

Schulterhügel: Gemeint ist der Kopf.

Loki

58 »Der Erde Sohn ist eingetreten:
Nun kannst du knirschen, Thor;
Doch wenig wagst du, wenn du den Wolf bestehen sollst,
Der den Siegvater schlingt.

Wolf: Fenrirwolf

Siegvater: Odin. Die Strophe ist eine Anspielung auf die Götterdämmerung.

Thor

59 »Schweig, unreiner Wicht, sonst soll mein Hammer
Miölnir den Mund dir schließen.
Oder auf gen Osten werf ich dich,
Daß kein Mann dich mehr erschaut.«

Loki

60 »Deine Ostfahrten würden unbesprochen
Allzeit besser bleiben,
Seit im Däumling du, Kämpe, des Handschuhs kauertest
Und selbst nicht meintest, Thor zu sein.«

Handschuh: siehe Prosa-Edda Nr. 45 und das folgende Harbardsliodh, Vers Nr. 26

Thor

61 »Schweig, unreiner Wicht, sonst soll mein Hammer
Miölnir den Mund dir schließen.
Mit Hrungnirs Töter trifft diese Hand dich
Und bricht dir alle Gebeine.«

Hrungnirs Töter: Thor. Siehe Prosa-Edda Nr. 59.

Loki

62 »Noch lange Jahre zu leben denk ich
Trotz deiner Hammerhiebe.
Hart schienen dir Skrymirs Knoten;
Du mußtest der Mahlzeit darben,
Ob du vor Heißhunger vergingst.«

Skrymirs Knoten: Anspielung auf Prosa-Edda Nr. 45

Thor

63 »Schweig, unreiner Wicht, sonst soll mein
Hammer Miölnir den Mund dir schließen.
Hrungnirs Töter schickt dich zu Hel hinab
Hinter der Toten Gittertor.«

Loki

64 »Ich sang vor Asen, sang vor Asensöhnen,
Was ich auf dem Herzen hatte.
Nun wend ich mich weg: dir weich ich allein,
Denn ich zweifle nicht, daß du zuschlägst.

65 Ein Mahl gabst du, Ögir; nicht mehr hinfort
Wirst du die Götter bewirten.
All dein Eigentum, das hier innen ist,
Frißt die Flamme
Und raschelt dir über den Rücken.«

Darauf nahm Loki die Gestalt eines Lachses an und entsprang in den Wasserfall Franangr. Da fingen ihn die Asen und banden ihn mit den Gedärmen seines Sohnes Nari. Sein anderer Sohn Narfi aber ward in einen Wolf verwandelt. Skadi nahm eine Giftschlange und hing sie auf über Lokis Antlitz. Der Schlange entträufelte Gift. Sigyn, Lokis Weib, setzte sich neben ihn und hielt eine Schale unter die Gifttropfen. Wenn aber die Schale voll war, trug sie das Gift hinweg; unterdessen träufelte das Gift in Lokis Angesicht, wobei er sich so stark wand, daß die ganze Erde zitterte. Das wird nun Erdbeben genannt.

Harbardsliodh

(Das Harbardslied)

Dieses Lied gehört zu den Scheltgesprächen der Lieder-Edda: Thor will einen Sund überqueren, doch der Fährmann Harbard – der in Wirklichkeit Odin ist – weigert sich, ihn überzuholen. Nun beginnen sie einander über den Sund Schmähungen zuzurufen, der Göttervater und der Donnergott. Dabei rühmt jeder sich andeutungsweise seiner eigenen Heldentaten oder amouröser Abenteuer. Die meisten davon kennt der Leser schon ausführlich aus der Prosa-Edda. Einige Andeutungen jedoch sind nicht zu klären. Auch die mythologische Forschung konnte sie bis heute nicht enträtseln. Sie zwingen zu der Vermutung, dass es noch unentdeckte Göttersagen und mithin auch verschollene Edda-Lieder zu diesen Themen gibt.

Thor kam von der Ostfahrt her an einen Sund; jenseits stand der Fährmann mit dem Schiffe.

Thor rief:

1 »Wer ist der Gesell der Gesellen, der überm Sunde steht?«

Harbard antwortete:

2 »Wer ist der Kerl der Kerle, der da kreischt überm Wasser?«

Grabstein von St.-Paul's-Friedhof in London

Thor

3 »Über den Sund fahr mich, so füttr ich dich morgen.
Einen Korb hab ich auf dem Rücken, beßre Kost gibt es nicht.
Eh ich ausfuhr, aß ich in Ruh
Hering und Habermus: davon hab ich noch genug.«

Harbard

4 »Allzu vorlaut rühmst du dein Frühmahl;
Du weißt das Weitere nicht:
Traurig ist dein Hauswesen, tot wird deine Mutter sein.«

Thor

5 »Das sagst du mir nun, was das Herbste scheinen muß.
Jedem Manne, daß meine Mutter tot sei.«

Habard

6 »Du hältst dich nicht, als hättest du guter Höfe drei:
Barbeinig stehst du wie ein Bärenführer,
Nicht einmal Hosen hast du an.«

Thor

7 »Steure her die Eiche, den Staden zeig ich dir.
Doch wem gehört das Schiff, das du hältst am Ufer?«

Harbard

8 »Hildolf heißt er, der mich's zu halten bat,
Der ratkluge Recke, der in Radseisund wohnt.
Er widerriet mir, Strolche und Roßdiebe zu fahren:
Nur ehrliche Leute und die mir lange kund sein.
Sag deinen Namen, wenn du über den Sund willst.«

Thor

9 »Den sag ich dir frei, obgleich ich hier friedlos bin
Und all mein Geschlecht. Ich bin Odins Sohn,
Meilis Bruder und Magnis Vater,
Der Kräftiger der Götter; du kannst mit Thor hier sprechen.
Ich habe zu fragen nun: wie heißest du?«

Harbard: »Graubart«

Harbard

10 »Harbard heiß ich, ich hehle den Namen selten.«

Thor

11 »Was solltest du ihn hehlen, wenn du schuldlos bist?«

Harbard

12 »Obschon ich nicht schuldlos bin,
Mag ich doch leicht mein Leben schützen
Vor einem, wie Du bist; mein Ende wüßt ich denn nah.«

Thor

13 »Es dünkt mich beschwerlich, zu dir hinüber
Durchs Wasser zu waten und mein Gewand zu netzen;
Sonst, Lotterbube, lohnt ich wahrlich
Deinen Stachelreden, stünd ich überm Sund.«

Harbard

14 »Hier will ich stehen und dich erwarten.
Du fand'st wohl keinen dir härtern seit Hrungnirs Tod.«

Thor

Hrungnir: siehe » Thors und Hrungnirs Kampf«, Prosa-Edda Nr. 59

15 »Des gedenkst du nun, daß ich mit Hrungnir stritt,
Dem starkherz'gen Riesen, dem von Stein das Haupt war;
Doch ließ ich ihn stürzen, in Staub sinken.
Was tatest du derweil, Harbard?«

Harbard

16 »Ich war bei Fiölwar fünf volle Winter
Auf einem Eiland, das Allgrün heißt.
Wir fochten und fällten die Feinde da,
Versuchten manches und freiten Mädchen.«

Thor

17 »Wie ward es da mit euern Weibern?«

Harbard

18 »Wir hatten zierliche Weiber, wären sie zahmer gewesen;
Wir hatten hübsche Weiber, wären sie uns holder gewesen.
Aber Stricke wanden sie am Strand aus Sand,
Gruben den Grund
Aus tiefem Tal.
Ich allein war allen überlegen mit List,

Lag bei sieben Schwestern und genoß im Spiel ihre Gunst.
Was tatest du derweil, Thor?«

Thor

19 »Ich tötete Thiassi, den übermütigen Thursen,
Auf warf ich die Augen des Sohnes Ölwalts
An den heitern Himmel:
Die wurden meiner Werke größte Wahrzeichen,
Allen Menschen sichtbar seitdem.
Was tatest du derweil, Harbard?«

Thiassi: ein Riese, Gerdas Vater, den laut Prosa-Edda Nr. 56 die Asen gemeinsam getötet haben

Sohn Ölwalts oder Alwaldis: Thiassi. Widerspruch zu Prosa-Edda Nr. 56, wo berichtet wird, dass Odin es war, der Thiassis Augen zum Himmel emporgeworfen hat

Harbard

20 »Allerlei Liebeskünste übt' ich bei Nachtreiterinnen,
Die ich mit List ihren Männern entlockte.
Ein harter Riese, halt ich, ist Hlebard gewesen:
Er gab mir seine Wünschelrute, damit
Raubt' ich ihm den Witz.«

Thor

21 »Gute Gabe galtst du mit üblem Lohn.«

Harbard

22 »Einen Baum impft man auf, was man den andern raubt:
Jeder sorgt für sich.
Was tatest du derweil, Thor?«

Thor

23 »Ich war im Osten, überwand der Riesen
Böswillige Bräute, da sie zum Berge gingen.
Übermächtig würden die Riesen, wenn sie alle lebten,
Mit den Menschen wär' es aus in Midgard.
Was tatest du derweil, Harbard?«

Harbard

24 »Ich war in Walland, des Kampfs zu warten,
Verfeindete Fürsten dem Frieden wehrend.
Odin hat die Fürsten, die da fallen im Kampf,
Thor hat der Thräle Geschlecht.«

Thräle: »Knechte«

Thor

25 »Unter die Asen teiltest du ungleich die Menschen,
Hättest du der Wünsche Gewalt.«

Harbard

26 »Thor hat Macht genug, aber nicht Mut.
Aus feiger Furcht fuhrst du in den Handschuh,
Trautest nicht mehr Thor zu sein.
Nicht wagtest du nur, so warst du in Not,
Zu niesen noch zu f – –, daß es Fialar hörte.«

Handschuh: Gemeint ist der Handschuh des Riesen Skrymir (Utgardloki). Siehe Prosa-Edda Nr. 45.

Fialar: anderer Name für Skrymir

THOR

27 »Harbard, Schändlicher! Zu Hel schickt' ich dich,
Möcht ich über den Sund setzen.«

HARBARD

28 »Was solltest du überm Sund, wo du nichts zu schaffen hast?
Was tatest du weiter, Thor?«

THOR

29 »Ich war im Osten und wehrt' einem Fluß;
Da griffen Swarangs Söhne mich an.
Sie schlugen mich mit Steinen und schadeten mir nicht.
Sie mußten bald zuerst mich bitten um Frieden.
Was tatest du derweil, Harbard?«

HARBARD

30 »Ich war im Osten, mit einer zu kosen,
Spielte mit der Schneeweißen und sprach lange mit ihr.
Ich erfreute die Goldschöne; der Scherz gefiel der Maid.«

THOR

31 »Da hattet ihr willige Weiber.«

HARBARD

32 »Da hätt ich bedurft, Thor, deiner Hilfe,
Die Schleierweiße zu entwenden.«

THOR

33 »Die hätt ich dir gewährt, wenn Zeit dazu war.«

HARBARD

34 »Ich hätte dir auch vertraut; oder hättest du mich betrogen?«

THOR

35 »Bin ich denn so ein Fersenzwicker
Wie im Frühjahr ein alter Schuh?«

HARBARD

36 »Was tatest du weiter, Thor?«

THOR

Hlesey: Wohnsitz des Meeresgottes Ögir oder Ägir

37 »Berserkerbräute bändigt' ich auf Hlesey:
Das Ärgste hatten sie getrieben, betrogen alles Volk.«

HARBARD

38 »Unrühmlich tatest du, Thor, daß du Weiber tötest.«

THOR

39 »Wölfinnen waren es, Weiber kaum.
Sie zerschellten mein Schiff, das ich auf Pfähle gestellt,
Trotzten mir mit Eisenkeulen und vertrieben Thialfi.
Was tatest du derweil, Harbard?«

Thialfi: Thors Diener. Siehe Prosa-Edda Nr. 44.

Harbard

40 »Ich war beim Heere, das eben hieher
Kriegsfahnen erhob, den Speer zu färben.«

Thor

41 »Des gedenkst du nun,
Wie du auszogst uns zur Überlast.«

Harbard

42 »Das alles büß ich dir mit goldnem Armring
Nach Schiedsrichterspruch, der uns versöhnen mag.«

Thor

43 »Woher hast du nur die Hohnreden all?
Ich hörte niemals so höhnische.«

Harbard

44 »Von den alten Leuten lernt ich sie,
Die in den Wäldern wohnen.«

Thor

45 »Du gibst den Gräbern zu guten Namen,
Wenn du sie Wälderwohnungen nennst.«

Harbard

46 »So denk ich von der Art Dingen nun.«

Thor

47 »Deine Wortklugheit kommt dir noch übel,
Wenn ich durchs Wasser wate.
Lauter als ein Wolf wirst du aufschrein,
Wenn ich dich mit dem Hammer haue.«

Harbard

48 »Sif hat einen Buhlen, du wirst ihn bei ihr finden:
Der erfahre deine Kraft, das frommt dir mehr.«

Thor

49 »Du redest nach deines Mundes Rat,
Nur recht, mich zu kränken.
Verworfner Wicht! Ich weiß, daß du lügst.«

Harbard

50 »Und ich sage, so ist's! Säumig betreibst du die Fahrt.
Schon wärst du weit, Thor, wenn du verwandelt fuhrst.«

Thor

51 »Harbard, Schändlicher!
Du hast mich hier so lang verweilt.«

Harbard

52 »Dem Asathor, wähnt' ich, wehrte so leicht nicht
Ein Viehhirt die Fahrt.«

Sif: Thors Gemahlin, Anspielungen auf einen Ehebruch, der in »Lokasenna«, Vers Nr. 54 ebenfalls erwähnt wird

Pressmodell aus Torslunda, Schweden

THOR

53 »Einen Rat will ich dir raten; rud're die Fähre hierher.
Hab' ein Ende der Hader! Hole den Vater Magnis.«

Vater Magnis: Thor

HARBARD

54 »Fahr nur weg vom Sund, verweigert bleibt dir die Fahrt.«

THOR

55 »Weise mir nur den Weg, willst du mich nicht
Über den Sund setzen.«

HARBARD

56 »Geringes verlangst du, doch lang ist der Weg:
Eine Stunde zum Stocke, zum Stein eine andre.
Den linken Weg wähle, bis du Werland erreichst.
Da trifft Fiörgyn Thor, ihren Sohn:
Die wird ihn der Verwandten Wege zeigen
Zu Odins Land.«

Werland: wahrscheinlich das Land der Menschen

Fiörgyn: anderer Name für Thors Mutter Jörd

THOR

57 »Komm ich heute noch hin?«

HARBARD

58 »Du erreichst es mit Eil' bei noch obenstehender Sonne,
Wenn ich erst von dannen ging.«

THOR

59 »Kurz wird noch unser Gespräch,
Da du nur spöttisch sprichst.
Die verweigerte Überfahrt lohn ich ein andermal.«

HARBARD

60 »Fahr immer zu in übler Geister Gewalt!«

Alvismal

(Das Lied von Zwerg Allweise)

Das Alvismal gehört zur sogenannten »Wissensdichtung« der Edda, zu den Liedern also, die innerhalb einer Rahmenhandlung vielfältige Kenntnisse über die germanische Götterwelt vermitteln. Die Rahmenhandlung des Alvismal, im Lied nur angedeutet, lässt sich folgendermaßen erklären: Der Nachtzwerg Alvis oder Alwis, ein hässlicher Wicht, der nur nachts aus seiner Höhle kommt, weil ihn die Sonnenstrahlen zu Stein verwandeln würden, hat weniger durch körperliche Reize als vielmehr durch seine Klugheit die schöne Thrud zur Frau gewonnen: die Tochter des von dieser Verbindung erst im nachhinein informierten Donnergottes Thor. Thor, menschlich enttäuscht und verbittert wie jeder Vater, der in solchen Fällen nicht gefragt wird, will nun den unliebsamen Schwiegersohn mit einer List loswerden: er verspricht seine nachträgliche Einwilligung, wenn ihm der Zwerg bei einem nächtlichen Zwiegespräch alle Fragen beantworten könne. Überzeugt von seiner Weisheit, nimmt Zwerg Alwis (»Allweise«) die Herausforderung an. Er dünkt sich klug genug für Thors Fragen – bedenkt aber nicht, dass Thor ihn mit diesem Rätselgespräch nur vom Sonnenaufgang ablenken will. Alwis übersieht im Eifer des Frage-und-Antwort-Gefechts tatsächlich die ersten Sonnenstrahlen und wird sehr zur Schadenfreude des Schwiegervaters stracks in eine Steingestalt verwandelt.

Reiterstein, Wotan als Lanzenreiter darstellend. Hornhausen. 7. Jh.

ALWIS

1 »Bestreut sind die Bänke: so sei die Braut nun
Mit mir zu reisen bereit.
Für allzuhastig hält man mich wohl;
Doch daheim, wer raubt uns die Ruhe?«

THOR

2 »Wer bist du, Bursch? Wie so bleich um die Nase?
Hast du bei Leichen gelegen?
Vom Troll ahn ich etwas in dir:
Bist solcher Braut nicht geboren.«

ALWIS

3 »Alwis heiß ich, unter der Erde
Steht mein Haus im Gestein.
Warnen will ich den Wagenlenker:
Breche niemand festen Bund.«

Wagenlenker: Thor. Siehe Prosa-Edda Nr. 21.

THOR

4 »Ich will ihn brechen: die Braut hat der Vater
Allein zu gewähren Gewalt.
Ich war nicht daheim, da sie dir verheißen ward;
Kein anderer gibt sie der Götter.«

ALWIS

5 »Wer ist der Recke, der sich rühmt zu schalten
Über die blühende Braut?
Zu scharfen Schießens beschuldigt dich niemand:
Wer hat dich mit Ringen beraten?«

THOR

6 »Wingthor heiß ich, der Weitgewanderte,
Sidgranis Sohn.
Wider meinen Willen erwirbst du das Mädchen nicht
Noch das Jawort je.«

Sidgranis: Odin

ALWIS

7 »So wünsch ich denn deine Bewilligung
Und das Jawort zu gewinnen.
Besser zu haben als zu entbehren
Ist mir das mehlweiße Mädchen.«

THOR

8 »Des Mädchens Minne mag ich dir,
Weiser Gast, nicht weigern,
Kannst du aus allen Welten mir kundtun,
Was ich zu wissen wünsche.«

ALWIS

9 »Versuch es, Wingthor, da du gesonnen bist,
An des Zwerges Wissen zu zweifeln.
Alle neun Himmel hab ich durchmessen
Und weiß von allen Wesen.«

Thor

10 »So sage mir, Alwis, da alle Wesen,
Kluger Zwerg, du erkennst,
Wie heißt die Erde, die allernährende,
In den einzelnen Welten?«

Alwis

11 »Erde den Menschen, den Asen Feld,
Die Wanen nennen sie Weg,
Allgrün die Joten, die Alfen Wachstum,
Lehm heißen sie höhere Mächte.«

Thor

12 »Sage mir, Alwis, da alle Wesen,
Kluger Zwerg, du erkennst,
Wie heißt der Himmel, der hoch sich wölbt,
In den einzelnen Welten?«

Alwis

13 »Himmel den Menschen, Dach heißt er den Göttern,
Windweber den Wanen,
Riesen Überwelt, Alfen Glanzhelm,
Zwergen Träufeltor.«

Thor

14 »Sage mir, Alwis, da alle Wesen,
Kluger Zwerg, du erkennst,
Wie heißt der Mond, den die Menschen schaun,
In den einzelnen Welten?«

Alwis

15 »Mond sagen Sterbliche, Scheibe Götter,
Bei Hel sagt man rollendes Rad,
Sputer bei Riesen, Schein bei Zwergen,
Jahrzähler aber bei Alfen.«

Thor

16 »Sage mir, Alwis, da alle Wesen,
Kluger Zwerg, du erkennst,
Wie heißt die Sonne, die den Geschlechtern leuchtet,
In den einzelnen Welten?«

Alwis

17 »Sonne den Menschen, Gestirn den Göttern,
Zwerge sagen Zwergs Überlisterin,
Lichtauge Joten, Alfen Glanzkreis,
Allklar Asensöhne.«

Der gefesselte Gunnar im Schlangenhof, mit den Füßen die Laute schlagend

Zwergs Überlisterin: weil die Sonnenstrahlen einen Nachtzwerg versteinern können

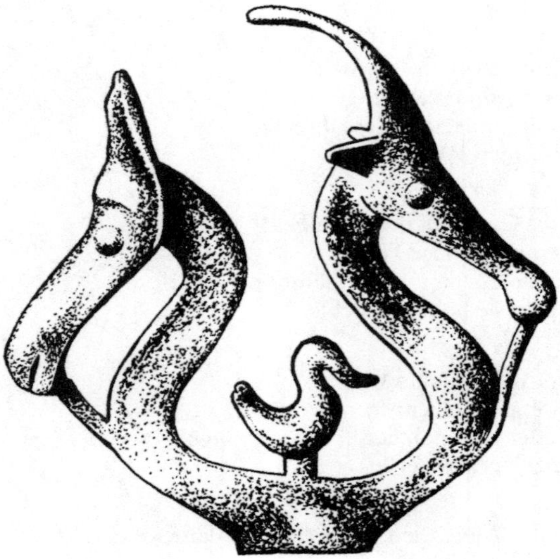

Tiergruppe aus Fårdal, Jütland. Bronzeguss

Thor

18 »Sage mir, Alwis, da alle Wesen,
Kluger Zwerg, du erkennst,
Wie nennt man die Wolken, die nebelfeuchten,
In den einzelnen Welten?«

Alwis

19 »Menschen sagen Wolken, Schauerer Götter,
Windschiff die Wanen,
Riesen Regenbringer, Alfen Raschwetter,
Bei Hel heißen sie Nebelhelm.«

Thor

20 »Sage mir, Alwis, da alle Wesen,
Kluger Zwerg, du erkennst,
Wie heißt der Wind, der weithin fährt,
In den einzelnen Welten?«

Alwis

21 »Wind bei den Menschen, Wehn bei den Göttern,
Wieherer höhern Wesen.
Greiner bei Joten, bei Alfen Lärmer,
Bei Hel heißt er Heuler.«

Thor

22 »Sage mir, Alwis, da alle Wesen,
Kluger Zwerg, du erkennst,
Wie heißt die Luftstille, die liegen soll
Über allen Welten?«

9 *Aus einer schwedischen Edda-Ausgabe aus dem Jahr 1886:*
Odin als »Wanderer zwischen den Welten«
von dem schwedischen Maler Georg von Rosen (1843–1923)

10a *links oben:*

Darstellung der Prophetin, die in der Völuspá, der »Weissagung der Prophetin«, von der Entstehung der Welt bis zu ihrem Untergang berichtet

10b *rechts oben:*

Die Erschaffung der Welt

10c *links unten:*

Der Anfang vom Ende: der Weltuntergang, die sogenannte Ragnarök

10d *rechts unten:*

Odins Tod

10 *Briefmarkenserie der Färöer Inseln aus dem Jahr 2003 zur Völuspá, einem der Götterlieder in der Lieder-Edda*

11 *Mårten Eskil Winge (1825-1896): Thor, der Gott des Donners (1872)*

12a *Emil Doepler (1855–1922): Die finale Schlacht zwischen Odin, Fenrir, Freyr und Surtr in der Ragnarök (um 1900)*

12b *Emil Doepler (1855–1922): »Lokis Gezücht« (um 1900). Im Hintergrund ist die Riesin Angrboda zu sehen, im Vordergund ihre drei Kinder von Loki, die Totengöttin Hel, der Riesenwolf Fenrir und die Midgardschlange.*

13a
Emil Doepler (1855–1922): Letzte Phase der Ragnarök: Der Feuerriese Surtr hat die Welt in Brand gesteckt, der Weltenbrand zerstört alles Leben (um 1900).

13b
Max Brückner (1836–1919): Walhalla, der Götterhimmel (1896)

14
Runenstein aus Snoldelev in Dänemark, ca. 8.–9. Jh. Odin gilt als Schöpfer der Runen, deren Bedeutung und magische Kräfte in der Lieder-Edda thematisiert werden.

15
Gotländischer Bildstein vermutlich mit Szenen aus den Heldenliedern der Lieder-Edda (Museum Fornsalen in Visby)

16a *Das Gosforth-Kreuz, ca. 10. Jh., mittelalterliches, steinernes Kreuz in Nordwestengland, das vermutlich den Gott Heimdall, den Wächter der Götter, mit seinem schallenden Gjallarhorn zeigt*

16b *Miölnir, Thors Hammer, der nach dem Wurf zu seinem Besitzer zurückkehrt. Auf das Jahr 1000 datierter Fund von 1877 in Skåne, Schweden*

16c *Illustration in einer Edda-Ausgabe aus dem Jahr 1908. Das Motiv stammt von dem »Heysham hogback«, einem typisch nordenglischen Grabstein aus der Wikingerzeit.*

Alwis

23 »Den Menschen Luft, Lager den Göttern,
Windflucht sagen die Wanen;
Schwüle die Riesen, Alfen Morgenruhe,
Zwerge heißen sie Heiterkeit.«

Thor

24 »Sage mir, Alwis, da alle Wesen,
Kluger Zwerg, du erkennst,
Wie heißt das Meer, das Männer berudern,
In den einzelnen Welten?«

Alwis

25 »See sagen Menschen, Spiegler die Götter,
Wanen nennen es Woge,
Riesen Aalheim, Alfen Wasserschatz,
Zwerge heißen es hohes Meer.«

Thor

26 »Sage mir, Alwis, da alle Wesen,
Kluger Zwerg, du erkennst,
Wie heißt das Feuer, das den Völkern brennt,
In den einzelnen Welten?«

Alwis

27 »Den Menschen Feuer, Flamme den Göttern,
Woger sagen Wanen,
Riesen Fresser, Zwerge Zünder,
Bei Hel heißt es Wüster.«

Thor

28 »Sage mir, Alwis, da alle Wesen,
Kluger Zwerg, du erkennst,
Wie heißt der Wald, der ewig wachsen soll,
In den einzelnen Welten?«

29 »Wald heißt er den Menschen, den Göttern Haar der Berge,
Bei Hel Hügelmoos,
Bei Riesen In-die-Glut, bei Alfen Schönverzweigt,
Wanen heißt er Heister.«

Thor

30 »Sage mir, Alwis, da alle Wesen,
Kluger Zwerg, du erkennst,
Wie heißt die Nacht, die Nörwis Tochter ist,
In den einzelnen Welten?«

Alwis

31 »Nacht bei den Menschen, Nebel den Göttern,
Hülle höhern Wesen,
Riesen Ohnelicht, Alfen Schlummerlust,
Traumgenuß nennen sie Zwerge.«

Nörwi: ein Riese.
Siehe Prosa-Edda Nr. 10.

Thor

32 »Sage mir, Alwis, da alle Wesen,
Kluger Zwerg, du erkennst,
Wie heißt die Saat, die da gesät wird,
In den einzelnen Welten?«

Alwis

33 »Bei Menschen Saat, Samen bei Göttern,
Gewächs bei den Wanen,
Bei Riesen Atzung, bei Alfen Stoff,
Bei Hel heißt sie wallende See.«

Thor

34 »Sage mir, Alwis, da alle Wesen,
Kluger Zwerg, du erkennst,
Wie heißt das Äl, das alle trinken,
In den einzelnen Welten?«

35 »Bei Menschen Äl, bei Asen Bier,
Wanen sagen Saft,
Bei Hel heißt es Met, bei Riesen helle Flut,
Geschlürf bei Suttungs Söhnen.«

Thor

36 »Aus einer Brust alter Kunden
Vernahm ich nie so viel.
Mit schlauen Listen verlorst du die Wette,
Der Tag verzaubert dich, Zwerg:
Die Sonne scheint in den Saal.«

Grimnismal

(Das Lied von Grimnir)

Das Grimnismal gehört zur Wissensdichtung der Edda. In diesem Lied wird von Odin berichtet, der sich Grimnir nennt und inkognito zu König Geirröd reist, um dessen Gastfreundschaft auf die Probe zu stellen. Durch das Ränkespiel seiner Gemahlin Frigg gerät er in Gefangenschaft des Königs. Zwischen zwei Feuern gemartert, berichtet Grimnir (Odin) von der germanischen Götterwelt. Interessant ist, dass die Wissenschaft gewisse Gemeinsamkeiten zwischen den heute üblichen Tierkreiszeichen und den im Grimnismal erwähnten zwölf Götterburgen erkannt hat: Thrudheim, Ydalir, Walaskialf, Sökkwabeck, Gladsheim, Thrymheim, Breidablick, Himinbiörg, Volkwang, Glitnir, Noatun und Widi. Das würde einerseits darauf hindeuten, dass die Germanen ihre Götter unter anderem als astrologische Tierkreiszeichen empfanden – andererseits hieße das aber auch, dass sie astronomische Kenntnisse zur Berechnung der Ekliptik besaßen.

Riemenbeschlag aus Vendel

König Hraudung hatte zwei Söhne: der eine hieß Agnar, der andere Geirröd. Agnar war zehn Winter, Geirröd acht Winter alt.

Da ruderten beide auf einem Boot mit ihren Angeln zum Kleinfischfang. Der Wind trieb sie in die See hinaus. Sie scheiterten in dunkler Nacht an einem Strand, stiegen hinauf und fanden zwei Hüttenbewohner, bei denen sie überwinterten.

Hüttenbewohner: der Göttervater Odin und dessen Gemahlin Frigg

Die Frau pflegte Agnar, der Mann Geirröd und lehrte ihn schlauen Rat. Im Frühjahr gab ihnen der Bauer ein Schiff, und als er sie mit der Frau an den Strand begleitete, sprach er mit Geirröd allein.

Sie hatten guten Wind und kamen zu dem Wohnsitz ihres Vaters. Geirröd, der vorn im Schiffe war, sprang ans Land, stieß das Schiff zurück und sprach: »Fahre nun hin in böser Geister Gewalt.« Das Schiff trieb in die See, aber Geirröd ging hinauf in die Burg und ward da wohl empfangen.

Sein Vater war eben gestorben, Geirröd ward also zum König eingesetzt und gewann große Macht.

Odin und Frigg saßen auf Hlidskialf und überschauten die Welt. Da sprach Odin: »Siehst du Agnar, deinen Pflegling, wie er in der Höhle mit einem Riesenweibe Kinder zeugt; aber Geirröd, mein Pflegling, ist König und beherrscht sein Land.«

Hlidskialf: Thron des Göttervaters Odin

Frigg sprach: »Er ist aber solch ein Neiding, daß er seine Gäste quält, weil er fürchtet, es möchten zu viele kommen.«

Odin sagte, das sei eine große Lüge: da wetteten die beiden hierüber.

Fulla: Göttin des Überflusses

Frigg sandte ihr Schmuckmädchen Fulla zu Geirröd und trug ihr auf, den König zu warnen, daß er sich vor einem Zauberer hüte, der in sein Land gekommen sei: dieser Zauberer würde daran zu erkennen sein, daß kein Hund ihn angreifen möge.

Es war aber eine große Unwahrheit, daß König Geirröd seine Gäste so ungern speise; doch ließ er Hand an den Mann legen, der ans Land kam und den die Hunde nicht angreifen wollten.

Grimnir: »Der Maskierte«, auch »der Verhüllende«

Der Fremde trug einen blauen Mantel und nannte sich Grimnir, sagte aber nicht mehr von sich, auch wenn man ihn fragte.

Der König ließ ihn zur Rede peinigen und setzte ihn zwischen zwei Feuer, und da saß er acht Nächte. König Geirröd hatte einen Sohn, der zehn Winter alt war und Agnar hieß nach des Königs Bruder.

Agnar ging zu Grimnir, gab ihm ein volles Horn zu trinken und sagte, der König täte übel, daß er ihn schuldlos peinigen ließe.

Grimnir trank es aus. Da war das Feuer so weit gekommen, daß Grimnirs Mantel brannte. Er sprach:

1 »Heiß bist du, Flamme, zu viel ist der Glut:
Laß uns scheiden, Lohe!
Schon brennt der Zipfel, zieh ich ihn gleich empor,
Feuer fängt der Mantel.

2 Acht Nächte fanden mich zwischen Feuern hier,
Daß mir niemand Nahrung bot
Als Agnar allein; allein soll auch herrschen
Geirröds Sohn über der Goten Land.

Goten: Damit ist nicht das Hauptvolk der Ostgoten gemeint, sondern ein nördliches Sagenvolk.

3 Heil dir, Agnar, da Heil dir erwünscht
Der Helden Herrscher.
Für einen Trunk mag kein andrer dir
Bessre Gabe bieten.

4 Heilig ist das Land, das ich liegen sehe
Den Asen nah und Alfen.
Dort in Thrudheim soll Thor wohnen,
Bis die Götter vergehen.

Thrudheim: »Welt der Kraft«

Ydalir: »Eibental«

5 Ydalir heißt es, wo Uller hat
den Saal sich erbaut.
Alfheim gaben dem Freyr die Götter im Anfang
Der Zeiten als Zahngebinde.

Alfheim: »Elbenwelt«. Der Gott des Tages, Freyr, herrscht dort über die Elben. Alfheim gilt nicht als Götterburg.

Zahngebinde: Geschenk, das ein Kind beim ersten Zahn bekommt.

6 Die dritte Halle hebt sich, wo die heitern Götter
Den Saal mit Silber deckten.
Walaskialf heißt sie, die sich erwählte
Der Ase in alter Zeit.

7 Sökkwabeck heißt die vierte, kühle Flut
Überströmt sie immer;
Odin und Saga trinken alle Tage
Da selig aus goldnen Schalen.

Sökkwabeck: »Sinkbach«, also Wasserfall

Saga: Göttin der Geschichte und der Quellen

8 Gladsheim heißt die fünfte, wo golden schimmert
Walhalls weite Halle:
Da kiest sich Odin alle Tage
Vom Schwert erschlagne Männer.

Gladsheim: »Freudenwelt«

9 Leicht erkennen können, die zu Odin kommen,
Den Saal, wenn sie ihn sehen:
Aus Schäften ist das Dach gefügt und mit Schilden bedeckt,
Mit Brünnen die Bänke bestreut.

10 Leicht erkennen können, die zu Odin kommen,
Den Saal, wenn sie ihn sehen:
Ein Wolf hängt vor dem westlichen Tor,
Über ihm dräut ein Aar.

11 Thrymheim heißt die sechste, wo Thiassi hauste,
Jener mächtige Jote.
Nun bewohnt Skadi, die schöne Götterbraut,
Des Vaters alte Veste.

Thrymheim: »Welt des Lärms«

12 Die siebente ist Breidablick: da hat Baldur sich
Die Halle erhöht
In jener Gegend, wo der Greuel ich
Die wenigsten lauschen weiß.

Breidablick: »Breitglanz«

13 Himinbiörg ist die achte, wo Heimdall soll
Der Weihestatt walten.
Da trinkt der Wächter der Götter in wonnigem Hause
Selig den süßen Met.

Himinbiörg: »Himmelsberg«

14 Folkwang ist die neunte: da hat Freyja Gewalt,
Die Sitze zu ordnen im Saal.
Der Walstatt Hälfte wählt sie täglich;
Odin hat die andre Hälfte.

Folkwang: »Welt des Volkes«

15 Glitnir ist die zehnte: auf goldnen Säulen ruht
Des Saales Silberdach.
Da thront Forseti den langen Tag
Und schlichtet allen Streit.

Glitnir: »Der Glänzende«

16 Noatun ist die elfte: da hat Niördr
Sich den Saal erbaut.
Ohne Mein und Makel der Männerfürst
Waltet hohen Hauses.

Noatun: »Stätte der Schiffe«

Widar: Sohn Odins, tötet bei der Götterdämmerung den Mörder des Vaters: den Fenrirwolf

17 Mit Gesträuch begrünt sich und hohem Grase.
Widars Land Widi.
Da steigt der Sohn vom Sattel der Mähre,
Den Vater zu rächen bereit.

Andhrimnir: der Koch, der im Kessel Eldhrimnir den Eber Sährimnir siedet. Siehe Prosa-Edda Nr. 38.

18 Andhrimnir läßt in Eldhrimnir
Sährimnir sieden,
Das beste Fleisch, doch erfahren wenige,
Was die Einherier essen.

Geri und Freki: die Wölfe Odins

19 Geri und Freki füttert der krieggewohnte
Herrliche Heervater,
Da nur von Wein der waffenhehre
Odin ewig lebt.

Hugin und Munin: die Raben Odins

20 Hugin und Munin müssen jeden Tag
Über die Erde fliegen.
Ich fürchte, daß Hugin nicht nach Hause kehrt;
Doch sorg ich mehr um Munin.

21 Thundr ertönt, wo Thiodwitnirs
Fisch in der Flut spielt;
Des Stromes Ungestüm dünkt zu stark
Durch Walglaumir zu waten.

Strom: Damit könnte der Giöllfluss gemeint sein, die Grenze zur Unterwelt. Diese Strophe gilt als rätselhaft.

Walgrind: das Gitter vor Walhall

22 Walgrind heißt das Gitter, das auf dem Grunde steht
Heilig vor heil'gen Türen.
Alt ist das Gitter; doch ahnen wenige,
Wie sein Schloß sich schließt.

23 Fünfhundert Türen und viermal zehn
Wähn ich in Walhall.
Achthundert Einherier ziehn aus je einer,
Wenn es dem Wolf zu wehren gilt.

Bilskirnir: Thors Palast

Sohn: Gemeint ist Thor.

24 Fünfhundert Stockwerke und viermal zehn
Weiß ich in Bilskirnirs Bau.
Von allen Häusern, die Dächer haben,
Glaub ich meines Sohns das größte.

Lärad: siehe Prosa-Edda Nr. 39

25 Heidrun heißt die Ziege vor Heervaters Saal,
Die an Lärads Laube zehrt.
Die Schale soll sie füllen mit schäumendem Met;
Der Milch ermangelt es nie.

Eikthyrnir: siehe Prosa-Edda Nr. 39

26 Eikthyrnir heißt der Hirsch vor Heervaters Saal,
Der an Lärads Laube zehrt.
Von seinem Horngeweih tropft es nach Hwergelmir:
Davon stammen alle Ströme.

27 Sid und Wid, Sökin und Eikin, Swöll und
Gunthro, Fiörm und Fimbulthul,
Rin und Rennandi, Gipul und Göpul,
Gömul und Geirwimul.
Um die Götterwelt wälzen sich Thyn und Win,
Thöll und Höll, Grad und Gunthorin.

28 Wina heißt einer, ein anderer Wegswinn,
Ein dritter Diotnuma.
Nyt und Nöt, Nönn und Hrönn,
Slid und Hrid, Sylgr und Ylgr,
Wid und Wan, Wönd und Strönd,
Giöll und Leiptr: diese laufen den Menschen näher
Und von da zur Hel hinab.

29 Körmt und Örmt und beide Kerlaug
Watet Thor täglich,
Wenn er reitet, Gericht zu halten
Bei der Esche Yggdrasil;
Denn die Asenbrücke steht all in Lohe,
Heilige Fluten flammen.

30 Gladr und Gyllir, Gier und Skeidbrimir,
Silfrintopp und Sinir,
Gisl und Falhofnir, Gulltopp und Lettfeti:
Diese Rosse reiten die Asen
Täglich, wenn sie reiten, Gericht zu halten
Bei der Esche Yggdrasil.

31 Drei Wurzeln strecken sich nach dreien Seiten
Unter der Esche Yggdrasil:
Hel wohnt unter einer, unter der andern Hrimthursen,
Aber unter der dritten Menschen.

32 Ratatösk heißt das Eichhorn, das auf und ab rennt
An der Esche Yggdrasil:
Des Adlers Worte oben vernimmt es
Und bringt sie Nidhöggern nieder.

Ratatösk:
siehe Prosa-Edda Nr. 16

33 Der Hirsche sind vier, die mit krummem Halse
An der Esche Wurzeln weiden:
Dain und Dwalin,
Duneyr und Durathror.

34 Mehr Würme liegen unter den Wurzeln der Esche,
Als einer meint der unklugen Affen.
Goin und Moin, Grafwitnirs Söhne,
Grabakr und Grafwölludr,
Ofnir und Swafnir sollen ewig
Von der Wurzeln Zweigen zehren.

35 Die Esche Yggdrasil duldet Unbill
Mehr, als Menschen wissen.
Der Hirsch weidet oben, hohl wird die Seite,
Unten nagt Nidhöggr.

Alle Namen dieser Strophe: Walküren. Siehe auch Prosa-Edda Nr. 36.

36 Hrist und Mist sollen das Horn mir reichen
Skeggöld und Skögul,
Hlöck und Herfiötr, Hildur und Thrudr,
Göll und Geirölul,
Randgrid und Rathgrid und Reginleif
Schenken den Einheriern Äl.

Arwakr und Alswidr: siehe Prosa-Edda Nr. 11

37 Arwakr und Alswidr sollen immerdar
Schmachtend die Sonne führen.
Unter ihre Bugen bargen milde Mächte,
Die Asen, Eisenkühle.

38 Swalin heißt der Schild, der vor der Sonne steht,
Der glänzenden Gottheit.
Brandung und Berge verbrennten gewiß,
Sänk' er von seiner Stelle.

Sköll: siehe Prosa-Edda Nr. 12

39 Sköll heißt der Wolf, der der scheinenden Gottheit
Folgt in die schützende Flut;
Hati der andre, Hrodwitnirs Sohn,
Eilt der Himmelsbraut voraus.

Ymir: der Urriese. Siehe Prosa-Edda Nr. 5, 6 und 8.

40 Aus Ymirs Fleisch ward die Erde geschaffen,
Aus dem Schweiße die See,
Aus dem Gebein die Berge, die Bäume aus dem Haar,
Aus der Hirnschale der Himmel.

41 Aus den Augenbrauen schufen güt'ge Asen
Midgard den Menschensöhnen;
Aber aus seinem Hirn sind alle hartgemuten
Wolken erschaffen worden.

Uller: Gott des Winters. Siehe Prosa-Edda Nr. 31.

42 Ullers Gunst hat und aller Götter,
Wer zuerst die Lohe löscht,
Denn die Aussicht öffnet sich den Asensöhnen,
Wenn der Kessel vom Feuer kommt.

Iwalts oder Iwaldis Söhne: siehe Prosa-Edda Nr. 61

43 Iwalts Söhne gingen in Urtagen,
Skidbladnir zu schaffen,
Das beste der Schiffe, für den schimmernden Freyr,
Niördrs nützen Sohn.

44 Die Esche Yggdrasil ist der Bäume erster,
Skidbladnir der Schiffe,
Odin der Asen, aller Rosse Sleipnir,
Bifröst der Brücken, Bragi der Skalden,
Habrock der Habichte, der Hunde Garm.

45 Mein Antlitz sahen nun der Sieggötter Söhne,
So wird mein Heil erwachen:
Alle Asen werden Einzug halten
In des Wütrichs Saal,
Zu des Wütrichs Mahl.

Wütrich: Hier könnte der Meeresgott Ögir oder Ägir gemeint sein.

46 Ich heiße Grimr und Gangleri,
Herian und Hialmberi,
Theckr und Thridi, Thudr und Udr,
Helblindi und Har.

Har: In den Strophen 46 und 49 ist der Schlüssel dafür zu finden, dass die drei Gesprächspartner Har, Iafnhar und Thridi aus »Gylfaginning« (Prosa-Edda) in Wirklichkeit ein und dieselbe Person sind, nämlich Odin.

47 Sadr und Swipal und Sanngetal,
Herteitr und Hnikar,
Bileigr, Baleigr, Bölwerkr, Fiölnir,
Grimnir und Glapswidr.

48 Sidhöttr, Sidskeggr, Siegvater, Hnikudr,
Allvater, Walvater, Atridr und Farmatyr;
Eines Namens genügte mir nie,
Seit ich unter die Völker fuhr.

49 Grimnir hießen sie mich bei Geirrödr,
Bei Asmund Jalk;
Kialar schien ich, da ich Schlitten zog;
Thror dort im Thing;
Widr den Widersachern;
Oski und Omi, Iafnhar und Biflindi,
Göndlir und Harbard bei den Göttern.

50 Swidur und Swidrir hieß ich bei Söckmimir,
Als ich den alten Thursen trog,
Und Midwitnirs, des mären Unholds, Sohn
Im Einzelkampf umbrachte.

51 Toll bist du, Geirrödr, hast zuviel getrunken,
Der Met ward dir Meister.
Viel verlorst du, meiner Liebe darbend;
Aller Einherier und Odins Huld.

52 Viel sagt' ich dir: du schlugst es in den Wind,
Die Vertrauten trogen dich.
Schon seh ich liegen meines Lieblings Schwert
Vom Blut erblindet.

53 Die schwertmüde Hülle hebt nun Yggr auf,
Da das Leben dich ließ;
Abhold sind dir die Disen, nun magst du
Odin schauen:
Komm heran, wenn du kannst.

Yggr: Odin selbst

Disen: Schicksalsfrauen

54 Odin heiß ich nun, Yggr hieß ich eben,
Thundr hab ich geheißen.
Walr und Skilfingr, Wafudr und Hroptatyr,
Gautr und Jalkr bei den Göttern,
Ofnir und Swafnir: deren Ursprung weiß ich
Aller aus mir allein.«

König Geirröd saß und hatte das Schwert auf den Knien halb aus der Scheide gezogen.

Als er aber vernahm, daß Odin gekommen sei, sprang er auf und wollte ihn aus den Feuern führen. Da glitt ihm das Schwert aus den Händen, den Griff nach unten gekehrt.

Der König strauchelte, und durch das Schwert, das ihm entgegenstand, fand er den Tod.

Da verschwand Odin, und Agnar war da König lange Zeit.

Vafthrudhnismal

(Lied von Wafthrudnir)

Das Vafthrudhnismal gehört zur Wissensdichtung, die hier in einem Zwiegespräch dargeboten wird: Odin verbirgt seine wahre Identität unter dem Namen Gangradr und verwettet seinen Kopf, dass der kluge Riese Wafthrudnir trotz sprichwörtlicher Weisheit ihm nicht alle Fragen beantworten könne. Wafthrudnir prüft zunächst einmal, ob der Fremde überhaupt fähig ist, klug zu fragen. Erst nach dieser Prüfung akzeptiert er den Gegner; er lädt den bislang auf der Schwelle stehenden Gangradr zum Sitzen ein und verwettet seinerseits den Kopf (Strophe 19). Nun geht es bei dem Frage-und-Antwort-Spiel um Leben und Tod. Tatsächlich stellt Gangradr eine Frage (Strophe 54), die Wafthrudnir nicht zu beantworten vermag. Doch da die Antwort nur einer wissen kann – Odin selbst –, durchschaut Wafthrudnir die wahre Identität seines Gegners. Ob Wafthrudnir seinen als Pfand gesetzten Kopf verlor, ist nicht überliefert.

ODIN

1 »Rat Du mir nun, Frigg, da mich zu fahren lüstet
Zu Wafthrudnirs Wohnungen;
Denn groß ist mein Vorwitz über der Vorwelt Lehren,
Mit dem allwissenden Joten zu streiten.«

Brakteat: Baldur als Reitergott

FRIGG

2 »Daheim zu bleiben, Heervater, mahn ich dich
In der Asen Gehegen,
Da vom Stamm der Joten ich stärker keinen
Als Wafthrudnirn weiß.«

ODIN

3 »Viel erfuhr ich, viel versucht' ich,
Befrug der Wesen viel;
Nun will ich wissen, wie's in Wafthrudnirs
Sälen beschaffen ist.«

FRIGG

4 »Heil denn fahre, heil denn kehre,
Heil dir auf deinen Wegen!
Dein Witz bewähre sich, da du, Weltenvater,
Mit Riesen Rede tauschest.«

5 Fuhr da Odin, zu erforschen die Weisheit
Des allklugen Joten.
Er kam zu der Halle, die Ims Vater hatte;
Eintrat Yggr alsbald.

Ims Vater: Wafthrudnir

Yggr: Odin

Odin
6 »Heil dir, Wafthrudnir! In die Halle kam ich,
Dich selber zu sehen.
Zuerst will ich wissen, ob du weise bist
Und ein allwissender Jote.«

Wafthrudnir
7 »Wer ist der Mann, der in meinem Saal
Das Wort an mich wendet?
Aus kommst du nimmer aus unsern Hallen,
Wenn du nicht weiser bist.«

Gangradr: »Der wandernde Rätselrater«

Odin
8 »Gangradr heiß ich, die Wege ging ich
Durstig zu deinem Saal.
Bin weit gewandert, des Wirts, o Riese,
Und deines Empfangs bedürftig.«

Wafthrudnir
9 »Was stehst du und sprichst an der
Schwelle, Gangradr?
Nimm dir Sitz im Saale.
So wird erkannt, wer kundiger sei,
Der Gast oder der graue Redner.«

Gangradr
10 »Kehrt Armut ein beim Überfluß,
Spreche sie gut oder schweige.
Übeln Ausgang nimmt Übergeschwätzigkeit
Bei mürrischem Manne.«

Wafthrudnir
11 »Sage denn, so du von der Schwelle versuchen willst,
Gangradr, dein Glück,
Wie heißt der Hengst, der herzieht den Tag
Über der Menschen Menge?«

Skinfaxi: »Lichtmähne«. Siehe Prosa-Edda Nr. 10.

Gangradr
12 »Skinfaxi heißt er, der den schimmernden Tag zieht
Über der Menschen Menge.
Für der Füllen bestes gilt es den Völkern,
Stets glänzt die Mähne der Mähre.«

Wafthrudnir
13 »Sage denn, so du von der Schwelle versuchen willst,
Gangradr, dein Glück,
Den Namen des Rosses, der die Nacht bringt von Osten
Den waltenden Wesen?«

Gangradr

14 »Hrimfaxi heißt es, das die Nacht herzieht
Den waltenden Wesen.
Mehltau fällt ihm am Morgen vom Gebiß
Und füllt mit Tau die Täler.«

Hrimfaxi: »Reifmähne«. Siehe Prosa-Edda Nr. 10.

Wafthrudnir

15 »Sage denn, so du von der Schwelle versuchen willst,
Gangradr, dein Glück,
Wie heißt der Strom, der den Söhnen der Riesen
Den Grund teilt und den Göttern?«

Gangradr

16 »Ifing heißt der Strom, der den Söhnen der Riesen
Den Grund teilt und den Göttern.
Durch alle Zeiten zieht er offen,
Nie wird Eis ihn engen.«

Wafthrudnir

17 »Sage denn, so du von der Schwelle versuchen willst,
Gangradr, dein Glück,
Wie heißt das Feld, wo zum Kampf sich finden
Surtur und die sel'gen Götter?«

Gangradr

18 »Wigrid heißt das Feld, da zum Kampf sich finden
Surtur und die sel'gen Götter.
Hundert Rasten zählt es rechts und links:
Solcher Walplatz wartet ihrer.«

Wigrid: Schlachtfeld der Götterdämmerung. Siehe Prosa-Edda Nr. 51.

Wafthrudnir

19 »Klug bist du, Gast: Geh zu den Riesenbänken
Und laß uns sitzend sprechen.
Das Haupt stehe hier in der Halle zur Wette,
Wandrer, um weise Worte.«

Gangradr

20 »Sage zum ersten, wenn Sinn dir ausreicht
Und du es weißt, Wafthrudnir,
Erd' und Überhimmel, von wannen zuerst sie
Kamen? Kluger Jote!«

Wafthrudnir

21 »Aus Ymirs Fleisch ward die Erde geschaffen,
Aus dem Gebein die Berge,
Der Himmel aus der Hirnschale des eiskalten Hünen,
Aus seinem Schweiße die See.«

Ymir: der Urriese. Siehe Prosa-Edda Nr. 5, 6 und 8.

GANGRADR

22 »Sag mir zum andern, wenn der Sinn dir ausreicht
Und du es weißt, Wafthrudnir,
Von wannen der Mond kommt, der über die Menschen fährt,
Und so die Sonne?«

WAFTHRUDNIR

Mundilföri: siehe Prosa-Edda Nr. 11

23 »Mundilföri heißt des Mondes Vater
Und so der Sonne.
Sie halten täglich am Himmel die Runde
Und bezeichnen die Zeiten des Jahrs.«

GANGRADR

24 »Sag mir zum dritten, so du weise dünkst
Und du es weißt, Wafthrudnir,
Wer hat den Tag gezeugt, der über die Völker zieht,
Und die Nacht mit dem Neumond?«

WAFTHRUDNIR

Dellingr: siehe Prosa-Edda Nr. 10

25 »Dellingr heißt des Tages Vater,
Die Nacht ist von Nörwi gezeugt.
Des Mondes Mindern und Schwinden schufen milde Wesen,
Die Zeiten des Jahres zu bezeichnen.«

GANGRADR

Windswalir: siehe Prosa-Edda Nr. 19

26 »Sag mir zum vierten, wenn du's erforscht hast
Und es weißt, Wafthrudnir,
Wannen der Winter kam und der warme Sommer
Zuerst den güt'gen Göttern?«

WAFTHRUDNIR

27 »Windswalir heißt des Winters Vater
Und Swasudr des Sommers.
Durch alle Zeiten ziehn sie selbander,
Bis die Götter vergehen.«

GANGRADR

28 »Sag mir zum fünften, wenn du's erforscht hast
Und es weißt, Wafthrudnir,
Wer von den Asen der erste oder von Ymirs Geschlecht
Im Anfang aufwuchs?«

WAFTHRUDNIR

29 »Im Urbeginn der Zeiten vor der Erde Schöpfung
Ward Bergelmir geboren.
Drudgelmir war dessen Vater,
Örgelmir sein Ahn.«

Bergelmir: siehe Prosa-Edda Nr. 7

Gangradr

30 »Sag mir zum sechsten, wenn du sinnig dünkst
Und es weißt, Wafthrudnir,
Woher Örgelmir kam den Kindern der Riesen
Zuerst? Allkluger Jote!«

Wafthrudnir

31 »Aus den Eliwagar fuhren Eitertropfen
Und wuchsen, bis ein Riese ward.
Dann schoben Funken aus der südlichen Welt,
Und Lohe gab Leben dem Eis.«

Eliwagar:
siehe Prosa-Edda Nr. 5

Gangradr

32 »Sag mir zum siebenten, wenn du sinnig dünkst
Und es weißt, Wafthrudnir,
Wie zeugte Kinder der kühne Jötun,
Da er der Gattin irre ging?«

Wafthrudnir

33 »Unter des Reifriesen Arm wuchs, rühmt die Sage,
Dem Thursen Sohn und Tochter.
Fuß mit Fuß gewann dem furchtbaren Riesen
Sechsgehäupteten Sohn.«

Der Reifriese: Ymir.
Siehe Prosa-Edda Nr. 5.

Gangradr

34 »Sag mir zum achten, wenn man dich weise achtet,
Daß du es weißt, Wafthrudnir,
Wes gedenkt dir zuerst, was weißt du das älteste?
Du bist ein allkluger Jötun.«

Wafthrudnir

35 »Im Urbeginn der Zeiten, vor der Erde Schöpfung,
Ward Bergelmir geboren.
Des gedenk ich zuerst, daß der allkluge Jote
Im Boot geborgen ward.«

Gangradr

36 »Sag mir zum neunten, wenn man dich weise nennt
Und du es weißt, Wafthrudnir,
Woher der Wind kommt, der über die Wasser fährt,
Unsichtbar den Erdgeborenen.«

Wafthrudnir

37 »Hräswelgr heißt, der an Himmels Ende sitzt,
Im Adlerskleid ein Jötun.
Mit seinen Fittichen facht er den Wind
Über alle Völker.«

Hräswelgr:
»Leichenschwelger«.
Siehe Prosa-Edda Nr. 18.

Gangradr

38 »Sag mir zum zehnten, wenn der Götter Zeugung
Du weißt, Wafthrudnir,
Wie kam Niördr aus Noatun
Unter die Asensöhne?
Höfen und Heiligtümern hundert gebietet er
Und ist nicht asischen Ursprungs.«

Niördr: Gott der Wasserwelt und der Schifffahrt. Siehe Prosa-Edda Nr. 23.

Wafthrudnir

39 »In Wanaheim schufen ihn weise Mächte
Und sandten ihn Göttern zum Geisel.
Am Ende der Zeiten soll er aber kehren
Zu den weisen Wanen.«

Gangradr

40 »Sag mir zum elften, wenn der Asen Geschicke
Du weißt, Wafthrudnir,
In Heervaters Halle, was die Helden schaffen,
Bis die Götter vergehen?«

Wafthrudnir

41 »Die Einherier alle auf Odins Wiese
Streiten Tag für Tag;
Sie kiesen den Wal und reiten vom Kampfe heim,
Mit Asen Äl zu trinken,
Und Sährimnirs satt,
Sitzen sie friedlich beisammen.«

Einherier: die auf dem Schlachtfeld gefallenen Kämpfer. Siehe Prosa-Edda Nr. 41

Gangradr

42 »Sag mir zum zwölften, wenn der Götter Zukunft
Du alle weißt, Wafthrudnir,
Von der Joten und aller Asen Geheimnissen
Sag mir das sicherste,
Allkluger Jote.«

Wafthrudnir

43 »Von den Joten und aller Asen Geheimnissen
Kann ich Sicheres sagen.
Denn alle durchwandert hab ich die Welten,
Neun Reiche bereist' ich bis Niflhel nieder;
Da fahren die Helden zu Hel.«

Gangradr

44 »Viel erfuhr ich, viel versucht' ich,
Befrug der Wesen viel.
Wer lebt und leibt noch, wenn der lang besungne
Schreckenswinter schwand?«

Schreckenswinter: Gemeint ist der Fimbulwinter. Siehe Prosa-Edda Nr. 51.

Wafthrudnir

45 »Lif und Lifthrasir leben verborgen
In Hoddmimirs Holz.
Morgentau ist all ihr Mahl,
Von ihnen stammt ein neu' Geschlecht.«

Lif: siehe Prosa-Edda Nr. 53

Gangradr

46 »Viel erfuhr ich, viel versucht' ich,
Befrug der Wesen viel.
Wie kommt eine Sonne an den klaren Himmel,
Wenn diese Fenrir fraß?«

Wafthrudnir

47 »Eine Tochter entstammt der strahlenden Göttin,
Eh der Wolf sie würgt:
Glänzend fährt nach der Götter Fall
Die Maid auf den Wegen der Mutter.«

Strahlende Göttin: die Sonne. Siehe Prosa-Edda Nr. 53.

Gangradr

48 »Viel erfuhr ich, viel versucht' ich,
Befrug der Wesen viel.
Wie heißen die Mädchen, die das Meer der Zeit
Vorwissend überfahren?«

Wafthrudnir

49 »Drei über der Völker Vesten schweben
Mögthrasirs Mädchen,
Die einzigen Huldinnen deren auf Erden,
Wenn auch bei Riesen auferzogen.«

Mögthrasirs Mädchen: drei Nornen, Schutzgeister menschlicher Ansiedlungen

Gangradr

50 »Viel erfuhr ich, viel versucht' ich,
Befrug der Wesen viel.
Wer waltet der Asen des Erbes der Götter,
Wenn Surturs Lohe losch?«

Wenn Surturs Lohe losch: nach der Götterdämmerung

Wafthrudnir

51 »Widar und Wali walten des Heiligtums,
Wenn Surturs Lohe losch.
Modi und Magni sollen Miölnir schwingen
Und zu Ende kämpfen den Krieg.«

Widar und Wali: Odins Söhne. Sie überleben die Götterdämmerung.

Modi und Magni: Thors Söhne

Gangradr

52 »Viel erfuhr ich, viel versucht' ich,
Befrug der Wesen viel.
Was wird Odins Ende werden,
Wenn die Götter vergehen?«

WAFTHRUDNIR

53 »Der Wolf erwürgt den Vater der Welten:
Das wird Widar rächen.
Die kalten Kiefern wird er klüften
Im letzten Streit, dem starken.«

Widar: Sohn Odins. Siehe Prosa-Edda Nr. 51.

GANGRADR

54 »Viel erfuhr ich, viel versucht' ich,
Befrug der Wesen viel:
Was sagte Odin ins Ohr dem Sohn,
Eh er die Scheitern bestieg?«

Sohn: Gemeint ist Baldur.

WAFTHRUDNIR

55 »Nicht einer weiß, was in der Urzeit du
Sagtest dem Sohn ins Ohr.
Den Tod auf dem Munde meldet' ich Schicksalsworte
Von der Asen Ausgang.
Mit Odin kämpft' ich in klugen Reden:
Du wirst immer der Weiseste sein.«

Portal der Stabkirche von Urnes. 11. Jh.

Havamal

(Des Hohen Lied)

Das Havamal ist »des Hohen Lied«: das Lied des Göttervaters Odin also. Der unbekannte Autor des Liedes war bestrebt, den Eindruck zu wecken, als würde der Göttervater selbst zu den Menschen sprechen und zeitgemäße Empfehlungen geben. Dem Leser von heute vermitteln die Havamal-Verse indirekt eine Vorstellung von Lebensstil und Denkart, von Moral und Ehrbegriffen, Tugenden und Lastern, von Zauberglauben und Runenweisheiten der Germanen.

Das erste Kapitel des Havamal ist »das Sittengedicht«, in dem von Gastfreundschaft und Freundschaft, von Treue und Liebe, von Feindschaft und Rache, von Mut und Hinterlist, von Misstrauen und Vorsicht, Klugheit und Mäßigung die Rede ist. Bis zur Strophe 79 wirkt es wie aus einem Guss. Ab Strophe 80 kommt vorübergehend ein ungewohnter Rhythmus ins Lied, der sich jedoch bald wieder verliert. Die Strophen 94 bis 103 und 104 bis 110 vermitteln jeweils Lebensweisheiten anhand von zwei Erfahrungsbeispielen aus Odins Leben.

Das zweite Kapitel heißt »Loddfafnirs-Lied«, weil Odin seine Weisheiten einem Gesprächspartner gegenüber ausspricht: eben jenem Loddfafnir, den die Edda-Forschung allerdings bis heute noch nicht identifiziert hat.

Das dritte Kapitel – »Odins Runenlied« – ist der Magie gewidmet. Es beginnt mit einer mysteriösen Szene: Odin hängt neun Tage lang an einem rätselhaf-

ten Baum und befreit sich mit Hilfe von Runenzeichen. Runen nämlich sind nicht nur Schriftzeichen, sondern gelten auch als Zaubersymbole mit magischen Kräften.

Das Geheimnis dieser Runen besingt Odin im ersten Teil des Kapitels, bis zur Strophe 146. Ab Vers Nr. 147 beschäftigt sich Odin mit Liedern, die wir als Zaubergesänge, Bannsprüche oder Beschwörungsformeln verstehen müssen. Er zitiert sie nicht wörtlich, schildert aber ihre Auswirkungen. Diese Verse gehören noch zu Odins Runenlied, weil eine bisher nicht einwandfrei geklärte Beziehung der Zaubergesänge zu einzelnen Runen bestehen dürfte.

1. Das Sittengedicht

1 Der Fluchtwege versichre dich,
Ehe du einkehrst.
Denn ungewiß ist, ob Widersacher
In fremdem Hause verborgen sich halten.

2 Heil dem Geber! der Gast ist gekommen,
Wo soll er sitzen?
Atemlos ist, der unterwegs
Sein Geschäft besorgen soll.

3 Wärme wünscht, der vom Wege kommt
Mit erkaltetem Knie;
Mit Kost und Kleidern erquicke den Wandrer,
Der über Felsen fuhr.

4 Wasser bedarf, der Bewirtung sucht,
Ein Handtuch und holde Nötigung.
Mit guter Begegnung erlangt man vom Gaste
Wort und Wiedervergeltung.

5 Witz bedarf man auf weiter Reise;
Daheim hat man Nachsicht.
Zum Augengespött wird der Unwissende,
Der bei Sinnigen sitzt.

6 Doch versteif er sich nicht auf seinen Verstand,
Acht hab' er immer.
Wer klug und wortkarg zum Wirte kommt,
Schadet sich selten,
Denn festern Freund als kluge Vorsicht
Mag der Mann nicht haben.

7 Vorsichtiger Mann, der zum Mahle kommt,
Schweigt lauschend still.
Mit Ohren horcht er, mit Augen späht er
Und forscht zuvor verständig.

8 Selig ist, der sich erwirbt
Lob und guten Leumund.
Ungewiß ist doch unser Eigentum
In des andern Brust.

9 Selig ist, wer selbst sich mag
Im Leben löblich raten,
Denn übler Rat wird oft dem Mann
Aus des andern Brust.

10 Nicht beßre Bürde bringt man auf Reisen
Als Wissen und Weisheit.
So frommt das Gold in der Fremde nicht,
In der Not ist nichts so nütze.

11 Nicht üblern Begleiter gibt es auf Reisen,
Als Betrunkenheit ist,
Und nicht so gut, als mancher glaubt,
Ist Äl den Erdensöhnen,
Denn um so minder, je mehr man trinkt,
Hat man seiner Sinne Macht.

12 Der Vergessenheit Reiher überrauscht Gelage
Und stiehlt die Besinnung.
Des Vogels Gefieder befing auch mich
In Gunnlöds Haus und Gehege.

Gunnlöd: Tochter des Riesen Suttung, die den Dichtermet bewachen soll und von Odin überlistet wird. Siehe Prosa-Edda Nr. 58 und die Havamal-Strophen 104 bis 110.

13 Trunken ward ich und übertrunken
In des schlauen Fialars Felsen.
Trunk mag frommen, wenn man ungetrübt
Sich den Sinn bewahrt.

Fialars Felsen: Gemeint ist der Hnitberg Suttungs, der hier Fialar genannt wird. Siehe Prosa-Edda Nr. 58.

14 Schweigsam und vorsichtig sei des Fürsten Sohn
Und kühn im Kampf.
Heiter und wohlgemut erweise sich jeder
Bis zum Todestag.

15 Der unwerte Mann meint ewig zu leben,
Wenn er vor Gefechten flieht.
Das Alter gönnt ihm doch endlich nicht Frieden,
Obwohl der Speer ihn spart.

16 Der Tölpel glotzt, wenn er zum Gastmahl kommt,
Murmelnd sitzt er und mault.
Hat er sein Teil getrunken hernach,
So sieht man, welchen Sinns er ist.

17 Der weiß allein, der weit gereist ist
Und vieles hat erfahren,
Welchen Witzes jeglicher waltet,
Wofern ihm selbst der Sinn nicht fehlt.

18 Lange zum Becher nur, doch leer ihn mit Maß,
Sprich gut oder schweige.
Niemand wird es ein Laster nennen,
Wenn du früh zur Ruhe fährst.

19 Der gierige Schlemmer, vergißt er der Tischzucht,
Schlingt sich schwere Krankheit an;
Oft wirkt Verspottung, wenn er zu Weisen kommt,
Törichtem Mann sein Magen.

20 Selbst Herden wissen, wann zur Heimkehr Zeit ist
Und gehn vom Grase willig.
Der Unkluge kennt allein nicht
Seines Magens Maß.

21 Der Armselige, Übelgesinnte
Hohnlacht über alles
Und weiß doch selbst nicht, was er wissen sollte,
Daß er nicht fehlerfrei ist.

22 Unweiser Mann durchwacht die Nächte
Und sorgt um alle Sachen;
Matt nur ist er, wenn der Morgen kommt,
Der Jammer blieb, wie er war.

23 Ein unkluger Mann meint sich alle hold,
Die ihn lieblich anlachen.
Er versieht es sich nicht, wenn sie Schlimmes von ihm reden,
So er zu Klügern kommt.

24 Ein unkluger Mann meint sich alle hold,
Die ihm kein Widerwort geben;
Kommt er vor Gericht, so erkennt er bald,
Daß er wenig Anwälte hat.

25 Ein kluger Mann meint alles zu können,
Wenn er sich einmal zu wahren wußte.
Doch wenig weiß er, was er antworten soll,
Wenn er mit Schwerem versucht wird.

26 Ein unkluger Mann, der zu andern kommt,
Schweigt am besten still.
Niemand bemerkt, daß er nichts versteht,
Solang er zu sprechen scheut.
Nur freilich weiß, wer wenig weiß,
Auch das nicht, wann er schweigen soll.

27 Weise dünkt sich schon, wer zu fragen weiß
Und zu sagen versteht;
Doch Unwissenheit mag kein Mensch verbergen,
Der mit Leuten leben muß.

Goldblech aus Ravlunda

Schlitten aus Oseberg, Ornamentschnitzerei

28 Der schwatzt zuviel, der nimmer geschweigt
Eitel unnützer Worte.
Die zappelnde Zunge, die kein Zaum verhält,
Ergellt sich selten Gutes.

29 Mach nicht zum Spott der Augen den Mann,
Der vertrauend Schutz will suchen.
Klug dünkt sich leicht, der von keinem befragt wird.
Und mit trockner Haut daheim sitzt.

30 Klug dünkt sich gern, wer Gast den Gast
Verhöhnend, Heil in der Flucht sucht.
Oft merkt zu spät, der beim Mahle Hohn sprach,
Wie grämlichen Feind er ergrimmte.

31 Zu oft geschieht's, daß sonst nicht Verfeindete
Sich als Tischgesellen schrauben.
Dieses Aufziehn wird ewig währen;
Der Gast grollt dem Gaste.

32 Bei Zeiten nehme den Imbiß zu sich,
Der nicht zu gutem Freunde fährt.
Sonst sitzt er und schnappt und will verschmachten
Und hat zum Reden nicht Ruhe.

33 Ein Umweg ist's zum untreuen Freunde,
Wohnt er gleich am Wege;
Zum trauten Freunde führt ein Richtsteig,
Wie weit der Weg sich wende.

34 Zu gehen schickt sich, nicht zu gasten stets
An derselben Statt.
Der Liebe wird leid, der lange weilt
In des andern Haus.

35 Eigen Haus, ob eng, geht vor,
Daheim bist du Herr.
Zwei Ziegen nur und dazu ein Strohdach
Ist besser als Betteln.

36 Eigen Haus, ob eng, geht vor,
Daheim bist du Herr.
Das Herz blutet jedem, der erbitten muß
Sein Mahl alle Mittag.

37 Von seinen Waffen weiche niemand
Einen Schritt im freien Feld:
Niemand weiß unterwegs, wie bald
er seines Speers bedarf.

38 Nie fand ich so milden und kostfreien Mann,
Der nicht gerne Gab' empfing;
Mit seinem Gute so freigebig keinen,
Dem Lohn wär' leid gewesen.

39 Des Vermögens, das der Mann erwarb,
Soll er sich selbst nicht Abbruch tun:
Oft spart man dem Leiden, was man dem Lieben bestimmt;
Viel fügt sich schlimmer, als man denkt.

40 Freunde sollen mit Waffen und Gewändern sich erfreun,
Den schönsten, die sie besitzen:
Gab' und Gegengabe begründet Freundschaft,
Wenn sonst nichts entgegensteht.

41 Der Freund soll dem Freunde Freundschaft gewähren
Und Gabe gelten mit Gabe.
Hohn mit Hohn soll der Held erwidern
Und Losheit mit Lüge.

42 Der Freund soll dem Freunde Freundschaft bewahren,
Ihm selbst und seinen Freunden.
Aber des Feindes Freunde soll niemand
Sich gewogen erweisen.

43 Weißt du den Freund, dem du wohl vertraust,
Und erhoffst du Holdes von ihm,
So tausche Gesinnung und Geschenke mit ihm
Und suche manchmal sein Haus heim.

44 Weißt du den Mann, dem du wenig vertraust,
Und hoffst doch Holdes von ihm,
Sei fromm in Worten und falsch im Denken
Und zahle Losheit mit Lüge.

45 Weißt du dir wen, dem du wenig vertraust,
Weil dich sein Sinn verdächtig dünkt,
Den magst du anlachen und an dich halten:
Die Vergeltung gleiche der Gabe.

46 Jung war ich einst, da ging ich einsam
Verlaßne Wege wandern.
Doch fühlt' ich mich reich, wenn ich andere fand:
Der Mann ist des Mannes Lust.

47 Der milde, mutige Mann ist am glücklichsten,
Den selten Sorge beschleicht;
Doch der Verzagte zittert vor allem
Und geizt mit seinen Gaben.

48 Mein Gewand gab ich im Walde
Moosmännern zweien.
Bekleidet, fühlten sie Kämpen sich gleich,
Während Hohn den Nackten neckt.

49 Der Dornbusch dorrt, der im Dorfe steht,
Ihm bleibt nicht Blatt noch Borke.
So geht es dem Mann, den niemand mag:
Was soll er länger leben?

50 Heißer brennt als Feuer der Bösen
Freundschaft fünf Tage lang.
Doch sicher am sechsten ist sie erstickt
Und alle Lieb erloschen.

51 Die Gabe muß nicht immer groß sein:
Oft erwirbt man mit wenigem Lob.
Ein halbes Brot, eine Neig' im Becher
Gewann mir wohl den Gesellen.

52 Wie Körner im Sand klein an Verstand
Ist kleiner Seelen Sinn.
Ungleich ist der Menschen Einsicht,
Zwei Hälften hat die Welt.

Zwei Hälften: Gemeint sind Klugheit und Dummheit

53 Der Mann muß mäßig weise sein,
Doch nicht allzuweise.
Das schönste Leben ist dem beschieden,
Der recht weiß, was er weiß.

54 Der Mann muß mäßig weise sein,
Doch nicht allzuweise.
Des Weisen Herz erheitert sich selten,
Wenn er zu weise wird.

55 Der Mann muß mäßig weise sein,
Doch nicht allzuweise.
Sein Schicksal kenne keiner voraus,
So bleibt der Sinn ihm sorgenfrei.

56 Brand entbrennt an Brand, bis er zu Ende brennt,
Flamme belebt sich an Flamme.
Der Mann wird durch den Mann mit der Rede vertraut;
Im Verborg'nen bleibt er blöde.

57 Früh aufstehen soll, wer den andern sinnt
Um Haupt und Habe zu bringen:
Dem schlummernden Wolf glückt selten ein Fang
Noch schlafendem Mann ein Sieg.

58 Früh aufstehen soll, wer wenig Arbeiter hat,
Und schaun nach seinem Werke.
Manches versäumt, wer den Morgen verschläft:
Dem Raschen gehört der Reichtum halb.

59 Dürrer Scheite und deckender Schindeln
Weiß der Mann das Maß
Und all des Holzes, womit er ausreicht
Während der Jahreswende.

60 Rein und gesättigt reite zur Versammlung
Um schönes Kleid unbekümmert.
Der Schuh und der Hosen schäme sich niemand
Noch des Hengstes, hat er nicht guten.

61 Zu sagen und zu fragen, verstehe jeder,
Der nicht dumm will dünken.
Nur einem vertrau' er, nicht auch dem andern;
Wissen's dreie, so weiß es die Welt.

62 Verlangend lechzt, eh er landen mag,
Der Aar auf der ewigen See.
So geht es dem Mann in der Menge des Volks,
Der keinen Anwalt antrifft.

63 Der Macht muß der Mann, wenn er klug ist,
Sich mit Bedacht bedienen,
Denn bald wird er finden, wenn er sich Feinde macht,
Daß dem Starken ein Stärkrer lebt.

64 Umsichtig und verschwiegen sei ein jeder
Und im Zutraun zaghaft.
Worte, die andern anvertraut wurden,
Büßt man oft bitter.

65 An manchen Ort kam ich allzufrüh,
Allzuspät an andern.
Bald war getrunken das Bier, bald zu frisch;
Unlieber kommt immer zur Unzeit.

66 Hier und dort hätte mir Ladung gewinkt,
Wenn ich des bedurfte.
Zwei Schinken noch hingen in des Freundes Halle,
Wo ich einen schon geschmaust.

67 Feuer ist das beste dem Erdgeborenen
Und der Sonne Schein;
Nur sei Gesundheit ihm nicht versagt
Und lasterlos zu leben.

Knochennadel im Urnesstil aus Trondheim

Abschlussschnitzerei. Behelmter Kopf eines Kriegers. Sigtuna, Schweden

Bautasteine: bis zu sechs Meter hohe, unbearbeitete Gedenksteine aus dem 2. Jahrtausend vor Christus

68 Ganz unglücklich ist niemand, ist er gleich nicht gesund:
Einer hat an Söhnen Segen,
Einer an Freunden, einer an vielem Gut,
Einer an trefflichem Tun.

69 Leben ist besser, auch leben in Armut,
Der Lebende kommt noch zur Kuh.
Feuer sah ich des Reichen Reichtümer fressen,
Und der Tod stand vor der Tür.

70 Der Hinkende reite, der Handlose hüte,
Der Taube taugt noch zum Kampf.
Blind sein ist besser, als verbrannt werden:
Der Tote nützt zu nichts mehr.

71 Ein Sohn ist besser, ob spät geboren
Nach des Vaters Hinfahrt.
Bautasteine stehn am Wege selten,
Wenn sie der Sohn dem Vater nicht setzt.

72 Zwei gehören zusammen,
Und doch schlägt die Zunge das Haupt.
Unter jedem Gewand erwart ich eine Faust.

73 Der Nacht freut sich, wer des Vorrats gewiß ist,
Doch herb ist die Herbstnacht.
Fünfmal wechselt oft das Wetter;
Wieviel mehr im Monat!

74 Wer wenig weiß, der weiß auch nicht,
Daß einer oft den andern äfft;
Einer ist reich, ein andrer arm:
Den soll niemand narren.

75 Das Vieh stirbt, die Freunde sterben,
Endlich stirbt man selbst;
Doch nimmer mag ihm der Nachruhm sterben,
Welcher sich guten gewann.

76 Das Vieh stirbt, die Freunde sterben,
Endlich stirbt man selbst;
Doch eines weiß ich, das immer bleibt:
Das Urteil über den Toten.

77 Volle Speicher sah ich bei Reichtums Söhnen,
Die heuer am Hungertuch nagen:
Überfluß währt einen Augenblick,
Dann flieht er, der falscheste Freund.

78 Der alberne Geck, gewinnt er etwa
Gut oder Gunst der Frauen,

Gleich schwillt ihm der Kamm, doch die Klugheit nicht;
Nur im Hochmut nimmt er zu.

79 Was wirst du finden, befragst du die Runen
Die hochheiligen,
Welche Götter schufen, Hohepriester schrieben? –
Daß nichts besser sei als Schweigen.

Runen befragen: das Orakel befragen. Runen sind nicht nur Schriftzeichen, sondern auch Zaubersymbole.

80 Den Tag lob abends, die Frau im Tode,
Das Schwert, wenn's versucht ist,
Die Braut nach der Hochzeit, eh es bricht das Eis,
Das Äl, wenn's getrunken ist.

81 Im Sturm fäll den Baum, stich bei Fahrwind in See,
Mit der Maid spiel im Dunkeln: manch Auge hat der Tag.
Das Schiff ist zum Segeln, der Schild zum Decken gut,
Die Klinge zum Hiebe, zum Küssen das Mädchen.

82 Trink Äl am Feuer, auf Eis lauf Schrittschuh,
Kauf mager das Roß und rostig das Schwert.
Zieh den Hengst daheim, den Hund im Vorwerk.

83 Mädchenreden vertraue kein Mann
Noch der Weiber Worten.
Auf geschwungenem Rad geschaffen ward ihr Herz,
Betrug in der Brust verborgen.

Geschwungenes Rad: Gemeint ist die Töpferscheibe, auf der vielfältige Formen hergestellt werden können.

84 Krachendem Bogen, knisternder Flamme,
Schnappendem Wolf, geschwätziger Krähe,
Grunzender Bache, wurzellosem Baum,
Schwellender Meerflut, sprudelndem Kessel;

85 Fliegendem Pfeil, fallender See,
Einnächt'gem Eis, geringelter Natter,
Bettrede der Dirne, bruchigem Schwert,
Kosendem Bären und Königskinde;

86 Siechem Kalb, gefälligem Knecht,
Wahrsagendem Weib, auf der Walstatt Besiegtem,
Heiterm Himmel, lachendem Herrn,
Hinkendem Köter und Trauerkleidern;

87 Dem Mörder deines Bruders, wie breit wär' die Straße,
Halbverbranntem Haus, windschnellem Hengst
(Bricht ihm ein Bein, so ist er unbrauchbar):
Dem allen soll niemand voreilig trauen.

88 Frühbesätem Feld trau nicht zu viel
Noch altklugem Kind.
Wetter braucht die Saat und Witz das Kind:
Das sind zwei zweiflige Dinge.

89 Die Liebe der Frau, die falschen Sinn hegt,
Gleicht unbeschlagenem Roß auf schlüpfrigem Eis,
Mutwillig, zweijährig und übel gezähmt;
Oder steuerlosem Schiff auf stürmender Flut;
Der Jagdlust des Lahmen auf glatter Bergwand.

90 Offen bekenn ich, der beide wohl kenne,
Der Mann ist dem Weibe wandelbar;
Wir reden am schönsten, wenn wir am schlechtesten denken:
So wird die Klügste geködert.

91 Schmeichelnd soll reden und Geschenke bieten,
Wer des Mädchens Minne will,
Den Liebreiz loben der leuchtenden Jungfrau;
So fängt sie der Freier.

92 Der Liebe verwundern soll sich kein Weiser
An dem andern Mann.
Oft fesselt den Klugen, was den Toren nicht fängt,
Liebreizender Leib.

93 Unklugheit wundre keinen am andern,
Denn viele befällt sie.
Weise zu Tröpfen verwandelt auf Erden
Der Minne Macht.

94 Das Gemüt weiß allein, das dem Herzen innewohnt.
Und seine Neigung verschließt:
Daß ärger Übel den Edeln nicht quälen mag
Als Liebesleid.

95 Selbst erfuhr ich das, als ich im Schilfe saß
Und meiner Holden harrte.
Herz und Seele war mir die süße Maid,
Gleichwohl erwarb ich sie nicht.

Billung: nicht erklärbar. Die bis Strophe 103 geschilderte Begebenheit hat keine Entsprechung in anderen Liedern.

96 Ich fand Billungs Maid auf ihrem Bette,
Weiß wie die Sonne, schlafend.
Aller Fürsten Freude fühlt' ich nichtig,
Sollt ich länger ohne sie leben.

97 »Am Abend sollst du, Odin, kommen,
Wenn du die Maid gewinnen willst.
Nicht ziemt es sich, daß mehr als zwei
Von solcher Sünde wissen.«

98 Ich wandte mich weg, Erwidrung hoffend,
Ob noch der Neigung ungewiß;
Jedennoch dacht' ich, ich dürft erringen
Ihre Gunst und Liebesglück.

99 So kehrt' ich wieder: da war zum Kampf
Strenge Schutzwehr auferweckt,
Mit brennenden Lichtern, mit lodernden Scheitern
Mir der Weg verwehrt zur Lust.

100 Am folgenden Morgen fand ich mich wieder ein,
Da schlief im Saal das Gesind';
Ein Hündlein sah ich statt der herrlichen Maid
An das Bett gebunden.

101 Manche schöne Maid, wer's merken will,
Ist dem Freier falsch gesinnt.
Das erkannt' ich klar, als ich das kluge Weib
Verlocken wollte zu Listen.
Jegliche Schmach tat die Schlaue mir an,
Und wenig ward mir des Weibes.

102 Munter sei der Hausherr und heiter bei Gästen
Nach geselliger Sitte,
Besonnen und gesprächig: so schein' er verständig
Und rate stets zum Rechten.

103 Der wenig zu sagen weiß, wird ein Erztropf genannt,
Es ist des Albernen Art.

104 Den alten Riesen besucht' ich, nun bin ich zurück;
Mit Schweigen erwarb ich da wenig.
Manch Wort sprach ich zu meinem Gewinn
In Suttungs Saal.

Der alte Riese: Suttung. Die folgenden Verse beziehen sich auf die in Prosa-Edda Nr. 58 geschilderte Geschichte, wie Odin den Dichtermet erbeutet hat.

105 Gunnlöd schenkte mir auf goldenem Sessel
Einen Trunk des teuern Mets.
Übel vergolten hab ich gleichwohl
Ihrem heiligen Herzen,
Ihrer glühenden Gunst.

106 Ratamund ließ ich den Weg mir räumen
Und den Berg durchbohren;
In der Mitte schritt ich zwischen Riesensteigen
Und hielt mein Haupt der Gefahr hin.

Ratamund: der in Prosa-Edda Nr. 58 erwähnte Bohrer Rati

Odhrörir: der Kessel, in dem der Dichtermet aufbewahrt wird. Siehe Prosa Edda Nr. 57.

107 Schlauer Verwandlungen Frucht erwarb ich,
Wenig mißlingt dem Listigen.
Denn Odhrörir ist aufgestiegen
Zur weitbewohnten Erde.

108 Zweifel heg ich ob ich heim wär' gekehrt
Aus der Riesen Reich,
Wenn mir Gunnlöd nicht half, die gute Maid,
Die den Arm um mich schlang.

109 Die Eisriesen eilten des andern Tags
Des Hohen Rat zu vernehmen
In des Hohen Halle.
Sie fragten nach Bölwerkr, ob er heimgefahren sei
Oder ob er durch Suttung fiel.

Ringeid: ein feierlicher Schwur, geleistet über einem mit dem Blut von Opfertieren gefärbten Silberring

110 Den Ringeid, sagt man, hat Odin geschworen:
Wer traut noch seiner Treue?
Den Suttung beraubt' er mit Ränken des Mets
Und ließ Gunnlöd sich grämen.

11. Loddfafnirs-Lied

Urd: Norne der Vergangenheit

111 Zeit ist's zu reden vom Rednerstuhl.
An Urdas Brunnen
Saß ich und schwieg, saß ich und dachte
Und merkte der Männer Reden.

112 Von Runen hört' ich reden und vom Ritzen der Schrift
Und vernahm auch nütze Lehren.
Bei des Hohen Halle, in des Hohen Halle
Hört' ich sagen so:

113 Das rat ich, Loddfafnir, vernimm die Lehre,
Wohl dir, wenn du sie merkst.
Steh nachts nicht auf, wenn die Not nicht drängt,
Du wärst denn zum Wächter geordnet.

114 Das rat ich, Loddfafnir, vernimm die Lehre,
Wohl dir, wenn du sie merkst.
In der Zauberfrau Schoß schlafe du nicht,
So daß ihre Glieder dich gürten.

115 Sie betört dich so, du entsinnst dich nicht mehr
Des Gerichts und der Rede der Fürsten,
Gedenkst nicht des Mahls noch männlicher Freuden,
Sorgenvoll suchst du dein Lager.

116 Das rat ich, Loddfafnir, vernimm die Lehre,
Wohl dir, wenn du sie merkst.
Des andern Frau verführe du nicht
Zu heimlicher Zwiesprach'.

117 Das rat ich, Loddfafnir, vernimm die Lehre,
Wohl dir, wenn du sie merkst.
Über Furten und Felsen so du zu fahren hast,
So sorge für reichliche Speise.

118 Dem Übeln Mann eröffne nicht,
Was dir Widriges widerfährt:
Von argen Mann erntest du doch nimmer
So guten Vertrauns Vergeltung.

119 Verderben stiften einem Degen sah ich
Übeln Weibes Wort:
Die giftige Zunge gab ihm den Tod,
Nicht seine Schuld.

Degen: Kämpfer

120 Gewannst du den Freund, dem du wohl vertraust,
So besuch ihn nicht selten,
Denn Strauchwerk grünt und hohes Gras
Auf dem Weg, den niemand wandelt.

121 Das rat ich, Loddfafnir, vernimm die Lehre,
Wohl dir, wenn du sie merkst.
Guten Freund gewinne dir zu erfreuender Zwiesprach';
Heilspruch lerne, solange du lebst.

122 Altem Freunde sollst du der erste
Den Bund nicht brechen.
Das Herz frißt dir Sorge, magst du keinem mehr sagen
Deine Gedanken all.

123 Das rat ich, Loddfafnir, vernimm die Lehre,
Wohl dir, wenn du sie merkst.
Mit ungesalznem Narren sollst du
Nicht Worte wechseln.

124 Von albernem Mann magst du niemals
Guten Lohn erlangen.
Nur der Wackere mag dir erwerben
Guten Leumund durch sein Lob.

125 Das ist Seelentausch: Sagt einer getreulich
Dem andern alles, was er denkt.
Nichts ist übler als unstet sein.
Der ist kein Freund, der zu Gefallen spricht.

126 Das rat ich, Loddfafnir, vernimm die Lehre,
Wohl dir, wenn du sie merkst.
Drei Worte nicht sollst du mit dem Schlechten wechseln:
Oft unterliegt der Gute,
Der mit dem Schlechten streitet.

127 Schuhe nicht sollst du noch Schäfte machen
Für andre als für dich:
Sitzt der Schuh nicht, ist krumm der Schaft,
Wünscht man dir alles Übel.

Fischbeinschnitzerei aus dem nördlichen Norwegen

128 Das rat ich, Loddfafnir, vernimm die Lehre,
Wohl dir, wenn du sie merkst.
Wo Not du findest, deren nimm dich an;
Doch gib dem Feind nicht Frieden.

129 Das rat ich, Loddfafnir, vernimm die Lehre,
Wohl dir, wenn du sie merkst.
Dich soll andrer Unglück nicht freuen;
Ihren Vorteil laß dir gefallen.

130 Das rat ich, Loddfafnir, vernimm die Lehre,
Wohl dir, wenn du sie merkst.
Nicht aufschaun sollst du im Schlachtgetöse:
Ebern ähnlich werden oft Erdenkinder;
So aber zwingt dich kein Zauber.

131 Willst du ein gutes Weib zu deinem Willen bereden
Und Freude bei ihr finden,
So verheiß ihr Holdes und halt es treulich:
Des Guten wird die Maid nicht müde.

132 Sei vorsichtig, doch sei's nicht allzusehr,
Am meisten sei's beim Met
Und bei des andern Weib; auch wahre dich
Zum dritten vor der Diebe List.

133 Mit Schimpf und Hohn verspotte nicht
den Fremden noch den Fahrenden.
Selten weiß, wer zu Hause sitzt,
Wie edel ist, der einkehrt.

134 Laster und Tugenden liegen den Menschen
In der Brust beisammen.
Kein Mensch ist so gut, daß nichts ihm mangle,
Noch so böse, daß er zu nichts nützt.

Haarloser Redner: alter Redner

135 Haarlosen Redner verhöhne nicht:
Oft ist gut, was der Greis spricht.
Aus welker Haut kommt oft weiser Rat;
Hängt ihm die Hülle gleich.

136 Das rat ich, Loddfafnir, vernimm die Lehre,
Wohl dir, wenn du sie merkst.
Den Wandrer fahr nicht an noch weis ihm die Tür:
Gib dem Gehrenden gern.

Gehrenden: Begehrenden

137 Stark wäre der Riegel, der sich rücken sollte,
Allen aufzutun.
Gib einen Scherf; dies Geschlecht sonst wünscht
Dir alles Unheil an.

Scherf: alte kleine Münze (Scherflein)

138 Dies rat ich, Loddfafnir, vernimm die Lehre,
Wohl dir, wenn du sie merkst.
Wo Äl getrunken wird, rufe die Erdkraft an:

Erde trinkt und wird nicht trunken.
Feuer hebt Krankheit, Eiche Verhärtung,
Ähre Vergiftung,
Die Halle häuslichen Hader.
Mond mindert Tobsucht,
Hundsbiß heilt Hundshaar,
Rune Beredung;
Die Erde nehme Naß auf.

Beredung: Verfluchung, die mit der Zauberkraft von Runen gebannt werden kann

III. Odins Runenlied

139 Ich weiß, daß ich hing am windigen Baum
Neun lange Nächte,
Vom Speer verwundet, dem Odin geweiht,
Mir selber ich selbst,
Am Ast des Baums, dem man nicht ansehn kann,
Aus welcher Wurzel er sproß.

140 Sie boten mir nicht Brot noch Met;
Da neigt' ich mich nieder
Auf Runen sinnend, lernte sie seufzend:
Endlich fiel ich zur Erde.

141 Hauptlieder neun lernt' ich von dem weisen Sohn
Bölthorns, des Vaters Bestlas,
Und trank einen Trunk des teuern Mets
Aus Odhrörir geschöpft.

Bestla: Odins Mutter

Met: Gemeint ist der Dichtermet aus dem Kessel Odhrörir.

142 Zu gedeihen begann ich und begann zu denken,
Wuchs und fühlte mich wohl.
Wort aus dem Wort verlieh mir das Wort,
Werk aus dem Werk verlieh mir das Werk.

143 Runen wirst du finden und Ratstäbe,
Sehr starke Stäbe,

Sehr mächtige Stäbe.
Erzredner ersann sie, Götter schufen sie,
Sie ritzte der hehrste der Herrscher:

144 Odin den Asen, den Alfen Dain,
Dwalin den Zwergen,
Alswidr aber den Riesen; einige schnitt ich selbst.

145 Weißt du zu ritzen? Weißt zu erraten?
Weißt du zu finden? Weißt zu erforschen?
Weißt du zu bitten? Weißt Opfer zu bieten?
Weißt du, wie man senden, weißt, wie man ändern soll?

146 Besser ungebeten als zuviel geboten:
Der Gabe wird stets Vergeltung.
Besser nichts gesendet als zuviel geändert;
So ritzt' es Thundr zur Richtschnur den Völkern.
Dahin entwich er, von wannen er ausging.

Thundr: Odin

147 Lieder kenn ich, die kann die Königin nicht
Und keines Menschen Kind.
Hilfe verheißt mir eins, denn helfen mag es
In Streiten und Zwisten und in allen Sorgen.

Lieder Gemeint sind Zauberlieder, Bannsprüche, Beschwörungsformeln.

148 Ein andres weiß ich, des alle bedürfen,
Die heilkundig heißen.

149 Ein drittes weiß ich, des ich bedarf,
Meine Feinde zu fesseln.
Die Spitze stumpf ich dem Widersacher;
Mich verwunden nicht Waffen noch Listen.

150 Ein viertes weiß ich, wenn der Feind mir schlägt
In Bande die Bogen der Glieder,
Sobald ich es singe, so bin ich ledig,
Von den Füßen fällt mir die Fessel,
Der Haft von den Händen.

151 Ein fünftes kann ich: Fliegt ein Pfeil gefährdend
Übers Heer daher,
Wie hurtig er fliege, ich mag ihn hemmen,
Erschau ich ihn nur mit dem Scharfblick.

152 Ein sechstes kann ich, so wer mich versehrt
Mit harter Wurzel des Holzes:
Den andern allein, der mir es antut,
Verzehrt der Zauber, ich bleibe frei.

153 Ein siebentes weiß ich, wenn hoch der Saal steht
Über den Leuten in Lohe,

Wie breit sie schon brenne, ich berge sie noch:
Den Zauber weiß ich zu zaubern.

154 Ein achtes weiß ich, das allen wäre
Nützlich und nötig:
Wo unter Helden Hader entbrennt,
Da mag ich schnell ihn schlichten.

155 Ein neuntes weiß ich, wenn Not mir ist,
Vor der Flut das Fahrzeug zu bergen,
So wend ich den Wind von den Wogen ab
Und beschwichtige rings die See.

156 Ein zehntes kann ich, wenn Zaunreiterinnen
Durch die Lüfte lenken,
So wirk ich so, daß sie wirre zerstäuben
Und als Gespenster schwinden.

Zaunreiterinnen: Hexen

157 Ein elftes kann ich, wenn ich zum Angriff soll
Die treuen Freunde führen,
In den Schild sing ich's, so ziehn sie siegreich
Heil in den Kampf, heil aus dem Kampf,
Bleiben heil, wohin sie ziehn.

Schild: Hinweis auf den von Tacitus überlieferten germanischen »Schildgesang«

158 Ein zwölftes kann ich, wo am Zweige hängt
Vom Strang erstickt ein Toter,
Wie ich ritze das Runenzeichen,
So kommt der Mann und spricht mit mir.

159 Ein dreizehntes kann ich, soll ich ein Degenkind
In die Taufe tauchen,
So mag er nicht fallen im Volksgefecht,
Kein Schwert mag in versehren.

Degenkind:
Kind eines Kämpfers

160 Ein vierzehntes kann ich, soll ich dem Volke
Der Götter Namen nennen,
Asen und Alfen kenn ich allzumal;
Wenige sind so weise.

161 Ein fünfzehntes kann ich, das Völkrörir der Zwerg
Vor Dellings Schwelle sang:
Den Asen Stärke, den Alfen Gedeihn,
Hohe Weisheit dem Hroptatyr.

Volkrörir:
unklar; vielleicht der Morgen

Delling oder Dellingr: »Dämmerung«, möglicherweise identisch mit dem dritten Gemahl der Nacht. Siehe Prosa-Edda Nr. 10.

Hroptatyr: Odin

162 Ein sechzehntes kann ich, will ich schöner Maid
In Lieb und Lust mich freuen,
Den Willen wandl ich der Weißarmigen,
Daß ganz ihr Sinn sich mir gesellt.

163 Ein siebzehntes kann ich, daß schwerlich wieder
Die holde Maid mich meidet.

Dieser Lieder, magst du, Loddfafnir,
Lange ledig bleiben.
Doch wohl dir, weißt du sie,
Heil dir, behältst du sie,
Selig, singst du sie!

164 Ein achtzehntes weiß ich, das ich aber nicht singe
Vor Maid noch Mannesweibe
Als allein vor ihr, die mich umarmt,
Oder sei es meiner Schwester.
Besser ist, was einer nur weiß:
So frommt das Lied mir lange.

165 Des Hohen Lied ist gesungen
Zu des Hohen Halle,
Den Erdensöhnen nütz, unnütz den Riesensöhnen,
Wohl ihm, der es kann, wohl ihm, der es kennt,
Lange lebt, der es erlernt,
Heil allen, die es hören.

Baldrs draumar oder Vegtamskvidha

(Baldurs Träume oder das Wegtamslied)

In Baldrs draumar wird von des Sonnengottes Baldur düsteren Traumvisionen berichtet, die schon in der Prosa-Edda Nr. 49 als Vorzeichen seiner Ermordung – und damit auch der bevorstehenden Götterdämmerung – erwähnt werden. Als eigene, von der Prosa-Edda unabhängige Geschichte wird nun in diesem Lied geschildert, wie Odin sich verkleidet zur Seherin Wala oder Wöla begibt, die unweit der Unterwelt Helheim in einer Höhle totähnlich schläft. Er weckt sie mit einem Zauberlied, gibt sich als Wegtam (»wegkundiger Wanderer«) aus, erbittet einen Blick in die Zukunft und erfährt von Einzelheiten des bevorstehenden Mordes an Baldur. Edda-Forscher haben viel gerätselt, wieso Wala nach Wegtams Frage in der schwer übersetzbaren Strophe Nr. 12 die wahre Identität Odins plötzlich durchschaut. Vielleicht liegt es daran, dass Wegtam eine Frage stellt, die sich auf eine Begebenheit nach Baldurs Tod bezieht: eine Frage mithin, die nur stellen kann, wer – wie Odin selbst – in die Zukunft zu schauen vermag.

1 Die Asen eilten all zur Versammlung
Und die Asinnen all zum Gespräch:
Darüber berieten die himmlischen Richter sich,
Warum den Baldur böse Träume schreckten?

Silberanhänger aus Schweden. Walküre, die ein Trinkhorn darbietet. 6. Jh.

(Ihm schien der schwere Schlaf ein Kerker,
Verschwunden des süßen Schlummers Labe.
Da fragten die Fürsten vorschau'nde Wesen,
Ob ihnen das wohl Unheil bedeute?

Die Gefragten sprachen: »Dem Tode verfallen ist
Ullers Freund, so einzig lieblich.«
Darob erschraken Swafnir und Frigg,
Und alle die Fürsten, sie faßten den Schluß:

»Wir wollen besenden die Wesen alle,
Frieden erbitten, daß sie Baldurn nicht schaden.«
Alles schwur Eide, ihn zu verschonen;
Frigg nahm die festen Schwür' in Empfang.

Allvater achtete das ungenügend,
Verschwunden schienen ihm die Schutzgeister all.
Die Asen berief er, Rat zu heischen;
Am Mahlstein gesprochen ward mancherlei.)

2 Auf stand Odin der Allerschaffer
Und schwang den Sattel auf Sleipnirs Rücken.
Nach Niflhel hernieder ritt er;
Da kam aus Hels Haus ein Hund ihm entgegen.

3 Blutbefleckt vorn an der Brust,
Kiefer und Rachen klaffend zum Biß,
So ging er entgegen mit gähnendem Schlund
Dem Vater der Lieder und bellte laut.
Fort ritt Odin, die Erde dröhnte,
Zu dem hohen Hause kam er der Hel.

Die vier eingeklammerten Verse stammen nicht aus dem Originaltext Baldrs draumar, sondern aus einer älteren Handschrift, wurden aber hier eingefügt, da sie dem Verständnis dienen.

Ullers Freund: Baldur

Sleipnir:
Odins achtbeiniger Hengst

Niflhel: Totenreich

Hel: Totengöttin

Wala: eine Zaubernorne

4 Da ritt aber Odin ans östliche Tor,
Wo er der Wala wußte den Hügel.
Das Wecklied begann er der Weisen zu singen,
Nach Norden schauend, schlug er mit dem Stabe,
Sprach die Beschwörung, Bescheid erheischend,
Bis gezwungen sie aufstand, Unheil verkündend.

Wala

5 »Welcher der Männer, mir unbewußter,
Schafft die Beschwerde mir solchen Gangs?
Schnee beschneite mich, Regen beschlug mich,
Tau beträufte mich, tot war ich lange.«

Odin

Wegtam: »Der Weggewohnte«

Waltam: »Der Kampfgewohnte«

Baugen: Ringe

6 »Ich heiße Wegtam, bin Waltams Sohn.
Wie ich von der Oberwelt, sprich von der Unterwelt.
Wem sind die Bänke mit Baugen bestreut,
Die glänzenden Betten mit Gold bedeckt?«

Wala

7 »Hier steht dem Baldur der Becher eingeschenkt,
Der schimmernde Trank, vom Schild bedeckt.
Die Asen alle sind ohne Hoffnung.
Genötigt sprach ich, nun will ich schweigen.«

Wegtam

8 »Schweige nicht, Wala, ich will dich fragen,
Bis alles ich weiß. Noch wüßt ich gern:
Welcher der Männer ermordet Baldurn,
Wird Odins Erben das Ende fügen?«

Wala

Hieher: ins Totenreich Niflhel, wo außer der Hel auch die Wala wohnt

Odins Erbe: Baldur

9 »Hieher bringt Hödur den hohen berühmten,
Er wird der Mörder werden Baldurs,
Wird Odins Erben das Ende fügen.
Genötigt sprach ich, nun will ich schweigen.«

Wegtam

10 »Schweige nicht, Wala, ich will dich fragen,
Bis alles ich weiß. Noch wüßt ich gern:
Wer wird uns Rache gewinnen an Hödur,
Und zum Holzstoß bringen Baldurs Mörder?«

Zum Holzstoß bringen: zum Scheiterhaufen bringen; sinnbildlich für Rache nehmen

Wala

Sohn: Wali, der eine Nacht nach seiner Geburt schon so stark ist, dass er Baldurs Mörder, Hödur, töten kann

11 »Rinda im Westen gewinnt den Sohn,
Der einnächtig, Odins Erbe, zum Kampf geht.
Er wäscht die Hand nicht, das Haar nicht kämmt er,
Bis er zum Holzstoß brachte Baldurs Mörder.
Genötigt sprach ich, nun will ich schweigen!«

Wegtam

12 »Schweige nicht, Wala, ich will dich fragen,
Bis alles ich weiß. Noch wüßt ich gern:
Wie heißt das Weib, das nicht weinen will
Und himmelan werfen des Hauptes Schleier?
Sage das eine noch, nicht eher schläfst du.«

Das Weib, das nicht weinen will: die Riesin Thöck, die als einzige sich weigert, Baldur »aus Hels Gewalt zu weinen«. Siehe Prosa-Edda Nr. 49. Übersetzung und Deutung dieser Strophe sind nicht völlig sicher.

Wala

13 »Du bist nicht Wegtam, wie erst ich wähnte.
Odin bist du, der Allerschaffer.«

Odin

14 »Du bist keine Wala, kein wissendes Weib,
Vielmehr bist du dreier Thursen Mutter.«

Wala

15 »Heim reit nun, Odin, und rühme dich:
Kein Mann kommt mehr, mich zu besuchen,
Bis los und ledig Loki der Bande wird
Und der Götter Dämmerung verderbend einbricht.«

Völuspa

(Der Seherin Weissagung)

Die Völuspa ist das am schwersten verständliche Edda-Lied. Viele Weissagungen der Seherin Völa (auch Wöla oder Wala) konnten Edda-Forscher bis heute nicht erklären. Erschwert wird das Verständnis für die Völuspa dadurch, dass die Seherin von sich selbst manchmal in der ersten Person, manchmal in der dritten Person spricht und dabei Begriffe vorträgt, die zweideutig sind oder in der gesamten Edda-Literatur keine vergleichbare Entsprechung haben. Auch muss befürchtet werden, dass Verse des Originals falsch aneinandergereiht wurden oder verlorengegangen sind. Trotzdem gilt die Völuspa als das berühmteste Edda-Lied von höchstem poetischem Wert. Bemerkenswert ist, dass dieses von Runenweisheit und mystischen Visionen, von germanischem Mythos und vom Rhythmus uralter Dichtung bestimmte Lied mit dem Erscheinen von Christus ausklingt.

1 Allen Edeln gebiet ich Andacht,
Hohen und Niedern von Heimdalls Geschlecht;
Sie wollen, daß ich Walvaters Wirken künde,
Die ältesten Sagen, der ich mich entsinne.

Heimdalls Geschlecht: die Menschen

Walvater: Odin

2 Riesen acht ich, die Urgebornen,
Die mich vor Zeiten erzogen haben.
Neun Welten kenn ich, neun Äste weiß ich
Vom starken Stamm im Staub der Erde.

Der starke Stamm: die Weltesche Yggdrasil. Siehe Prosa-Edda Nr. 15.

Brakteat mit Baldurs Tod, Dänemark

Ymir: siehe Prosa-Edda Nr. 41

3 Einst war das Alter, da Ymir lebte,
Da war nicht Sand, nicht See, nicht salz'ge Wellen,
Nicht Erde fand sich noch Überhimmel:
Gähnender Abgrund und Gras nirgend.

Gähnender Abgrund: Ginnungagap. Siehe Prosa-Edda Nr. 5.

4 Bis Börs Söhne den Boden erhoben.
Sie, die das mächtige Midgard schufen.
Die Sonne von Süden schien auf die Felsen,
Und dem Grund entgrünte grüner Lauch.

Börs Söhne: Odin, Wili, We. Siehe Prosa-Edda Nr. 6.

5 Die Sonne von Süden, des Mondes Gesellin,
Hielt mit der rechten Hand den Himmelsrand.
Sonne wußte nicht, wo sie Sitz hätte,
Mond wußte nicht, was er Macht hätte,
Die Sterne wußten nicht, wo sie Stätte hätten.

6 Da gingen die Berater zu den Richterstühlen,
Hochheil'ge Götter hielten Rat.
Der Nacht und dem Neumond gaben sie Namen,
Hießen Morgen und Mitte des Tags,
Under und Abend, die Zeiten zu ordnen.

Under: Nachmittag

7 Die Asen einten sich auf dem Idafelde,
Hof und Heiligtum hoch sich zu wölben.
Übten die Kräfte alles versuchend,

Idafeld: Versammlungsort der Asen

Erbauten Essen und schmiedeten Erz,
Schufen Zangen und schön Gezäh.

8 Auf der Wiese warfen sie heiter die Würfel
Und darbten goldner Dinge noch nicht.
Bis drei der Thursentöchter kamen,
Reich an Macht, aus Riesenheim.

9 Da gingen die Berater zu den Richterstühlen,
Hochheil'ge Götter hielten Rat,
Wer schaffen sollte der Zwerge Geschlecht
Aus Brimirs Blut und blauen Gliedern.

10 Da ward Modsognir der mächtigste
Dieser Zwerge und Durin nach ihm.
Noch manche machten sie menschengleich
Der Zwerge von Erde, wie Durin angab.

11 Nyi und Nidi, Nordri und Sudri,
Austri und Westri, Althiofr, Dwalin,
Nar und Nain, Nipingr, Dain,
Biwör, Bawör, Bömbur, Nori,
Ann und Anarr, Ali, Miödwitnir.

12 Weigr, Gandalfr, Windalfr, Thrain,
Theckr und Thorin, Thror, Witr und Litr,
Nar und Nyradr; nun sind diese Zwerge,
Regin und Radswidr, richtig aufgezählt.

13 Fili, Kili, Fundin, Nali,
Hepti, Wili, Hanar und Swior,
Billingr, Bruni, Wildr, Buri,
Frar, Hornbori, Frägr und Loni,
Aurwangr, Jari, Eikinskjaldi.

14 Zeit ist's, die Zwerge von Dwalins Zunft
Den Leuten zu leiten bis Lofar hinauf,
Die aus Gestein und Klüften strebten
Von Aurwangs Tiefen zum Erdenfeld.

15 Da war Draupnir, und Dolgthrasir,
Har, Haugspori, Hläwangr, Gloi,
Skirwir, Wirwir, Skafidr, Ai,
Alfr und Yngwi, Eikinskjaldi.

16 Fialar und Frosti, Finnar und Ginnar,
Heri, Höggstari, Hliodolfr, Moin.
Solange Menschen leben auf Erden,
Wird zu Lofar hinauf ihr Geschlecht geleitet.

Dwalin: ein Zwerg, der zauberkräftige Schwerter schmieden kann, Vater einiger Nornen. Siehe Prosa-Edda Nr. 15.

Aurwangs Tiefen: unterirdische Wohnstatt des Zwerges Aurwang.

Die drei: Odin, Wili und We. Siehe Prosa-Edda Nr. 6.

17 Gingen da dreie aus dieser Versammlung,
Mächtige und milde Asen zumal,
Fanden am Ufer unmächtig
Ask und Embla und ohne Bestimmung.

Ask und Embla: von ihnen stammen die Menschen. Siehe Prosa-Edda Nr. 9.

Hönir: Wili

Lodur: We; vielleicht identisch mit Loki

18 Besaßen nicht Seele und Sinn noch nicht,
Nicht Blut noch Bewegung, noch blühende Farbe.
Seele gab Odin, Hönir gab Sinn,
Blut gab Lodur und blühende Farbe.

Yggdrasil: Weltesche. Siehe Prosa-Edda Nr. 15.

19 Eine Esche weiß ich stehen, heißt Yggdrasil,
Den hohen Stamm netzt weißer Schaum;
Davon kommt der Tau, der in die Täler fällt.
Immergrün steht er über Urds Brunnen.

Frauen: Nornen. Siehe Prosa-Edda Nr. 15.

Stäbe: Die Zauber- und Schriftzeichen der Runen wurden in Stäbe geschnitten.

20 Davon kommen Frauen, vielwissende,
Drei aus dem See dort bei dem Stamm:
Urd heißt die eine, die andre Werdandi;
Sie schnitten Stäbe; Skuld hieß die dritte.
Sie legten Lose, das Leben bestimmten sie
Den Menschengeschlechtern, das Schicksal verkündend.

Sie: Damit ist die Wöla gemeint, die mehrmals in der Dritten Person von sich selbst spricht.

Der Alte: Odin

21 Allein saß sie außen, da der Alte kam,
Der grübelnde Ase, und mir ins Auge sah.

Mimir: der weise Riese, dem Odin ein Auge opferte, um aus dem Brunnen der Weisheit trinken zu dürfen. Siehe Prosa-Edda Nr. 15.

22 Warum fragt ihr mich? Was erforscht ihr mich?
Alles weiß ich, Odin, wo du dein Auge bargst:
In der vielbekannten Quelle Mimirs.
Met trinkt Mimir allmorgendlich
Aus Walvaters Pfand: Wißt ihr noch mehr – und was?

Ihr: der Wöla

23 Ihr gab Heervater Halsband und Ringe,
Goldne Sprüche und spähenden Sinn.
Da sah sie weit und breit über die Welten all.

24 Sie sah Walküren weither kommen,
Bereit, zu reiten zum Rat der Götter.
Skuld hielt den Schild, Skögul war die andre,
Gunn, Hilde, Göndul und Geirskögul.
Nun sind genannt die Nornen Odins,
Die als Walküren die Welt durchreiten.

Gullweig: »Goldrausch« oder »Goldkraft« Die Strophen 25 und 26 geben zu vielfältigen Deutungen Anlass. Wahrscheinlich ist gemeint, dass Gold schmelzen und damit nutzbar machen die Menschen zur Habgier verführt.

25 Da wurde Mord in der Welt zuerst,
Da sie mit Geren Gullweig stießen
Und sie in des Hohen Halle verbrannten.
Dreimal verbrannt ist sie dreimal geboren,
Oft, unselten, doch ist sie am Leben.

26 Heid hieß man sie, wohin sie kam,
Wohlredende Wala wußte sie Zauber.
Sudkunst konnte sie, Sudkunst übte sie,
Übler Leute Liebling allezeit.

Heid: »Habgier«, personifiziert als Zauberin. Möglich, dass sich die Wala selbst meint.

Sudkunst: Schadenzauber, Hexerei

27 Da gingen die Berater zu den Richterstühlen,
Hochheil'ge Götter hielten Rat,
Ob die Asen sollten Untreue strafen
Oder Sühnopfer all empfahn.

28 Gebrochen war der Burgwall den Asen,
Schlachtkund'ge Wanen stampften das Feld.
Odin schleuderte über das Volk den Spieß:
Da wurde Mord in der Welt zuerst.

29 Da gingen die Berater zu den Richterstühlen,
Hochheil'ge Götter hielten Rat,
Wer mit Frevel hätte die Luft erfüllt
Oder dem Riesenvolk Odhurs Braut gegeben?

Odhurs Braut: Freya. Anspielung auf die in Prosa-Edda Nr. 42 erzählte Geschichte vom Riesenbaumeister

30 Von Zorn bezwungen zögerte Thor nicht,
Er säumt selten, wo er solches vernimmt:
Da schwanden die Eide, Wort und Schwüre,
Alle festen Verträge, jüngst trefflich erdacht.

31 Ich weiß Heimdalls Horn verborgen
Unter dem himmelhohen heiligen Baum.
Einen Strom seh ich stürzen mit starkem Fall
Aus Walvaters Pfand: Wißt ihr noch mehr – und was?

Heimdalls Horn: das Giallarhorn. Hier drängt sich die Vermutung auf, dass Heimdalls Signaltrompete Giallarhorn (Prosa-Edda Nr. 27) mit dem Trinkgefäß Giallarhorn des weisen Riesen Mimir (Prosa-Edda Nr. 15) identisch ist.

32 Östlich saß die Alte im Eisengebüsch
Und fütterte dort Fenrirs Geschlecht.
Von ihnen allen wird eins das schlimmste:
Des Mondes Mörder übermenschlicher Gestalt.

33 Ihn mästet das Mark gefällter Männer,
Der Seligen Saal besudelt das Blut.
Der Sonne Schein dunkelt in kommenden Sommern,
Alle Wetter wüten: Wißt ihr noch mehr – und was?

34 Da saß am Hügel und schlug die Harfe
Der Riesin Hüter, der heit're Egdir.
Vor ihm sang im Vogelwalde
Der hochrote Hahn, geheißen Fialar.

35 Den Göttern gellend sang Gullinkambi,
Weckte die Helden beim Heervater;
Unter der Erde singt ein andrer,
Der schwarzrote Hahn in den Sälen Hels.

Gullinkambi: »Der Goldkammige«; ein anderer Name für den vorher erwähnten Hahn Fialar

Baldur: Hier wird auf seine in Prosa-Edda Nr. 49 geschilderte Ermordung kurz eingegangen.

36 Ich sah dem Baldur, dem blühenden Gotte,
Odins Sohne, Unheil drohen.
Gewachsen war über die Wiesen hoch
Der zarte, zierliche Zweig der Mistel.

Mistel: Waffe für den Mord an Baldur

Baldurs Bruder: Wali, der eine Nacht nach seiner Geburt Baldurs Mörder, Hödur, tötet

Bühle: Hinrichtungsstätte

37 Von der Mistel kam, so dauchte mich,
Häßlicher Harm, da Hödur schoß.
Baldurs Bruder war kaum geboren,
Als einnächtig Odins Erbe zum Kampf ging.
Die Hände nicht wusch er, das Haar nicht kämmt' er,
Eh er zum Bühle trug Baldurs Töter.
Doch Frigg beklagte in Fensal dort
Walhalls Verlust: Wißt ihr noch mehr – und was?

Sigyn: Lokis Gemahlin. Siehe Prosa-Edda Nr. 50.

38 Gefesselt lag im Heißquellenhain
In Unholdgestalt der arge Loki.
Da sitzt auch Sigyn unsanfter Gebärde,
Des Gatten waise: Wißt ihr noch mehr – und was?

Garm: der dämonische Höllenhund

Fessel: das Band Gleipnir, das erst bei der Götterdämmerung zerreißt. Siehe Prosa-Edda Nr. 34.

Freki: So heißt einer der Wölfe Odins, gemeint ist hier jedoch der Fenrirwolf.

39 Gewoben weiß da Wala Todesbande
Und fest geflochten die Fessel aus Därmen.
Viel weiß der Weise, weit seh ich voraus,
Der Welt Untergang, der Asen Fall.
Gräßlich heult Garm vor der Gnipahöhle,
Die Fessel bricht und Freki rennt.

Slidur oder Slidr: ein Fluss aus dem Brunnen Hwergelmir

40 Ein Strom wälzt ostwärts durch Eitertäler
Schlamm und Schwerter; Slidur heißt er.

Okolni: ein Teil des Himmels in der germanischen Vorstellungswelt. Siehe zu den Strophen 41, 42 und 43 das Kapitel Nr. 52 der Prosa-Edda.

41 Nördlich stand am Nidaberg
Ein Saal aus Gold für Sindris Geschlecht,
Ein andrer stand in Okolni,
Des Riesen Biersaal, Brimir genannt.

42 Einen Saal sah sie, der Sonne fern
In Nastrand, die Türen sind nordwärts gekehrt.
Gifttropfen fallen durch die Fenster nieder;
Aus Schlangenrücken ist der Saal gewunden.

Die andrer Liebsten ins Ohr geraunt: Gemeint sind Ehebrecher.

43 Im starrenden Strome stehn und waten
Meuchelmörder und Meineidige
Und die andrer Liebsten ins Ohr geraunt,
Da saugt Nidhöggr die entseelten Leiber,
Der Menschenwürger: Wißt ihr noch mehr – und was?

44 Viel weiß der Weise, weit seh ich voraus,
Der Welt Untergang, der Asen Fall.

45 Brüder befehden sich und fällen einander,
Geschwister sieht man die Sippe brechen.

Der Grund erdröhnt, üble Disen fliegen;
Der eine schont des andern nicht mehr.

Disen: Schicksalsfrauen

46 Unerhörtes ereignet sich, großer Ehbruch.
Beilalter, Schwertalter, wo Schilde krachen,
Windzeit, Wolfszeit, eh die Welt zerstürzt.

47 Mimirs Söhne spielen, der Mittelstamm entzündet sich
Beim gellenden Ruf des Giallarhorns.
Ins erhobne Horn bläst Heimdall laut;
Odin murmelt mit Mimirs Haupt.

Mittelstamm: Yggdrasil

Giallarhorn: Der Wächter Heimdall signalisiert damit den Angriff auf Asgard und den Beginn der Götterdämmerung.

48 Yggdrasil dröhnt, die Esche, doch steht sie,
Es rauscht der alte Baum, da der Riese frei wird.
Sie bangen alle in den Banden Hels,
Bevor sie Surturs Flamme verschlingt.
Gräßlich heult Garm vor der Gnipahöhle,
Die Fessel bricht und Freki rennt.

49 Hrym fährt von Osten, es hebt sich die Flut,
Jörmungandr wälzt sich im Jötunmute.
Der Wurm schlägt die Brandung, auf schreit der Adler,
Leichen zerreißt er; los wird Naglfar.

Jörmungandr: die Midgardschlange

Naglfar: das aus Nägeln von Toten gemachte Schiff, das den Bewohnern Muspelheims zum Angriff gegen die Asen dient

50 Der Kiel fährt von Osten, da kommen Muspels Söhne
Über die See gesegelt; sie steuert Loki.
Des Untiers Abkunft ist all mit dem Wolf;
Auch Bileists Bruder ist ihm verbündet.

Bileists Bruder: Loki

51 Surtur fährt von Süden mit flammendem Schwert,
Von seiner Klinge scheint die Sonne der Götter.
Steinberge stürzen, Riesinnen straucheln,
Zu Hel fahren Helden, der Himmel klafft.

52 Was ist mit den Asen? Was ist mit den Alfen?
All Jötunheim ächzt, die Asen versammeln sich.
Die Zwerge stöhnen vor steinernen Türen,
Der Bergwege Weiser: Wißt ihr noch mehr – und was?

53 Da hebt sich Hlins anderer Harm,
Da Odin eilt zum Angriff des Wolfs.
Belis Mörder mißt sich mit Surtur;
Schon fällt Friggs einzige Freude.

Hlin: Name einer Asin. Hier scheint aber Frigg gemeint zu sein.

Belis Mörder: Freyr

Friggs einzige Freude: Odin

54 Nicht säumt Siegvaters erhabner Sohn, Widar,
Mit dem Leichenwolf, Fenrir, zu fechten:
Er stößt dem Hwedrungssohn den Stahl ins Herz
Durch gähnenden Rachen: so rächt er den Vater.

55 Da schreitet der schöne Sohn Hlodyns,
Den Wurm trifft mutig Midgards Segner,

Hlodyn: Thors Mutter Jörd

Midgards Segner: Thor

Fiörgyn: Thors Mutter Jörd

Doch fährt neun Fuß weit Fiörgyns Sohn
Weg von der Mutter, die nichts erschreckte.
Alle Wesen müssen die Weltstatt räumen.

56 Schwarz wird die Sonne, die Erde sinkt ins Meer,
Vom Himmel fallen die heitern Sterne.
Glutwirbel umwühlen den allnährenden Weltbaum,
Die heiße Lohe beleckt den Himmel.

57 Da sieht sie auftauchen zum andern Male
Aus dem Wasser die Erde und wieder grünen.
Die Fluten fallen, darüber fliegt der Aar,
Der auf dem Felsen nach Fischen weidet.

58 Die Asen einen sich auf dem Idafelde,
Über den Weltumspanner zu sprechen, den großen,
Uralter Sprüche sind sie da eingedenk,
Von Fimbultyr gefundner Runen.

Fimbultyr: Odin

59 Da werden sich wieder die wundersamen
Goldnen Tafeln im Grase finden,
Die in Urzeiten die Asen hatten,
Der Fürst der Götter und Fiölnirs Geschlecht.

Fiölnir: Odin

60 Da werden unbesät die Äcker tragen,
Alles Böse schwindet, Baldur kehrt wieder.
In des Sieggotts Himmel wohnen Hödur und Baldur,
Die walweisen Götter. Wißt ihr noch mehr – und was?

61 Da kann Hönir selbst sein Los sich kiesen,
Und beider Brüder Söhne bebauen
Das weite Windheim. Wißt ihr noch mehr – und was?

62 Einen Saal seh ich, heller als die Sonne,
Mit Gold bedeckt auf Gimils Höhn:
Da werden bewährte Leute wohnen
Und ohne Ende der Ehren genießen.

Der Mächtige: Gemeint ist Christus.

63 Da reitet der Mächtige zum Rat der Götter,
Der Starke von oben, der alles steuert.
Den Streit entscheidet er, schlichtet Zwiste
Und ordnet ewige Satzungen an.

64 Nun kommt der dunkle Drache geflogen,
Die Natter hernieder aus Nidafelsen.
Das Feld überfliegend, trägt er auf den Flügeln
Nidhöggurs Leichen – und nieder senkt er sich.

Bildnachweis

Seite 1: Dahn, Felix und Therese, Walhall. Germanische Götter- und Heldensagen, Kreuznach 1884

Seite 2: Wikimedia Commons: Skadinaujo

Bildtafeln:

Dahn, Felix und Therese, Walhall. Germanische Götter- und Heldensagen. Für Alt und Jung am deutschen Herd. Kreuznach 1884: BT 8

Doepler, E., Ranisch, Wilhelm, Walhall. Die Götterwelt der Germanen. Berlin um 1900: BT 12a+b, 13a

Gödecke, Peter August, Edda – En isländsk samling folkliga forntidsdikter om Nordens gudar och hjältar (1877): BT 7

Jónsson, Finnur, Finnur Jónsson's facsimile edition, 1896: BT 2

Jónsson, Finnur, Goðafræði Norðmanna og Íslendinga eftir heimildum. Reykjavík 1913: BT 16a

National Library of Iceland, Reykjavik: BT 1

Nationalmuseum Stockholm: BT 11

Wikimedia Commons: BT 6, 9, 13b
Haukurth: BT 16c
Jürgen Howaldt: BT 15
Ktp72: BT 14
National Museum of Denmark, Copenhagen: BT 16b
Postverk Føroya - Philatelic Office: BT 10a-d
Stofnun Árna Magnússonar á Íslandi: BT 3, 4, 5

Ebenfalls im Regionalia Verlag erschienen:

ISBN 978-3-939722-31-1

ISBN 978-3-95540-340-9

ISBN 978-3-939722-40-3

ISBN 978-3-95540-188-7

Jeweils 128 Seiten • 16,5 × 19,8 cm • Hardcover • 6,95 €